Burnt
Toast

Originally published by Hyperion in the United States and Canada as
BURNT TOAST: And Other Philosophies of Life by Teri Hatcher

Copyright ⓒ 2006 by Teri Hatcher
Illustrations by Colleen Ross

인생의 스위치를 다시 켜라
Burnt Toast and Other Philosophies of Life

지은이 테리 해처 | 옮긴이 김미정

펴낸날 2008년 1월 2일 · 1판 1쇄

펴낸곳 도서출판 사람과책
펴낸이 이보환
기획편집 오승준 이장휘 | 마케팅 신현정 이봉림 이원섭

등록 1994년 4월 20일(제16-878호)

주소 서울시 강남구 역삼1동 605-10 세계빌딩 5층
전화 02-556-1612~4 | 팩스 02-556-6842
전자우편 manbook@hanafos.com | 홈페이지 http://www.mannbook.com
블로그 http://humanbooks.egloos.com

ⓒ 도서출판 사람과책 2008
Printed in Korea

ISBN 978-89-8117-103-2   03840

*잘못된 책은 바꾸어 드립니다.
*책값은 뒤표지에 있습니다.

「이 도서의 국립중앙도서관 출판시도서목록(CIP)은 e-CIP 홈페이지(http://www.nl.go.kr/cip.php)
에서 이용하실 수 있습니다.(CIP제어번호: CIP2007003972)」

Burnt Toast

인생의 스위치를 다시 켜라

테리 해처 지음 | 김미정 옮김

사람과 책

에머슨, 너에게 이 책을 바친다.
7년 전 태어난 너는 내가 더 괜찮은 어른이 될 수 있도록
힘을 주었지. 삶의 의미를 찾게 해줘서 고맙다.
할머니는 타버린 토스트를 드셨지만
엄마는 그러지 않을 거야.
그럼 너도 그런 토스트를 입에 댈 일은 없겠지.

그리고 이 책을 쓸 수 있게
영감을 주시고 늘 열심히 사시는 어머니에게 감사드립니다.

Burnt Toast

토스트. 잠깐 생각해보자. 아마 세상에서 가장 간단한 요리일 것이다. 재료도, 요리법도 정말 간단하다. 하지만 막상 토스트를 구워보면 생각보다 쉽지 않다. 너무 덜 구우면 바삭하지가 않고, 조금 더 구우면 아차 하는 순간 까맣게 타버린다. 잠깐 사이에 타버린 토스트는 단단한 돌덩이 같다. 당신은 타버린 토스트를 어떻게 하는가? 타버린 부분을 긁어내는가? 탄 맛을 감추기 위해 잼을 듬뿍 바르는가?

　타버린 토스트를 버릴 수도 있고, 아니면 그냥 먹을 수도 있다. 만약 눈 딱 감고 먹어치우는 쪽이라면 당신은 기대에 못 미치는 상황도 기꺼이 받아들이는 사람일 수 있다. 아니면 타버린 토스트가 아까워서거나. 어쨌든 그렇게 타버린 토스트를 먹어치우는 건 자신에게 그리고 이 세상에 내 만족보다 빵 한 조각이 더욱 값지다고 외치는 꼴과 같다. 나도 지금껏 까맣게 탄 토스트를 먹어왔다. 어머니한테 배웠기 때문이다. 진짜로 어머니가 가르쳐주었다는 말이 아니라 비유적으로 그렇다는 얘기다. 사실 어머니가 토스트를 좋아하셨는지, 어떻게 드셨는지도 잘 생각나지 않는다. 다만 사랑스럽고 헌신적인 아내이자 어머니셨고, 남들을 먼저 챙기느라 당신은 늘 뒷전이었다는 것은 확실히 기억난다. 이렇게 몸에 밴 자기희생 정신 덕분에 우리는 한 가지 교훈을 배우게 되었다. 성공하려면 누군가가 뒷바라지를 해줘야 한다는 것 그리고 모든 것이 내게는 과분하니 무엇이든 불평 없이 받아들여야 한다는 것.

사실 나는 토스트를 노릇노릇하게 잘 굽는다. 다른 집은 어떤지 모르겠지만 우리 집 토스터기에는 버튼이 딱 하나뿐이라 정말 간편하다. 그럼에도 난 타버린 토스트를 계속 먹어왔다. 비유적으로 말하면 그렇다는 소리다(다른 여자들도 그렇지 않을까). 그리고 그렇게 마흔 고개를 넘었다. 프랑스의 작가 쥘 르나르는 이렇게 말했다. "마흔이 되었다고 스물일 때보다 인생을 더 잘 이해하는 것은 아니다. 그러나 인생이 무엇인지 깨닫고 받아들일 수 있게 된다."

아직도 더 배워야 한다는 사실을 인정한 덕분에 나는 40대가 되어 내 인생을 되짚어볼 기회를 갖게 되었다. 40대에도 이렇게 살고 싶어? 대답은 간단했다. 아니. 바꾸려면 이제 타버린 토스트를 그만 먹어야 한다는 사실을 힘겹게 깨달았다. 실패할까 봐 미리 겁

먹는 버릇도 버려야 했다. 좋은 것도, 맛난 것도 마다해야 한다는 생각도 접어야 했다. 그래서 나는 행동에 나섰다. 이렇게 살기엔 이제 나이를 먹을 만큼 먹었다! 더는 이렇게 살기 싫었고, 남들도 이렇게 살지 않았으면 했다. 남의 것을 빼앗지 않고도 스스로 가치를 올릴 수 있는 방법이 있다. 하지만 오랜 버릇을 고치기는 어려운 법. 토스트 굽는 일은 몇 분이면 되지만, 행복해지려면 노력을 해야 한다. 이 책을 쓰는 이유가 바로 여기에 있다. 나 같은 사람들이 모두 행복해지기를 바라며 나는 이 책에 내가 겪었던 특이하면서도 진지하고, 유쾌하면서도 진심 어린 노력을 담았다.

사실 토스트가 대단한 것은 아니다. 탄 토스트를 먹는다고 세상이 무너지는 것도 아니고, 그보다 나쁜 일은 얼마든지 있다. 이 책은 최악의 상황에서 살아남는 법을 일러주는 대신 매일매일 우리가 겪는 작은 도전을 이겨내는 법을 일러준다. 내 왼쪽 정강이에 난 흉터 얘기를 들어보면 이 책의 성격을 금방 알 수 있을 것이다.

딸아이 에머슨 로즈와 바닷가에 놀러갔다가 이 흉터가 생겼다. 여행을 간 첫날 아침, 에머슨과 해변을 거닐며 바닷가 모래밭에서 장난을 치고 있었다. 우리가 묵은 호텔 앞 해변에서 약 5미터 정도 떨어진 바다 저 위에 트램펄린이 떠 있었다. 멋지지 않은가? 그런 광경은 처음이었다. 하지만 내가 정말 트램펄린 위에서 텀블링하며 껑충껑충 뛰어놀고 싶었을까? 절대로 아니다. 아슬아슬한 비키니 수영복을 입고 다른 사람들 앞에서 텀블링 따위를 하고 싶지 않았다. 게다가 텀블링을 하겠다고 거기까지 헤엄쳐가고 싶지도 않았다. 그냥 물에서 첨벙거리는 것만으로도 좋았다.

그러나 엄마가 되고 보니 내 마음대로 안 되는 게 많았다. 이번에도 딸아이가 겁은 내면서도 관심을 보이는 것을 알았다. 싱글맘에게는 참으로 난처한 경우다. 하고 싶은 생각은 전혀 없지만, 그렇다고 이렇게 말할 상대도 없다. "여보, 당신이 저기 트램펄린까지 애 좀 데려다줘." 침실 벽에 거미가 기어가도 마찬가지다. 다리가 8개 달린 침입자를 해치우는 일도 모두 내 차지다.

결국 우리는 트램펄린까지 헤엄쳐간 다음 그 위에서 한참 동안 텀블링을 하고 놀았다. 에머슨은 바다로 다이빙하고 싶어 했지만 겁을 냈다. 난 이렇게 말했다. "자, 좋아, 다이빙하는 거야. 정말재미있겠다. 엄마가 먼저 해볼게." 말은 이렇게 했어도 난 정말 트램펄린 위에서 다이빙하고 싶지 않았다. 겁이 났다. 그렇지만 겁먹은 모습을 딸에게 보이고 싶지 않았다. 한껏 기대에 부푼 그 커다란 눈망울에 내가 떨고 있는 모습을 들키고 싶지 않았다. 사실 그 트램펄린은 탄성이 좋지 않아 대체 어떤 포물선을 그리며 다이빙하게 될지 상상이 안 갔다. 딸아이가 목을 빼고 기다리는 바람에 어쩔 수 없이 트램펄린을 발로 구르며 바다로 힘껏 다이빙했다.

하지만 웬걸. 쩍 하는 소리를 내며 배가 수면을 때리고 말았다. 배치기는 하는 모습도 웃기지만 소리도 진짜 재미있다. 하지만 막상 내가 당해보니 전혀 재미있지 않았다. 팔, 다리, 배가 순식간에 벌겋게 부어올랐지만 에머슨 앞에서 아픈 티를 내고 싶지 않았다. 나이 든 엄마와는 달리 에머슨은 잘할 수 있을 거라는 생각이 들었다. 그래서 나는 물 위로 고개를 쳐들고는 "정말 재밌다. 너도 한번 해봐"라고 외쳤다. 에머슨은 바다로 뛰어들었고, 재미있었는지 몇 번이고 바다에 뛰어들었다. 그렇게 한참을 놀다가 다시 모래밭으로 돌아온 다음에야 정강이에 상처가 난 걸 알았다(누가 이럴 줄 알았담). 에머슨이 내 다리에서 피가 난다고 했지만, 난 말도 안 되는 핑계를 대며 괜찮다고 했다. 정말 아팠지만 딸 앞에서 울고 싶지 않았다. 대신 해변을 지나가는 청년에게서 럼주가 든 코코넛을 얻어 상처를 조심스레 식혔다.

정강이의 흉터를 볼 때마다 그때 내가 잘한 건지, 의구심이 든다. 엄마가 다쳤다고 에머슨에게 말해줄 걸 그랬나? 안전요원을 불러 응급처치를 받았어야 했나? 그때는 왜 그랬을까? 왜 사실대로 말하지 않았을까? 에머슨을 위해? 아니면 나를 위해서? 쿨한 척, 터프한 척하고 싶어서? 흉터를 볼 때마다 별의별 생각이 다 든다. 물론 교훈도 배웠다. 나는 아무도 모르게 나를 희생했고, 진실을 감췄다.

이 책을 읽으면 나의 약점이 인생에서 얼마나 중요한 역할을 했는지 알 수 있을 것이다. 사실 난 남의 도움을 받아야 한다는 사실을 잘 인정하지 않는 편이다. 늘 두려워하고 불안해하면서 나 자신을 의심했다. 이 책 표지에 쓸 사진을 촬영하면서 처음 한 시간 동안은 이런 생각만 했다. '말도 안 돼. 아직 원고도 다 못 썼는데(보통 출판사에서는 책이 완성되기 전에 표지사진부터 찍는 것 같았다).' 나는 포즈를 잡으면서도 이렇게 생각했다. '책은 나오지 않아. 쓸 말이 없는 걸. 난 바보야. 내가 뭐라고.' 촬영을 끝내고 사진작가, 메이크업 아티스트, 코디네이터, 보조사진사와 얘기를 나누었다. 분위기는 화기애애했다. 그런데 그중 한 사람이 신혼여행을 가서 섹스를 하지 못했다고 털어놓았다. 나처럼 말이다. 우리 둘 다 뭔가 모자란 사람들 같았다. 첫날밤을 치르지 못하다니 인류 역사상 그런 사람은 우리 둘뿐이었을 것이다. 그래서 난 이렇게 말했다. "세상에, 나 같은 사람이 또 있었네!"

맛보기이긴 하지만 내가 처음부터 너무 솔직했나? 이제 시작인데, 내 섹스 라이프에 대해 벌써 털어놓다니. 하긴 편집장은 2장까지 가기 전에 나의 성생활에 대해 꼭 써달라고 신신당부했다.

하지만 이 책에서 하고 싶은 이야기는 따로 있다. 쉽게 상처받지만 우리가 얼마나 희망적이며 인간적인지. 이 사실을 깨닫게 되면 우리는 혼자가 아니다. 내가 이런 감정을 잘 다스릴 수 있다면 여러분도 그럴 것이다. 더불어 욕조에 몸을 담그고 편안히 이 책을 읽었으면 좋겠다. 와인 한잔을 곁들여도 좋겠고. 한편으론 웃기지만, 또 한편으론 약간 감동적일지도 모르겠다.

내가 이렇게 솔직하게 털어놓았다고 해서 인생의 참 맛을 안다는 뜻은 아니다. 그러려면 아직 멀었다. 내가 행복하게 사는 법을 안다고 해도 그걸 매일 연습하는 것은 아니다. 그건 너무 어려운 일이다. 어떤 때는 토끼굴로 떨어져버린 이상한 나라의 앨리스가 된 듯한 기분이 든다. 그곳에서 빠져나오려 애쓰기는커녕 오히려 눈이 시리도록 B급 영화나 보다가 늘어지게 잠이나 자는 나. 솔직히 난 그렇게 제멋대로 살 시간이 별로 없다. 엄마 또는 '테리 해처'의 옷을 입고, 만사가 괜찮은 척하며 살아야 하니까.

1999년 내 일기장엔 '당신의 운명은 오늘 완전히 바뀌었습니다'라고 적힌 포춘 쿠키의 점괘가 붙어 있다. 하지만 운명은 하루 아침에 바뀌지 않는 법. 나이가 들고 성공했다고 해서 인간이 성숙해지는 건 아니다. 삶이 선물하는 기회를 받아들일 준비가 되었을 때 비로소 우리는 삶을 터득하게 된다.

〈위기의 주부들〉 캐스팅 제의를 받았을 때, 할리우드의 여느 중년 여배우들처럼 사실 나도 한물간 처지였다. 숨기고 싶지 않다. 나에게 다시 기회가 오리라고는 전혀 기대조차 하지 않았다. 하룻밤 사이에 모든 것을 바꾸어놓을 행운이 찾아와주기를 바랐던 적은 있었다. 그런데 정말 그렇게 행운이 찾아왔고 〈위기의 주부들〉이 대히트를 치자, 언제부터인가 끊겼던 일이 다시 생겼고, 경제적인 안정도 되찾았으며, 긍정적인 마음도 갖게 되었다.

세월이 흘러도 꿈을 이루지 못하면 그 꿈을 잊어버리게 된다. 돌이켜보면 밴드를 결성하지도, 조각상을 만들지도 않고 여태 살아왔다는 사실이 놀랍기만 하다. 정말 하고 싶었던 일이지만 이젠 결혼을 해서, 또는 아이가 생겨서, 대출금을 갚느라 못하게 되었다. 이유가 무엇이든 아무 일도 일어나지 않았다. 막상 꿈이 이뤄지자 나는 아무 일도 일어나지 않은 것보다 늦게라도 이뤄진 게 낫다는 생각조차 하지 못했다.

마흔이 된 나는 혼자 딸을 키우는 이혼녀 처지여서 성공이라는 파도에 휩쓸려 오르락내리락하고 싶지 않았다. 난 성공한 삶을 살고 싶었다. 성공을 갈망하던 20대로서가 아니라 이미 기회는 놓쳤지만 성공을 위해 열심히 노력하는 40대로서 말이다.

그렇게 노력하다 보니 삶은 예측 불가능하고, 상황은 나아질 수 있으며, 이미 놓쳤다고 생각한 꿈도 이루어질 수 있다는 사실을 깨달았다. 그리고 우리가 노릇노릇한 토스트를 먹어도 되는 사람이고, 성공과 행복을 누릴 자격이 있다는 사실을 믿으면 그 꿈이 이뤄질 가능성이 커진다는 사실도 알게 되었다.

나는 주로 거실 바닥에 앉아 이 책을 썼다. 난 바닥이 좋다. 더 이상 내려갈 곳이 없기 때문이다. 이 책을 집필하기 위해 처음 바닥에 앉아 빈 노트를 노려보던 때가 생각난다. 머릿속에 생각이 뱅글뱅글 맴돌 뿐 글이 풀리지 않아 몹시도 두려웠다. 빈 노트에다 "내게는 편집자가 있어. 난 나이도 먹을 만큼 먹었고 경험도 할 만큼 했어. 게다가 지칠 만큼 지쳤고. 이제는 글을 쓸 수 있어"라고 적었다. 그러고는 글을 써내려가기 시작했다.

첫 번째 장을 가득 메우고 다음 장으로 넘어가려는 순간, 손이 아렸다. 충분히 보고, 만지고, 맛본 나는 사랑하고, 노력하고, 배워왔기에 쓸 얘깃거리가 풍부했다. 그런데 그놈의 관절염 때문에 손이 도와주질 않다니. 이 상황을 어떻게 헤쳐나가느냐는 전적으로 내게 달렸다. 몇 번이고 노트에 글자를 끼적이며 조각난 생각을 이리저리 맞춰나가다가 자신감 없는 내 모습에 온몸이 얼어붙었다.

사실 나의 이런 모습은 낯설지 않았다. 어떤 도전을 앞두고 있든—오디션이든, 화보촬영이든, 집필이든, 인간관계든—나는 항상 나를 닦달하며 늘 의심을 품었다. "왜 하필 나지? 내가 이걸 해낼 만한 그릇이 되나? 나만큼 그이도 날 좋아할까? 대체 나는 어떤 사람이지? 난 그렇게 대단하지 않아." 이 책은 나에게로 떠나는 여행이다. 책을 쓰면서 자기의심과 두려움과 마주 서서 이런 갈등을 곰곰이 생각해보게 되었다. 나야말로 이 책을 읽어봐야 한다. 사실 책이 나오면 내가 첫 번째 독자가 될 것이다. 그럼 최소 한 권은 팔릴 테고, 살면서 깨달은 교훈을 되짚어볼 수 있을 것이다.

이 책은 사랑하는 법, 용서하는 법, 인생을 즐기는 법 그리고 여성으로서 자신을 탐험하는 법을 일러준다. 마침내 나는 나 자신에 대해 좀더 편안하게 느낄 수 있게 되었다. 엄마라는 자리는 편안하고 행복하다. 그리고 마흔 살 여자로서의 내 몸에 대해서도 편안함과 행복함을 느낀다. 그래도 여러분은 첫날밤을 무사히 치렀기를 바란다.

혹시 여러분이 두려움과 자신감, 절망과 희망, 욕망과 만족, 엄마와 아이, 미녀와 추녀, 강함과 약함이라는 온갖 모순들 속에서 복잡 미묘한 감정을 느낀 적이 있다면 이 책을 끝까지 읽기를 바란다. 우리가 함께 나선다면 여행이 훨씬 수월해질 테니까.

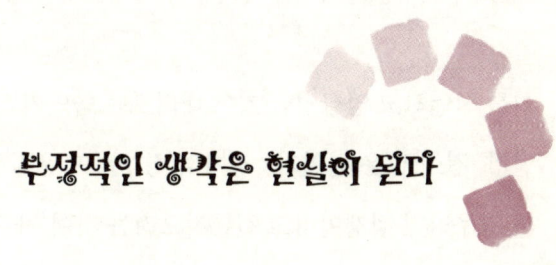

부정적인 생각은 현실이 된다

한번 상상해보자. 화창한 일요일, 집에서 그리 멀지 않은 곳으로 친구들과 피크닉을 떠난다(기왕 상상하는 거 편한 쪽으로 하자). 누군가 점심까지 준비해주어 더할 나위 없이 기분이 좋다(다시 말하지만 상상이니까). 이제 당신은 아주 멋지고 편안한 장소에 도착했다. 눈앞에 호수가 펼쳐져 있고 그 옆엔 바위가 솟아 있어서 다이빙을 할 수 있다. 두려움을 느낄 정도로 바위는 높지만 그렇다고 위험할 정도는 아니다. 사람들은 다이빙을 하기 위해 줄을 서 있다. 바위에서 뛰어내리는 사람들은 즐거운 비명을 지른다.

이제 상상은 그만 접고 실제 질문을 던져보자. 당신은 바위 위에 서서 잠깐 경치를 살핀 다음 주저 없이 호수로 뛰어드는 쪽인가? 아니면 바위 위에서 용기를 쥐어짜내다가 결국은 무섭다고 포기를 선언하고 엉금엉금 기어 내려오는 쪽인가? 당신은 무모한 편인가, 겁이 많은 편인가? 전자의 경우라면 용감한 사람이고, 후자의 경우라면 겁쟁이라고 결론지으려는 것이 아니다. 또 용기와 결단을 지니고 세상을 살아야 한다고 훈계하려는 것도 아니다. 다만 어느 쪽이든 당신은 운이 좋은 사람이란 얘기를 해주고 싶다. 어떻게 해야 행복해지는지를 알고, 자신의 한계를 깨달았으니 말이다.

우리 중에는 이도 저도 아닌 상태에서 인생을 훨씬 고달프게 사는 사람들이 많다. 나만 해도 그렇다. 난 8미터 높이의 바위에 굳은 채로 서서 잔잔한 애리조나의 세도나 호수를 내려다보고 있었다. 얼마나 서 있었을까? 10분? 아니다. 30분? 아니다. 난 무려 한 시간 이상이나 그 위에 서서 뛰어내릴 수 있다고 스스로를 설득하고 있었다. 별 의미는 없어도 재미는 있을 것 같은 놀이를 해보자고 스스로를 들볶고 있었다. 겁이 나기도 하고, 그렇게 벌벌 떠는 나 자신이 밉기도 하고, 뛰어내리고 싶기도 하고, 포기하고 내려가 감자 샐러드를 먹고 싶기도 하고, 이렇게 마음이 네 갈래로 갈라졌다. 그렇게 나는 정신이 분열되는 전쟁을 치렀다.

족히 한 시간 하고도 15분쯤 흘렀을까. 결국 난 바위에서 뛰어내렸다. 나 자신과 싸우다가 지쳐서 그대로 자살할 것만 같았다. 다쳐봐야 얼마나 다치겠어? 결국 뛰어내렸다. 물 위로 고개를 내밀자 자전거를 세우고 호숫가에 서 있던 한 남자가 박수를 보냈다. "당신은 내가 본 중에 가장 오래 서 있다가 뛰어내린 사람이에요."

그게 바로 나다. 겁을 내고, 갈팡질팡하기도 하지만 어쨌든 해 낸다. 그래서 재밌었냐고? 전혀. 재미는 사그라졌다. 섹스도 마찬 가지다. 너무 공을 들이면 무드가 깨진다. 그리고 재미도 없어진 다. 내가 다이빙을 하면서 배운 게 있다면, 그건 포기하지 않았다고 스스로에게 말할 수 있는 권리였다. 나는 스스로의 테스트를 통과 했다.

바위에서 뛰어내리는 모습을 보면 그 사람에 대해 알 수 있다 고들 하다. 혹은 모를 수도 있지만. 어쨌든 바위에서 뛰어내리고 못 뛰어내리고는 전적으로 고소공포증과 관계있는 것은 아니다. 고소공포증 때문에 내가 주저했던 건 아니니까.

나는 매일 높은 낭떠러지 위에 서 있는 공포를 느끼고, 지나칠 정도로 따지고 들며, 내적 갈등을 겪는다. 내가 어떤 기분인지, 어 떤 사람인지, 뭘 원하는지를 생각하고 또 생각하느라 그렇게나 오 랫동안 바위 위에 얼어붙어 있었던 것이다. 나의 능력을 늘 의심해 왔고, 내가 이룬 성공을 인정하려 들지 않았다. 예전에 리무진을 두고 내기를 한 적이 있다. 바위에서 뛰어내리는 데도 이렇게나 오 래 걸렸으니, 리무진 내기를 하는 데 무려 4년이 걸린 것도 무리는 아니다.

그 이야기는 내가 L.A로 처음 이사 갔던 때로 거슬러 올라간 다. 그때 난 할리우드에 살았다. 옆집 남자를 편의상(사생활 보장을 위해) 네드라고 부르겠다. 그는 냉장고가 없다면서 얼음을 빌리러 우리 집에 왔고 우리는 그렇게 친구가 되었다(남자가 얼음을 빌려달라고 그 말을 곧이곧대로 믿는 여자가 어디 있단 말인가? 그런데 바로 내가 그랬다. 열아홉 살 풋내기 시절의 일이었다). 하루는 네드와 내기를 했다.

당시 난 〈사랑의 유람선〉에서 춤추고 노래하는 라운지걸 역으로 막 데뷔했을 때였다. 누구든 먼저 스타가 되는 사람이 리무진을 빌려서 그걸 타고 하루 종일 돌아다니기로 했다. 평소처럼 맥도날드도 가고, 세탁소에 옷도 찾으러 가고, 얼음도 사러 가기로 했다(네드는 그 수법을 계속 써먹었다). 리무진을 빌리는 것쯤은 늘 하던 지겨운 일인 양, 평범한 일들을 하며 돌아다니자고 했다. 하지만 그건 현실과 동떨어진 일이었다. 사실 난 드라이클리닝을 맡길 형편도 못 되었다.

어린 시절 우리 집에는 중간에 검은 줄무늬가 들어간 오렌지색의 셰비 자동차가 있었다. 고장 난 오디오 때문에 닐 세다카의 앨범 중 여덟 번째 트랙만 주구장창 흘러나오던 자동차. 내가 타본 리무진이라고는 고등학교 댄스파티 때 파트너와 친구들이 빌린 흰색 리무진이 유일했다. 이제야 알았지만 할리우드에서는 흰색 리무진을 절대로 타지 않는다. 나에게 리무진은 구경도 못해본 개인 전용제트기이거나, 돔 페리뇽 와인으로 가득 채운 풀장과 마찬가지였다. 내 경험을 넘어서는 상상은 사치였다.

리무진 내기는 제대로 성사되지 못했다. 〈캐피탈〉이라는 드라마에 잠깐 출연한 덕분에 《TV 가이드》에 처음으로 내 기사가 실리자 네드가 말했다. "드디어 해냈군. 《TV 가이드》에 나오다니! 이제 리무진, 태워줘야지." 하지만 난 고개를 흔들었다. 내가 성공했다는 사실을 아직 받아들일 수 없었다. "아직 아냐. 아직은 성공한 게 아니라고."

당시 나는 하루 종일 드라마 촬영을 마친 후 실리콘밸리에 있는 이탈리아 선술집에서 웨이트리스로 일했다. 시간이 흘러 마침내 〈빅 픽처〉라는 영화에 캐스팅되었다. 네드는 그 소식을 듣고 "대박이군. 영화에 출연하다니. 제목처럼 대단한데. 자, 리무진은 어디 있지?"라고 물었다. 하지만 나는 고개를 저었다.

두 번째, 세 번째 영화를 찍은 후 나는 마침내 〈로이스&클라크〉에 캐스팅되었다. 그러나 난 "대작 영화에서 단역을 맡았을 뿐이야!"라고 외쳤고, 아직도 내가 성공하지 못했다며 말도 안 되는 이유를 갖다 붙였다.

이런 얘기를 들으면 여러분은 내가 더 나은 것을 갈망하고 절대로 만족할 줄 모르며 더 높은 곳을 향해 올라가는 성공 지향적인 사람이라고 생각할지 모른다. 그러나 난 의심으로 가득 찬 사람이었다. 너무 걱정이 많아 하룻밤 사이에 이 모든 성공이 달아나버릴 것만 같았다. 경찰이 새벽 3시에 우리 집 문을 쾅쾅 두드리고는 연기수업이라고는 샌프란시스코의 아메리칸 컨서버토리 시어터에서 6주간 여름 특강을 들은 게 고작인 주제에 재수 좋게 그 얼굴로 벌어먹고 산다니 사기라며, 미국 영화배우 조합원증을 빼앗고 나를 체포할 것만 같았다.

나는 성공을 해도 그 성공을 즐길 수 없었다. 바위에서 버티고 버티다가 결국 호수로 뛰어드는 꼴이라고나 할까. 간신히 성공에 다다르면 그때는 이미 성공을 즐기기엔 너무 늦어버렸다.

자기회의는 날로 깊어갔다. 나는 평생 그렇게 살았다. 그 이유를 딱 꼬집어 말할 수는 없다. 부모님 두 분이 머리를 맞대고 앉아서 자식을 망쳐놓을 가장 좋은 방법을 찾은 다음, 계획대로 착착 일을 진행해가는 건 아니지 않는가.

가끔은 인생이 골프와 비슷했으면 좋겠다는 생각을 한다. 만약 이 세상에 더는 필요하지 않은 두 가지를 꼽으라면 새로운 와인 따개와 골프를 할 때 이전 홀에 심리적으로 얽매이는 습관을 들겠다. 골프를 너무 심각하게 받아들이지 않는다면(어떤 사람은 티샷을 하려는 데 오리가 꽥꽥거렸다고 골프채를 오리에게 던지기도 한다) 샷을 날릴 때마다 완전히 새로운 기회가 생긴다. 매 홀은 위대한 골퍼가 될 수 있는 새로운 기회가 된다.

골프는 마치 참선과 같다. 하지만 인생은 그렇지 않다. 사소한 결정을 내리고, 간혹 상처를 받으며, 느닷없이 모순된 상황에 빠지는 등 예측 불가능한 문제들이 시시각각 벌어진다. 매 순간 과거의 무게에 짓눌려 우린 자기 보호라는 너저분한 짐을 지고 불공평하고 아귀가 맞지 않는 경험에 민감하게 반응한다.

고등학생 때, 수학 천재였던 아버지에게 내가 푼 기하학 문제를 내보이며 자랑했던 적이 있다. 딸이 당신의 분야를 배운다는 것을 자랑스러워하시겠지. 그러나 아버지는 시험지를 보더니 이렇게 말했다. "이 문제는 다른 세 가지 방법으로도 풀 수 있단다." "아빠, 그래도 저 잘했죠?"

나는 다른 문제 풀이 방법에는 전혀 관심이 없었다. 그저 선생님한테 배운 대로 문제를 푼 것만으로도 충분했다. 아버지는 시험지를 돌려주며 이렇게 말했다. "넌 돌이구나." 내가 돌처럼 듬직하다는 뜻이 아니었다. "머리가 스펀지 같아야지, 돌 같아서야 되겠어!"

아버지는 내가 당신이 바라는 대로 마음을 열고 다른 해답 풀이에 관심을 갖기를 바라셨던 것이다. 나는 아버지에게 제대로 푼 시험지를 보여주었지만, 아버지는 나의 잘못만 짚어내셨다. 정답을 맞힌 걸로는 부족했었나 보다.

아버지는 체스나 탁구를 할 때 절대로 져주는 법이 없었다. 나에게 무언가를 가르치면서도, 애초에 내가 당신을 꺾을 꿈도 못 꾸게 하셨다. 이 둘을 적당히 섞어 가르치지 못하셨다(손녀에게는 약간 달라지셨지만). 아버지는 내가 누군가를 이길 만큼 잘하지 못한다는 사실을 깨닫게 하고 싶었던 걸까, 아니면 이기고 지는 건 별로 중요하지 않다는 걸 가르치고 싶었던 걸까? 하지만 나에게 승패는 중요했다. 어린 시절 계속 지기만 하면 아예 이겨볼 시도조차 하지 않게 된다. 노력하면 잘할 수 있다는 사실도 배워야 하고, 자기 능력의 한계도 깨달아야 한다.

아버지와는 달리 어머니는 내가 뭐든지 잘한다고 생각하셨다. 끊임없는 칭찬이 사랑을 느끼게 하고 자존심을 키워주는 길이라고 생각하신 것이다. 하지만 어머니의 눈엔 자식이 완벽해 보여도, 세상 사람들의 눈엔 그렇지 않다는 사실을 아이가 깨닫게 될 때 그 실망감이 얼마나 크겠는가. 아무리 뛰어난 아이라도 무엇이든 잘할 수는 없다.

아버지는 언제나 지는 법을 가르쳤고, 어머니는 잘못된 자신감을 심어주었다. 부모는 이런 덫에 걸릴 수 있다. 당신의 부모가 내 부모와 비슷하다면 한 가지만 기억하라. 그분들은 나쁜 분들이 아니다. 어쨌든 나는 지는 법, 실패를 감당하는 법을 배웠고, 아무리 노력해도 기대를 맞출 수 없다는 사실, 잘하는 게 하나도 없다는 사실을 깨닫게 되었다. 이런 태도는 내 몸에 배게 되었다.

열네 살 무렵, 샌프란시스코 발레단에 오디션을 보러 갔다. 발레 학원에 같이 다니던 친구들과 함께 시험을 봤다. 그 아이들이 나보다 뛰어나다는 사실을 너무나 잘 알고 있었기에, 내가 떨어졌다는 사실에 그리 놀라지 않았다. 나는 아직도 그때의 탈락 통지서를 보관하고 있다. 왜 아직도 그걸 가지고 있느냐고? 그게 그렇게도 중요했던가? 그 일이 그렇게 상처가 되었나? 뭐, 그렇지는 않다.

내가 고등학교 때 만든 스크랩북에는 '실패'라는 코너가 있었다. 나는 그 안에 그 탈락 통지서와 헤어진 남자친구의 사진을 모아두었다. 멋진 패배자가 되려면 그렇게까지 해야 하는 건가? 남들이 리본과 메달을 조심스레 모아두는 것처럼 나는 내 실패의 기록을 모아두었다. 아마 내가 그렇게 잘난 사람이 아니라는 사실을 확인하기 위한 물리적인 공간을 갖고 싶었던 건 아닐까(빨리 병원에 가보라고? 안 그래도 결국은 병원에 가고 말았다).

스펀지가 아니라 돌이었을지 모르지만 어쨌든 나는 대학에서 수학을 전공했다(전문대였지만 나중에 캘리포니아 폴리테크 주립대에 편입할 계획이었다. 하지만 〈사랑의 유람선〉에 캐스팅된 마당에 누가 미적분 따위나 풀겠는가?). 아마 그래서 인생을 풀어야 할 문제로 바라본 것일지도 모른다. 가능한 최악의 시나리오를 계산한 다음, 이를 분석, 판단, 예상, 대비하며 그 정답을 찾을 수 있다고 확신했다. 하지만 정답은 그 어디에도 없었고, 찾을 수도 없었다. 인생에서 2 더하기 2는 4가 아니었다. 삶이 그렇게 간단하고 명쾌하면 얼마나 좋을까.

단 한번뿐인 인생, 재미있게 살아야 하지 않을까? 물론 일은 해야 하지만, 성공하기 위해서 열심히 일하고, 그 성공을 바탕으로 돈을 많이 벌어서 재미있게 사는 게 인생의 목표는 아니다. 재미에 연연하지 말자. 나 자신을 분석하고 계획하고 속단하는 일을 그만두자. 물론 실천하기는 어렵다. 게다가 아주 살짝 자신을 의심하는

건 도움이 되기도 한다. 사물을 긴 안목에서 바라보고, 실망할까
봐 지레 겁부터 먹지 말자. 하지만 나는 스스로 감당하지 못할 정
도로 실망한 적이 있다. 그런 의심들은 우정, 사회생활, 운동, 일
등 내 삶의 한편을 야금야금 갉아먹었다.

실패할 거라고 지레짐작하는 건 나에게는 아주 익숙한 일이
다. 캐스팅 후보에 오르면 나는 이런 혼잣말을 한다. "더 젊은 배우
를 좋아할 거야. 금발 미녀를 찾겠지. 왼손잡이를 더 선호할걸."
제작자들은 결코 나를 캐스팅하지 않을 것 같았다. 생각은 그렇게
하면서도 나는 최선을 다한다. 마음속으로 보이지 않는 전쟁을 하
면서 실패하지 않기를 간절히 바란다. 실패가 드러나기 전까지는.

〈위기의 주부들〉 캐스팅 후보에 오르던 그 즈음 나는 ABC 방
송국의 시트콤 후보에도 동시에 올랐다. 시트콤은 호흡이 긴 드라
마에 비해 일하기가 수월한 편이다. 〈위기의 주부들〉 대본이 훨씬
마음에 들긴 했지만 싱글맘인 나에게는 시트콤이 훨씬 구미에 당
겼다.

나는 ABC 방송국 제작진 앞에서 시트콤 오디션을 먼저 보았
다. 마음을 편하게 먹고 사람들 앞에서 제대로 연기를 해냈다. 그날
밤, 전화벨이 울리기를 기다렸지만 전화는 오지 않았다. 그 다음날
도 마찬가지였다. 신경쇠약이 걸릴 지경이었다. 내가 캐스팅에서
탈락했다는 얘기가 돌고 돌아 내 귀에까지 들려왔다. 괜찮아, 전에
도 그랬는걸. 내 실패사의 또 한 줄을 장식하겠군.

하지만 그날 오디션장에 있었던 누군가가 내 성깔이 못됐다는 소리를 했다는 이야기를 들으니 속이 뒤집혔다. 내가 오디션장에서 건방이나 떤다며 콧대가 세다고 했다는 것이다. 그 소리를 듣자 머리가 핑 돌았다. 말도 안 돼. 거짓말이야. 여러분도 내가 정말 그런 사람이라고 오해하지나 않을까. 사실 이 이야기를 털어놓기도 조심스럽다. 어렸을 때 거짓말을 하지도 않았는데 부모님으로부터 거짓말한다는 오해를 받은 적이 있을 것이다. 그럴 땐 아무리 발버둥쳐봐야 소용이 없지 않은가.

열다섯 살 때 남자친구 집에 놀러간 적이 있다. 당시 나를 데리러 오신 어머니는 한 블록쯤 지났을 때 갑자기 차를 세우더니 나더러 마리화나를 피웠다며 화를 내셨다. 난 아니라고 했다. 사실 난 마리화나가 뭔지도 몰랐다. 하지만 어머니는 확실하다며 내 몸에 코를 대고 킁킁거렸다. 사람은 유죄로 확정되기 전까지는 모두 무죄다. 하지만 이런 법률조항은 우리가 탄 차 안에서는 자취를 감추었고, 어머니의 의심만이 차 안을 가득 채우고 말았다. 나는 어머니가 묻는 말에 똑바로 대답하지 않는 아이가 되어버렸다.

나는 립글로스를 내밀며 나의 결백을 증명해 보였다. 그 립글로스에서는 달콤한 향내가 났다. 마리화나라고 오해받았던 그 향기는 바로 화장품 냄새였던 것이다. 그러자 어머니는 남자랑 키스나 한다며 야단을 쳤다.

의심받을 때는 감정적으로 움츠러들게 된다. 이건 시트콤 배역을 따내지 못했다는 사실보다 훨씬 기분 나쁘다. 정말 시트콤을 하고 싶었기에 오디션을 볼 때도 열심히 했다. 그런 내가 어찌 건방을 떨었겠는가? 주위 사람들이 나를 어떻게 생각하는지도 몰랐다는 말인가? 이런 생각이 꼬리에 꼬리를 물면서 점점 더 나쁜 생각에 빠져들었다.

건방지다거나 오만하다는 소리를 듣는 건 정말 끔찍했다. 그런 인상을 주고도 까맣게 몰랐다니 나는 형편없는 인간이야. 이런 생각을 하며 나 자신을 원망했다. 그리고 18시간 내리 울기만 했다. 정말 18시간을 울었다. 다시 말하지만 오디션에 떨어져서 운게 아니라 오해받았다는 생각에 하염없이 울었다.

18시간 쉬지 않고 울면 마치 얼굴이 없어져버리는 것 같다. 얼굴은 울긋불긋 팅팅 부었다. 눈도 부어올라 잘 떠지지도 않았다. 마치 클리넥스 광고와 두통약 광고를 한꺼번에 찍는 것 같았다. 그러고 있는데 〈위기의 주부들〉 오디션을 받으라는 전화가 왔다. "못 가요."

이 꼴로 무슨 오디션? 예전에 뛰어내렸던 세도나 호수의 바위보다 훨씬 높은 바위나 다리 위에서 뛰어내릴 각오는 되어 있었지만, 또다시 그때 그 ABC 제작진들이 앉아 있는 오디션장에 걸어 들어갈 생각을 하니 다리가 후들거리고 가슴이 답답한 게 어디론가 숨고 싶었다. 그래서 오디션을 연기해주지 않으면 못 간다고 말했다. 이런 대답은 시건방진 여자라는 평판에 쐐기를 박을 만한 것이었다. 이렇게나 간단히 그런 기회를 차버리는 사람이 어디 있을까?

그건 잘한 짓이었을까, 아니면 나를 망치는 짓이었을까? 덕분에 나 자신을 추스를 틈이 생겼지만, 전화벨이 울린 그 순간에 다른 생각은 떠오르지 않았다. 오디션을 보려면 준비를 해야 했다. 모욕과 분노가 가득 든 독한 칵테일을 한잔 마신 그 다음날 뒤끝이 안 좋은 상태에서 부대끼는 속으로 오디션을 볼 수는 없었다. 그런데 놀랍게도 그쪽에서 오디션을 일주일 연기해주겠다고 했다.

나는 모든 것을 바로잡을 수 있는 새로운 기회를 잡았다. 오디션을 받기 전 나는 오디션장에 있던 시트콤 제작진들에게 메모와 함께 과자를 돌렸다. "저번 오디션에서 저를 어떻게 생각하셨는지 모르겠지만, 다시 오디션 볼 기회를 주셔서 감사합니다. 그리고 시트콤 꼭 잘 되길 바랍니다."

그러고 나니 기분이 훨씬 좋아졌고, 좀더 마음을 가다듬을 수 있었다. 덕분에 〈위기의 주부들〉 오디션은 맑은 정신으로 볼 수 있었다.

프로듀서와의 면접을 기다리고 있는데 ABC 방송국 창문으로 해가 지는 모습이 보였다. 이렇게 삶은 아름답고 수많은 기회가 있기에, 열심히 노력하면 마음을 비우고 골프샷을 날리듯이 잘해낼 수 있을 것만 같았다. 지난주가 아무리 지옥 같았어도 이번 주는 다르다. 새로운 샷을 날린다면 잘해낼 수 있어. 그리고 잘못된 인상을 주지 않으리라.

나는 화장을 하지 않고 청바지에 티셔츠를 입은 채 오디션장에 들어가 나의 본래 모습을 보여주었다. 글래머의 금발 본드걸도 아니고, 〈스파이 키드〉에서와 같은 악당도 아니었다. 나는 나일 뿐이다. 완벽하지는 않지만 헌신적인 어머니로 그동안 내가 연기했던 그 어떤 역할보다 수전 마이어에 들어맞는 모습을 보여주었다.

그리고 내 생각이 적중했다. 이런 일들이 한꺼번에 일어나면 어떻게 될까? 정신이 하나도 없었다. 내가 하고 싶은 말은 인생에는 곧게 뻗은 대로만 있는 것은 아니라는 것이다. 자세히 살펴보면 다시 시작할 수 있는 기회가 수없이 많다. 불완전한 우리는 갈등하고, 눈이 퉁퉁 붓도록 울기도 한다. 과거의 멍에로 무거운 짐을 지기도 하고 더욱 단단해지기도 하지만, 그래도 언제나 다시 뛸 힘이 있다. 다음 골프 코스에서 새로운 샷을 날리면 된다. 새로운 일, 상쾌한 아침, 용서를 구할 기회, 다른 낭떠러지로 소풍 갈 기회가 있다. 의구심이 들 수는 있어도 우린 현재를 다스릴 수 있다. 우리는 언제나 희망과 자신감을 갖고 앞으로 나아갈 수 있는 선택을 할 수 있다.

그럼 모든 상황이 좋게 풀린다. 하지만 난 그걸 알고도 변하지 못했다. 〈위기의 주부들〉 시즌 1은 반응이 매우 좋았다. 기자들도 몰려들었고, 다른 작품을 같이 하자는 제의도 쏟아졌다. 그렇게 정상에 서 있어도 좋으련만. 난 프로듀서 옷자락을 잡고 서 있었다.

그러면서도 "테리, 이러지 마, 뒤돌아 서. 그 옷자락을 놓으란 말이야"라고 속으로 외쳤다. 하지만 나도 모르게 이런 말이 튀어나왔다. "잠깐, 얘기 좀 해요. 지금 제가 뭐하는 건지 모르겠어요. 저 못할 것 같아요."

정말 멍청하지 않은가? 이 책에서 말하고 싶은 '해고되지 않는 제1 법칙은 상사에게 못하겠다고 말하지 않는 것'이다. 나는 잘리기 싫었고 잘릴까 봐 두려웠다. 나는 열심히 노력하는 편이라 내 일에 많은 고민과 준비를 한다. 그리고 내가 무엇을 하는지도 잘 파악하고 있다(그걸 알기까지 무려 20년이나 걸렸지만 어떤 날은 문득 사기 같다는 생각도 한다).

아버지에게 수학 시험지를 보여주었다가 다시 풀라는 소리를 들었다는 이야기를 기억하는가? 그 일로 나는 내가 아무리 최선을 다해도, 여전히 부족한 부분이 있다는 사실을 알게 되었다. 나는 패배자, 늘 지는 사람이기에 다른 사람들의 악평을 각오하고 있었다. 이런 행동은 자기보호적인 것이었다.

혹시 집에 온 손님들에게 "오늘 저녁은 대충 만든 거예요"라고 말한 적이 있는가? 아니면 테니스 파트너에게 "강습을 거의 못받아서"라든가, 상사나 동료에게 "난 못해"라든가, 고객에게 "데 드라인을 못 맞춰 드려요" 또는 "그건 힘들어요"라든가, "피라미드의 비밀 통로를 못 찾았어요"라고 말한 적이 있는가(여러분의 직업을 몰라서 이것저것 예를 들었다)?

그건 지레짐작이다. 이봐, 네가 그랬잖아, 못한다고. 이제 사람들은 당연하게 받아들인다. 당신을 무시하긴 하지만 당신 스스로 무시하는 것보다는 낫다.

그 똑똑한 프로듀서가 같이 일해본 배우들 중에 이렇게까지 떠는 배우가 내가 처음은 아니었을 것이다. 그는 내 어깨를 붙잡고는 매일 아침 일어나서 거울을 보고 이렇게 주문을 외우라고 말했다. "나는 테리 해처다. 나쁜 일은 지나갔고 좋은 일이 다가온다." 좋아, 외쳐보는 거야.

거울을 보며 주문을 외우는 일이 당신에게 도움이 된다면 다행이다. 하지만 나는 거울 보는 걸 별로 좋아하지 않는다. 하지만 프로듀서의 말이 맞았다. 무슨 조치를 취하긴 취해야 했다. 나는 긍정적으로 생각하고 싶었지만, 내 성격의 부정적인 면을 뿌리째 뽑아내지 못했다. 대부분은 자신의 성격을 완전히 개조하지 못한다. 그리고 나는 마음속으로 나 자신과의 전쟁을 치를 만큼 치르고 있었다. 하지만 살다 보면 진짜로 변할 수 있는 기회가 다가오므로, 마음을 열고 준비한다면 그 기회를 잡을 수 있다.

골든글로브 시상식이 열리기 한 달 전 마흔 살 생일을 맞았다. 내 생일을 축하하기 위해 여섯 명의 친구들과 샌프란시스코 외곽에 있는 아름다운 나파밸리로 여행을 떠났다. 나는 2004년 에미상에 시상자로 참석한 덕분에 마흔이 된 여성이 쓰기에도 과분할 정도로 고급스런 화장품과 감사 쿠폰 두 장을 선물로 받았다. 하나는 캘리포니아 나파밸리의 보리우 빈야드 농장에서 포도주와 함께 멋진 그릴 요리를 먹을 수 있는 점심 식사 쿠폰이었고, 또 하나는 나파밸리에 있는 최고급 리조트 캘리스토가 랜치에서의 2박 숙박 권이었다. 그래서 대우받고 할인받는 걸 좋아하는 여느 여자들처럼 이 쿠폰을 위주로 여행 계획을 짰다.

정말 멋진 주말이었다. 그건 식사하러 레스토랑에 들어갈 때마다 매번 내 생일을 축하하는 노래를 듣고 촛불 켠 케이크를 먹어서가 아니었다(그러다 보니 나중엔 소망할 것이 모자랄 지경이었다. 이미 세계 평화, 에머슨의 안녕, 진정한 사랑에 대해 소원을 빌었기 때문에 나중에는 우리 집 강아지들이 부엌에서 털갈이를 하지 않았으면 좋겠다는 소원까지 빌었다). 그 주말여행이 즐거웠던 진짜 이유는 바로 친구들 때문이었다.

내 친구들은 똑 부러지는 성격에 주관이 뚜렷한 여성들이다. 다들 으스대고 솔직하며 잘난 사람들이라 남자친구가 없다. 서로 그렇게 친한 편은 아니다. 그렇다고 사이가 나쁜 건 아니고.

그러나 그렇게 한자리에 모이고 보니 단순한 친구 사이는 아니라는 생각이 들었다. 이 친구들은 나에게 매우 소중했다. 나의 주말을 특별하게 만들어주기 위해 친구들이 다들 모였다. 내가 주축이 되었다고 생각하니 약간 어색하기도 했지만 모두 나를 위해 와주었다는 사실에 가슴이 뭉클했다.

우리는 나란히 방을 얻었다. 방에는 테라스와 욕조가 갖추어져 있었는데, 약간 퇴폐적인 분위기였다. 사실 무료 여행 쿠폰은 내가 어려서부터 꿈꿔왔던 게임쇼의 우승 선물과 같았다. 평생 마흔 살 생일은 단 한 번뿐. 마흔 살 생일날, 우리는 나파밸리 포도주 양조장 옆을 조용히 산책했다. 웃고 떠들던 친구들은 양조장 앞에 적혀 있는 주인의 이름을 볼 때마다 주인을 불러내 나와 엮어주겠다고 야단이었다(그럼 테리 해처가 양조장 안주인이 되는 건가? 하하!).

그날 밤 하루 종일 햇빛을 쬐고 와인을 즐기다 지쳐버린 나는 뜨거운 욕조에 몸을 푹 담갔다. 욕조 안에 축 늘어져 있는 중년 여성. 그게 나였다(세상에나, 내가 중년이라니. 오! 신이시여, 제발 아니라고 말씀해주세요).

문득 친구들을 둘러보았다. 한 친구는 타월을 두른 채 발코니에 나가 있었고, 또 한 친구는 와인을 마시며 독서 중이었고, 또 한 친구는 목욕을 하고 있었다.

나는 두 눈을 감고 김이 모락모락 올라오는 욕조에 몸을 더 깊숙이 담갔다가 몸이 저절로 떠오르게 놔두었다. 이 뿌듯한 느낌. 나는 행복했고 더 바랄 것이 없었다. 대단한 순간이었다.

나는 생각에 잠겼다. 내 나이 마흔. 이렇게 획을 긋는 생일은 내가 어디에 서 있는지 그리고 내가 원하는 삶을 살고 있는지 점검해보기 딱 좋은 기회다(그리고 사람들에게 로또를 사주기에 좋은 때라 나는 주로 로또를 생일선물로 준다. 마흔 살 생일에는 기대도 많은 법. 마흔 장의 로또를 사서 고급스런 지갑, 꽃병, 보석함 등에 담아 선물하는 것도 재미있다).

마흔 살 생일은 세월이 멈추지 않고 흘러간다는 것을 뼈저리게 일깨워준다. 인생의 반을 살았고, 이제는 내리막길이다. 물론 예순이 되어 돌이켜보면 마흔 살이 애송이로 보이겠지. 하지만 우리 부모님이 마흔 살이셨을 때 어때 보였는지는 기억한다. 열두 살짜리의 눈에 분명 부모님은 늙으셨다. 마흔이 된 나는 생물학적으로 죽음의 문턱까지 반 정도 걸어왔다. 그건 현실이고 별로 유쾌하지 않다.

뜨거운 욕조에 앉아 이런 생각을 하다 보니 앞으로 이런 생각을 훨씬 더 많이 해야 한다는 사실에 힘이 죽 빠졌다. 우리는 언제나 편안하고 행복하고 사랑받는 기분을 느껴야 한다. 매주 친한 친구 여섯 명을 데리고 우아하고 광활한 포도농장에 와서 와인을 즐길 수 있는 여자가 어디 있겠는가. 하루하루 살면서 그 안에서 즐거움을 찾아야 한다. 그리고 내가 언제부터 이렇게 실패를 지레짐작하며 살게 되었는지 생각해보았다.

드라마 속에서 최악의 주부로 보이면 어쩌나 걱정했다. 인생에 별 도움이 안 될 남자를 만날 것만 같았다. 탁구도 못하고, 높은 바위 위에서 뛰어내리는 일도 못할 거라 생각했다.

마흔 고개를 넘자 인생을 되짚어보면서 내가 뭘 고쳐야 하는지 솔직히 인정하게 되었다. 내 삶의 가장 힘든 고비—이혼으로 끝나버린 결혼, 지지부진한 직업, 갚을 수 없는 대출금—를 겪으며 내 인생이 실패했다는 생각이 고개를 들 때마다 그래도 나는 잘 버텨냈다고 스스로를 다독거렸다. 그렇지만 또 그런 식으로 40대를 보내고 싶지 않았다. 늘 부정적으로 생각한 탓에 좋은 기회를 놓치고 말았다.

누구나 그런 것 같다. 우리는 선택의 순간이 오면 걱정하고 짐작하고 우유부단하게 행동한다. 사실 이런 모습은 삶의 일부분이기도 하다. 젊은이들의 경우 아직 인생이 정해진 것이 아니기에 자신의 미래를 결정짓는 선택을 내려야 한다. 하지만 나이가 들면, 우리는 그동안 이뤄놓은 것을 받아들이고 만족하는 편이다. 열심히 일해야 한다는 사실이 우리를 힘들게 하지만 이제는 열심히 일한 열매를 슬슬 수확할 시기다.

그렇다고 집 안에 자쿠지(기포를 분출하는 욕조-옮긴이)를 들여놓으라는 얘기는 아니다(물론 있으면 좋겠지만). 있는 그대로 자신의 삶에 만족하려면 시선을 바꾸어야 한다. 자기 자신에 대한 의심을 줄이고 열심히 노력하며 인생에 더 많은 희망을 걸어야 한다. 어떤 인생을 살고 있든 지금부터 그렇게 해야 한다. 지금이야말로 승자가 되기 위한 시간이다.

자신을 변화시키는 방법은 두 가지가 있다. 첫째, 그동안 살면서 느낀 기분과 살아온 방식을 내면에서부터 이해하도록 힘쓴다. 그럼 결국 삶을 변화시킬 수 있는 깨달음을 얻게 된다. 둘째, 아직 이런 깨달음을 얻지 못했다 해도 우선 밖으로 드러나는 행동부터 하고 싶은 대로 한다. 그러다 보면 몸에 그런 행동이 배게 된다. 나는 두 번째 방법을 선택했다. 나의 생각은 버릇보다 강력한 편이어서 나는 의심의 순간을 경계하며 순전히 의지로서 그 버릇을 고치려고 했다.

우리 집 근처에는 산을 따라 하이킹 길이 나 있다. 사람들이 많이 찾는 이 길은 특히 애완견 주인들에게 인기가 좋다. 내가 이 집을 산 이유도 바로 이 길 때문이었다. 이렇게 집 바로 뒤에 아름다운 산책로가 있는데 핑계를 대며 운동을 빼먹지는 않겠지.

최근 들어 운동을 해야겠다는 생각에 이 길을 뛰기로 했다. 약 5킬로미터 정도 되는 이 길은 매우 가파른 편이다. 한 1킬로미터 정도는 완만했다가 점점 가팔라서 중간에 쉬지 않고 계속 걷기가 힘들다. 어떤 때는 이 길을 오르다가 힘들어서 한참을 쉬어야 한다. 그럴 때마다 나는 내가 진 거라고 속삭인다. 산책을 하는 내내 '이런, 못난이. 이 언덕도 제대로 못 올라?'라고 생각한다.

소파에 앉아 군것질은 안 했잖아? 그래도 이만큼 올라왔으니 잘했지? 그래도 경치는 구경했잖아? 나를 들볶는 생각 대신 이렇게 나를 북돋우는 생각을 할 수 있다. 그런데 왜 나는 5킬로미터를 쉬지 않고 걸어야 한다고 생각하는 걸까? 바로 그런 점을 고쳐나가야 한다. 나는 이렇게 육체적으로 도전하면서 정신적으로 나를 들볶지 않으려고 노력한다. 언덕에 오른 후 이렇게 말한다. "운동이 몸에 익지 않아서 그래. 부정적으로 생각하지 말자(나의 경우 거울 속의 나를 보며 얘기를 하라던 프로듀서의 조언보다는 이게 낫다)."

어떤 사람들은 최대한 빨리 언덕에 오르려고 애를 쓰다가 지치면 그냥 포기하고 만다. 만약 당신이 나처럼 따지는 걸 좋아하는 편이라면 등산을 할 때마다 자기점검의 기회를 가질 수 있다. 따지기를 좋아하는 사람에겐 장단점이 있다. 좋은 점은 자신의 행동을 되짚어본다는 점이다. "왜 그랬지? 그게 뭐라고." 자신을 돌아보며 이 세상을 어떻게 살 것인지 결정한다. 자신을 되돌아보며 꼼꼼히 따진다면 더 나은 모습이 될 수 있다. 나쁜 점은 세상을 사는 잔재미를 모두 놓쳐버리고 늘 나쁜 점만 되짚어본다는 것이다. 등산하면서 그동안 뭘 잘못했는지 따졌는가? 아니면 등산을 성장의 기회로 삼았는가? 나는 자신의 한계를 깨닫고 성공을 즐기고 싶었다. 다행히 그런 나에게 새로운 기회가 찾아왔다.

골든글로브 시상식이 다가왔다. 후보에 오르자 흥분되기 시작했다. 내가 상을 탈 거라고 기대조차 안 했지만 이런 소심한 마음에도 시상식은 성대한 행사였다. 내 연기가 인정받은 건 이번이 처음이었다(고교 시절 〈솔리드 골드〉라는 프로그램에 나가 춤을 출 것 같은 사람 1위로 뽑힌 이후로는 처음이다). 멋지게 차려입고 보니 훨씬 더 흥분되었다. 에머슨은 그런 내 모습이 퍽이나 마음에 들었는지, 그날 내가 공주님처럼 보이도록 도와주었다. 내가 왕자를 집으로 데려오든 말든, 적어도 난 난생 처음 시상식에 참가하게 되었다.

사실 그런 시상식에 참석하는 일은 매우 부담스럽다. 레드카펫 위를 걸으면 카메라의 시선이 쏠리고 나는 즉석에서 평가를 받는 다. 만약 수상에 실패하면 관객들 앞에서 애써 우아한 미소를 지어 야 한다. 마치 결혼식과 흡사하다. 시상식이 사랑과 인생을 결정짓 는 중요한 자리는 아니지만 헤어, 메이크업, 드레스를 갖추고 조금 이라도 삐끗해서 분위기를 깨지 않도록 노력을 기울여야 하기 때문 이다. 시상식이야말로 긍정적으로 뭐든 다 잘될 거라는 믿음을 시 험해볼 절호의 기회였다.

처음으로 긍정적인 생각을 했지만 그렇다고 두 다리가 후들거 리지 않는 건 아니었다(오히려 시상식 전날이 되자 훨씬 더 떨렸다). 잠을 제대로 자지 못했다. 에머슨을 지뢰밭에서 구해 오는 꿈까지 꾸었다. 이런 악몽은 처음이었다. 물론 촌스러운 립스틱을 바르고 돌아다니는 꿈 정도는 꾼 적이 있었다. 꿈에서야 상을 타든 말든, 끔찍한 변을 당하든 말든 괜찮다. 꿈속에서는 상을 타든 안 타든 관계없었다. 가장 끔찍한 일이라면 진짜로 이 세상이 끝나버리는 일일 테니까. 어쨌든 나는 지뢰가 없는 곳에서 눈을 뜨게 되어 다 행이라 생각하며 잠자리에서 일어나, 비상식량을 챙기는 대신 아 침식사로 베이글, 훈제연어, 과일을 먹으며 음악을 들었다. 친구 들이 속속 도착했고 나는 시상식을 즐기기로 마음먹었다.

헤어와 메이크업을 담당한 아티스트가 내 머리를 손질하고 있 었다. 그는 혹시 수상소감을 준비했는지 물었다. 물론이다. 지난

20년간 나의 성공과정과 그 과정에서 나를 도와준 사람들의 명단을 늘 준비해두었다. 누가 나의 장례식에서 눈물을 흘려줄지 상상하는 것보다 이게 훨씬 낫다.

후보에 오르긴 했지만 내가 수상하게 될 거라고는 예상하지 못했다. 상이란 게 원래 주관적인 것이라, 경마에서처럼 가장 빨리 달린 말이 상을 타는 게 아니지 않은가. 여러 작품에서 다양한 역할을 맡은 배우들을 놓고 서로 비교하는 건 사실 별 의미가 없다. 그래서 후보에 오른 것만으로도 영광이라는 말이 맞긴 하다. 나의 연기가 그 정도로 인정받았다는 사실 그 하나로도 크나큰 영광이다.

시상식은 얼음판을 걷는 것과 같다. 그리고 그건 재미있다. 그렇다면 즐기지 못할 이유가 있을까? 꼭 상을 타고 싶다는 마음을 인정하기가 쑥스러워서 그 말이 입에서 떨어지지 않았다. 몹시 불편했고, 시간이 다가오자 정말 창피했다. 다른 사람의 상을 빼앗고 싶지 않았다. 내가 상을 탄다면 노릇노릇 잘 구워진 토스트를 내가 먹고 다른 사람에게는 까맣게 타버린 토스트를 주는 것과 같은 기분이 들 것이었다. 죄책감이 들었다. 차라리 내가 타버린 토스트와 시상식 피로연에 차려놓은 와인을 마시는 편이 마음 편할 것 같았다. 하지만 한편으로는 상을 탐으로써 남들에게 인정받고 싶기도 했다. 사실 남들에게 칭찬받는 일이 부담스럽기는 했지만.

순간, 지금이야말로 내 사고체계를 바꿀 수 있는 좋은 기회란 생각이 들었다. 내 나이 마흔. 이제야 후보에 올랐고, 상을 못 탈 거라고 마음을 완전히 접은 것도 아니었다. 40년간 상을 탈 생각도 해보지 못한 나는 드디어 부정적인 생각을 버릴 기회를 잡은 것이다.

나이가 들면 자신의 버릇에 대해 다시 생각해볼 시간을 가져야 한다. 어려서부터 자신을 낮추고 잘되지 않을 거라 생각하다 보면, 나이가 들어서도 위축되기 마련이다. 스스로에게 묻는다. 나의 좋은 버릇은? 무엇 때문에 그렇게 움츠리는가? 기대도 안 했으니 상을 타지 못해도 괜찮은가? 영광된 순간이 찾아왔다. 내가 골든글로브상 후보가 된 것이다. 하지만 나는 주목받는 게 기쁘지도 자랑스럽지도 않았다. 나는 용기와 희망을 찾기보다 늘 그래왔던 것처럼 움츠러들고 말았다. 부정적으로 생각하면 되는 게 없다.

준비를 끝내자 에머슨이 방문 틈으로 머리를 빠끔히 들이밀었다. "엄마, 상 타세요." 이런 얘기를 들으면 사실 움찔한다. 아이들은 좋고 싫고가 분명하다. '어떻게 하면 나 자신에 대해 만족할 수 있을까?'라든가 '내가 감히 상을 탈 생각을 하다니?'라고 생각하지 않는다. 에머슨은 그저 내가 상 타기를 바랄 뿐이었다. 그리고 상을 타면 트로피를 자기 방에 놓아줄 건지 궁금해 했다.

사실 나도 약간 기대하긴 했다. 내가 다른 배우들보다 잘해서가 아니라 수상해도 괜찮을 만큼 열심히 했다고 생각했기 때문이다. 나는 너그러운 패자가 되는 데 질려버렸다. 헤어디자이너가 머리에 부분가발을 붙이는 동안 이런 생각을 했다. '상을 타면 얼마나 좋을까?

골든글로브상의 주인공은 나였다. 정말 기분이 짜릿했다. 사실 약간 얼떨떨해서 기억도 잘 나지 않는다. 평소 존경하던 메릴 스트립, 클린트 이스트우드 같은 배우들이 앉아 있는 곳을 지나 단상에 오르면서 내가 지금 뭐하는 건지 걱정이었다. 그러다 수상소감을 준비하지 못했다는 사실을 문득 깨달았다. 마치 수업시간에 선생님이 친구들 앞에서 내 이름을 부른 뒤에야 깜빡 잊고 숙제를 하지 않았다는 사실을 깨달은 기분이었다고나 할까. 이번엔 친구들이 아니라 5,000만 시청자가 지켜보고 있다는 게 달랐다(꿈속에서 종종 입던 멋진 드레스를 입고 있긴 했다).

즉흥적으로 수상소감을 말하려는 데 눈물이 앞을 가렸다. 순간 어지럽고 먹먹해졌다(연예인이니까 클린트 이스트우드 옆에 서는 일 따위는 별것 아닐 거라고 생각한다면 오산이다). 정말 감동적인 순간이었다. 내가 상을 타서가 아니라 나 자신에게 뭔가를 기대했다는 점에서 그렇다.

그럼 나의 긍정적인 생각과 골든글로브상 수상은 얼마나 관계가 있을까? 전혀 없다. 투표는 일찌감치 끝나 이미 수상자의 이름이 적힌 봉투가 행사주최 측에 넘어간 지 오래였다. 그래도 태도를 바꾸자 나는 완전히 다른 경험을 할 수 있었다. 상을 타지 못했다 해도 시상식이 열리기 전 며칠 동안 내가 상을 탈지도 모른다는 가능성을 완전히 무시하지 않았기에 더 좋은 시간을 보냈을 것이다.

패배자가 될 거라는 생각은 늘 현실이 된다. 만약 상사에게 당신이 제대로 일을 못한다고 해버리면 그는 정말 당신이 일을 제대로 못한다고 믿어버린다(저런 멍청이). 실패할 거라고 생각하면 정말 그렇게 된다. 머릿속에서 그렇게 생각하면 정말 패배자가 되고 만다. 그러니 결과야 어떻든 승리자처럼 행동하는 편이 훨씬 낫다.

골든글로브상을 받고 몇 달이 지난 후, 멕시코로 고래 구경을 갔다. 친구와 딸과 함께 작은 배를 타고 바다로 나갔다. 향유고래가 우리 옆에서 헤엄치면서 배 주변을 알랑거렸다. 고래는 약 1미터 정도 떨어진 바다 위로 머리를 내밀었다. 우리는 배 옆으로 몰려가 고래를 만져보겠다고 손을 뻗었다. 고래는 얼굴을 새기려는 듯 우리들을 하나씩 쳐다보았다. 그러고는 다시 물속으로 잠수하여 배 주위를 맴돌았다. 누가 물에 들어가겠느냐고 가이드가 물었다. 향유고래와 헤엄칠 기회는 이번뿐이란 생각에 나는 주저 없이 손을 들었다. "저요!"

나는 마스크를 쓰고 그와 함께 바다로 뛰어들었다. 마스크 속으로 물이 스며들었다. 순간 이런 생각이 들었다. 10미터 넘는 녀석과 헤엄을 치겠다고 망망대해에서 허우적대다니. 어쩌면 쪽쪽 굵은 식인상어가 득실거릴지도 모르잖아. 갑자기 몸이 꽁꽁 얼어붙었다. 숨이 가빠진 나는 고개를 가로저으며 배로 헤엄쳐간 후 어기적거리며 그 위로 기어올랐다. 마스크를 벗어던지고 숨을 고르자 고래는 멀리 사라졌다. 속상했다. 나 자신을 믿겠다고 그렇게도 떠들었건만 나는 또다시 겁쟁이처럼 굴었다.

그런데 어찌된 영문인지, 그 고래가 다시 돌아와 배 근처를 얼쩡거렸다. 두 번째 데이트 기회였지만 이번엔 선뜻 뛰어들지 못했다. 놀란 가슴이 진정되지 않아 잠시 머뭇거리는 사이 고래는 다시 사라져버리고 말았다. 멀어지는 고래를 보며 나는 이렇게 생각했다. '세상에, 테리. 넌, 일생일대의 기회를 날려버린 거야! 그것도 연속해서 두 번씩이나!' 같이 갔던 친구는 고래와 수영하겠다는 소리를 하지 않았으니 실패한 건 아니었다. 하지만 고래와 같이 수영하고 싶었던 나는 실패한 것이다.

그런데 마치 동화처럼 세 번째로 소원을 이룰 기회가 찾아왔다. 두려움을 떨칠 수 있는 마지막 기회를 주기 위해 고래가 돌아온 것이다. 가이드는 이런 일은 처음이라며 깜짝 놀랐다. 이번에도 성공하지 못하면 나 자신을 용서하지 못할 것만 같았다. 나는 마스크를 쓰고 물속으로 뛰어들었다.

나는 몸무게 30톤의 고래를 향해 헤엄쳐갔다. 고래가 있는 곳까지 숨을 참고 수영을 하자 고래가 나를 스치고 지나가는 것이 느껴졌다. 고래를 만지지는 못했지만 경외심을 품고 녀석을 바라보았다. 생각했던 것보다 그 감동은 강렬했다. 고래는 몇 분간 내 곁에 머물다가 멀리 헤엄쳐 갔고, 다시는 돌아오지 않았다.

보트로 돌아온 나는 너무나 감동해서 30분 동안 한마디도 하지 못했다. 몽롱한 꿈에서 깨어나자마자 나는 가이드에게 물었다. "내가 유난스러운가요?" 가이드는 정말 아름다운 광경이었다며 내가 허풍을 떠는 게 아니라고 말해주었다. 고래가 나에게 그렇게 많은 기회를 주었다니 믿을 수 없었다. 작은 노력이었지만 덤으로 여러 번의 기회를 얻게 된 나는 내가 원하는 모습이 될 수 있었다.

하룻밤 사이에 바뀌는 건 아무것도 없다. 매일 매 순간 자신이 원하는 이상형이 되는 건 아니다. 하지만 마음에 들지 않는 자신의 모습 때문에 행복해지지 못한다면 그런 모습은 잘라내야 한다. 효과가 즉각 나타나는 건 아니지만 결심만으로도 강력한 행동이 나온다. 긍정적인 자세를 가지면 기분도 훨씬 좋아진다.

이런 생각을 나 자신뿐 아니라 여러분에게도 깊이 각인시키고 싶다.

마흔 고개를 넘는 일은 참으로 큰일이었다. 그렇다고 컨버터블카를 사거나 한 것은 아니지만(컨버터블카가 있으면 좋겠지만 그렇다고 내가 말하고자 하는 게 달라지는 건 아니다). 나도 하룻밤 새 바뀐 건 아니다. 이렇게 복잡하고 어둡고 불안한 나를 사랑해줄 사람이 없을까 봐 두렵긴 하다. 나이도 먹을 만큼 먹었고, 괜찮은 남자들은 이미 임자가 있다. 애 딸린 나를 감당하지 못하는 남자를 만날까 봐 두렵고, 그도 나처럼 끝나버린 결혼생활로 인해 감당하지 못할 짐을 지고 있을까 봐 두렵다.

나는 에미상 후보로 이름을 올리지 못했을 때를 대비해 여전히 마음을 다잡고 있었지만, 사실 후보로 선정되었다. 그리고 에미상 시상식이 열리는 L.A 슈라인 오디토리엄에 앉아 다른 사람들이 상 타는 모습을 지켜보며 이곳은 내가 있을 자리가 아니라고 속삭이는 목소리와 싸워야 했다.

몇 주 후 에머슨과 나는 점심으로 피자를 시켰다. 식탁 위엔 대본과 서류가 널려 있어서 우리는 깔끔한 거실에서 먹기로 했다. 아무리 아름다운 거실이라도 사람들이 전혀 사용하지 않는, 예쁘기만 한 공간으로 내버려두고 싶진 않았다. 그래서 우리는 폭신한 하얀 카펫 위에 앉아 커피 테이블 위에 피자를 올려놓고 먹기 시작했다.

잠시 후, 에머슨은 내 골든글로브 트로피가 놓여 있는 선반을 바라보았다. "난 엄마가 받은 골든글로브 트로피를 보는 게 좋아요. 내년엔 에미상도 타오세요." 딸아이는 날개 달린 그 트로피가 마음에 들었나 보다. 사실 내 눈에도 트로피가 예뻐 보인다. 에머슨은 정말 아무 거리낌 없이 나의 성공을 바란다. 나는 딸아이를 본받아 "엄마가 무슨 상을 타겠니?"라고 말하는 대신 잠시 뜸을 들였다가 이렇게 말한다. "응, 그래야지." 그러고는 그곳을 나왔다.

친구 네드와 내기했듯이 과연 내가 리무진을 빌렸을까? 〈위기의 주부들〉을 찍고 난 후에야 내가 그에게 빚졌다는 사실을 분명히 알았다. 이미 때는 늦을 대로 늦어버려 이제는 리무진이 아니라 제트기를 빌려야 할 지경이 되었다. 나는 아직까지도 그 약속을 지키지 못했다. 이제 두 아이의 아버지가 되어 번듯한 냉장고를 갖춰놓고 미국 저 반대편에 사는 네드 때문이다. 그래도 나는 내가 인생을 즐길 자격이 있다고 스스로를 조금씩 일깨우고 있다. 아마 쉰 살쯤 되면 가능하지 않을까.

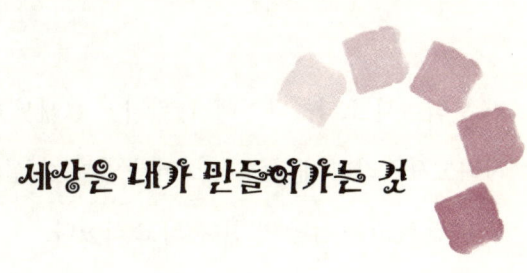

세상은 내가 만들어가는 것

뭘 원하는지 알면서도 한사코 그걸 인정하지 않으면 정말 힘들다. 만약 당신이 나처럼 새가슴이라면 말이다. 가족, 친구, 처음 보는 사람들이 주는 스트레스와 힘겹게 싸우고 있다면 자신이 뭘 원하는지 알아내기란 더욱 힘들다. 남들이 당신을 비웃고 당신의 능력을 업신여기고 당신이 원하는 것과 정반대의 것을 원한다면, 자기 소신대로 살기란 훨씬 버겁다.

처음에는 다른 사람들의 압력에 민감하게 반응하지 않는다. 7학년 때(중학교 1학년에 해당—옮긴이) 여름학교를 마치고 자전거를 타고 집으로 돌아오는 길이었다. 안장은 낡을 대로 낡았고, 핸들 앞쪽엔 작은 플라스틱 바구니가 달려 있는 자전거였다. 집에 도착한 나는 자전거를 정원으로 끌고 들어갔다. 자전거를 세우자 엄마가 부엌에서 소리쳤다. "테리, 왔니?" 그래서 나는 "네, 왜요, 혼내 시려고요?"라고 대답했다. 그러자 엄마는 "살아 있는 동물을 데려올 때만 빼고는 야단 안 친다"라고 하셨다.

사실 나는 살아 있는 동물을 집에 몇 번 데려와 혼난 적이 있었다. 쓰레기더미에 쭈그리고 앉아 있던 고양이를 키워보려고 거짓말을 한 적도 있었다. 작고 귀여운 갈색 새끼 고양이인 줄 알았는데, 키우다 보니 이건 망나니 중 망나니였다. 부모님이 끊임없이 싸우는 이유가 나 때문은 아닐까 하고 의심한 적도 많았다. 그리고 그날은 어쨌든 나 때문에 두 분이 싸웠다. 두 분 다 고양이를 원하지 않으셨다. 그래도 엄마는 내가 고양이를 키우고 싶어 하는 걸 알고 내 편을 들어주셨다. 결국 엄마가 이긴 덕분에 고양이를 키울 수 있었다.

어릴 때는 본능적으로 판단하기 때문에, 어른의 머리를 지배하는 찬반양론에 익숙지 않고 다른 사람의 비판을 재고하는 일에도 길들여 있지 않다. 결정에는 책임이 따른다. 나는 고양이를 키우게 되었다. 내가 키티라는 이름을 붙여준 그 야비하고 물기 좋아하는 고양이를 죽을 때까지 책임지게 된 것이다.

나는 소원을 이뤘지만 덕분에 부모님은 부부싸움을 하셨고, 내게는 결정에 대한 책임이 따랐다. 그렇게 쉽게 내린 결정에는 복잡한 일들이 꼬리에 꼬리를 물고 벌어지기 마련이다. 그 귀여운 새끼 고양이는 보기와는 딴판이었다. 녀석은 몇 년 동안 말썽을 일으

켰고, 끊임없이 사람의 손길을 필요로 했으며, 동네 개들의 화를 돋우었다.

결과를 예측하는 일은 어른이나 되어야 가능하다. 미리 지레 짐작하여 지나칠 정도로 세심하게 계획을 짜면 누구든 질려버리게 된다. 내가 뭘 원하는지조차 까먹게 되고. 밖에서 물이 흘러 들어오면 물은 점점 더 더러워지는 법. 다른 사람들의 목소리가 내 목소리보다 커지면 그 소리를 무시하는 법을 배워야 한다.

처음 〈로이스&클라크〉에 캐스팅되었을 때, 기자 간담회를 위해 뉴욕에 가야 했다. 그렇게 중요한 자리는 처음이었다. 데이나라는 친구와 붉게 충혈된 눈을 하고 뉴욕 행 비행기에 올랐다(얼마나 설레던지). 나의 첫 번째 스케줄은 〈하워드 스턴 라디오 쇼〉에 출연하는 일이었다(대단하지 않은가? 배우로서의 내 경력을 활짝 꽃피우기에 가장 적절한 방법이었던 것 같다).

새벽 6시 생방송에 출연하기 위해 나는 JFK 공항에서 맨해튼 시내로 헬리콥터를 타고 이동했다. 정말 대단한 일이었다. 그러나 나는 헬기에 앉아 "좋아, 하늘에서 저 아래를 모조리 내려다보자!"라고 외치는 사람은 못 되었다. 나는 헬리콥터가 무서웠다. 곤충처럼 약해 보였기에 커다란 손으로 쿵 내려치면 언제라도 부서져 내릴 것만 같았다. 그래도 헬리콥터를 탈 수밖에 없었다. 몇 달 전까지만 해도 에어컨도 안 달려 있고, 창문을 손으로 올리고 내려야 하는 구식 포드 자동차를 타고 다니던 여자에게는 대단한 기회였기에 나는 군말 없이 헬리콥터를 타겠다고 했다.

9월의 어느 날 아침, 태양이 막 솟아오르고 있었다. 너무나 청명하고 짜릿한 기분이 들어 나는 파일럿에게 자유의 여신상 주위를 한 바퀴만 돌아달라고 했다. 그는 나의 부탁을 들어주었다. 믿기 힘들었다. 이 이야기는 이 장의 내용과는 동떨어진 것이지만, 이 이야기부터 해야 내가 하고 싶은 이야기를 꺼낼 수 있을 것 같다. 상상도 못한 기적 같은 순간이 펼쳐지면 당신은 영혼 밑바닥으로부터 그 순간을 받아들여야 한다. 삶이란 바로 그런 것이며, 그런 재미로 살아가는 것이기 때문이다.

미국의 자유와 희망의 상징인 자유의 여신상 주변을 돌면서 내가 얼마나 운이 좋은지를 느꼈다. 그리고 그 순간을 친구와 함께 할 수 있음에 감사했다. 1만 개의 계단을 걸어 올라가야 지금 내가 보는 것과 같은 경치를 볼 수 있다니(정확히 말하면 354개의 계단이지만, 새벽 6시에 그곳에 오르려면 계단 1만 개를 걸어 올라가는 기분이 들 것이다)!

〈하워드 스턴 쇼〉의 녹음 시간에 맞추기 위해 길을 서둘렀다. 데이나와 나는 호텔로 직행하여 잠깐 쉬었다가 토크쇼에 출연했다. 토크쇼에 출연하는 건 즐겁다. 사람들이 당신의 이야기를 '듣고' 싶어 한다고 생각하면 그건 큰 오산이다. 사람들은 재미를 원한다. 나는 재능이 넘치는 토크쇼 호스트와 농담을 주거니 받거니 할 때 뿜어져 나오는 활력과 아드레날린을 사랑한다. 어쨌든 녹음을 마치고 보니 호텔에 돌아가 낮잠을 자는 게 왠지 우습게 느껴졌다. 그래서 밖으로 나가 베이글과 커피를 사 들고 센트럴파크를 거닐었다. 그다음에는 〈레지스와 케이티 리의 라이브 쇼〉와 〈레터맨 쇼〉에 출연했다. 스케줄을 모두 소화한 우리는 페트로시안에 자축하러 갔다.

페트로시안은 시내에 있는 러시아 캐비아 레스토랑이다. 우리는 자축하기 위해 캐비아와 샴페인 그리고 보드카를 주문하기로 했다. 보드카라니. 리무진도 못 타봤던 나에겐 엄청난 자축 파티였다. 웨이터가 주문을 받으러 왔다. 혹시 더들리 무어의 〈미스터 아더〉라는 영화를 봤는지? 주문을 받으러 온 웨이터는 아더의 비서 역으로 나왔던 존 길구드의 모습 그대로였다(만약 이 영화를 못 봤다면 제목을 적어놓고 꼭 빌려보며 영화 속 유머를 즐기길 바란다. 비디오 가게가 먼 사람들을 위해 잠깐 힌트를 주자면, 존 길구드는 나이가 지긋한 영국인으로 빼빼 마르고 행동이 굼뜨며 위트가 있고 무표정한 얼굴에 사사건건 따지는 사람이다).

우리는 메뉴판에 적힌 캐비아의 종류와 가격을 보고 놀라고 말았다. 이렇게나 비싸다니. 하지만 단 한번뿐인 인생, 우린 우선 비싼 샴페인으로 입을 축인 다음 흰 철갑상어알과 마티니를 먹기로 했다. 사실 비싼 캐비아는 와인만큼이나 화려하고 격식을 차려 서빙된다. 이윽고 웨이터가 캐비아를 들고 와 내게 보여준 다음, 끝에 동그란 진주색의 막대 사탕 같은 것이 달린 은색 도구를 건넸다. 나는 당황해서 물었다. "이게 뭐예요?" 그는 이렇게 말했다. "팔레트입니다." 그래서 뭐 어쩌라고? 여전히 당황해 하는 내 얼굴을 보고 그는 이렇게 말했다. "캐비아 맛을 보시라고요." 이런, 진작 그렇게 말할 것이지…….

나는 캐비아를 조금 떠서 팔레트에 담고(은수저는 캐비아의 맛을 망칠 수 있으므로 요즘에는 조개로 된 팔레트를 사용한다) 맛을 본 다음 "네, 됐어요. 좋군요. 괜찮아요"라고 말했다. 웨이터는 잠깐 긴장했다가 이렇게 말했다. "다행이군요."

그리고 샴페인을 따르는 웨이터에게 물었다. "다진 양파하고 달걀이랑 케이퍼를 캐비아와 같이 먹는 건가요?" 항상 스스로를 검소하다고 생각했는데, 그 순간만큼은 내가 정말 가난하게 느껴졌다. 웨이터가 무표정한 얼굴로 나를 바라봤기 때문이다. 그는 샴페인병을 들어 얼음이 담긴 통 안에 넣으며 비웃는 투로 말했다. "손님 캐비아니 마음대로 하세요."

그의 말이 맞았다. 이 세상에 있는 그 모든 규칙과 격식과 교양을 받아들이거나 거부하는 것은 우리 자유다. 우리는 원하는 삶을 살 수 있다. 늘 선택의 기로에서 남들이 뭘 좋아할까, 어떻게 생각할까 신경 쓰거나, 내가 뭘 원하는지 알고 거침없이 행동해야 한다.

웨이터는 잘 몰랐을 테지만 그의 말은 나에게 큰 가르침이 되었다. 내가 가장 힘들었던 때는 〈카바레〉라는 뮤지컬에서 샐리 보울스 역을 맡았을 때였다. 나는 로브 마셜에게 발탁되어 겨우 개막을 4주 앞두고 트레이닝을 받기 시작했다. 토니상을 수상한 그 뮤지컬은 캐스팅도 완벽했다. 나는 나에게 꼭 맞는 배역을 받았다. 물론 영화에서 로이스 역으로 비교적 무난한 성공을 거둔 내가 뮤지컬에 출연한다는 건 위험이 따르는 일이었다. 로브는 이렇게 말했다. "다들 네가 못할 거라 생각하지만, 나는 네가 잘해낼 거라 믿는다."

그러나 《LA 타임스》의 평론가는 그렇게 생각하지 않았던 것 같다. 절대 그 기사를 읽지 않겠다고 다짐했지만 새벽 6시에 신문이 우리 집 현관문에 부딪혀 픽 하는 소리를 내는 순간 참지 못하고 신문을 가져다 읽고 말았다. 평은 혹독했다. 나는 전에 그랬던 것처럼 하루 종일 울었다.

그날 밤 무대에 오르기 직전에 이런 생각이 들었다. '난 못해. 모욕당한 내가 뭘 하겠어?' 생각은 그렇게 했어도 나는 무대 위에서 열정적으로 연기를 해냈다. 하지만 상처는 어떻게든 털어내야 했다. 주위에서 그 평론가가 이상한 거라며 위로해준 덕분에 마음이 조금은 가벼워졌다.

그때 누군가 7개월간 계속되는 공연을 이끌어갈 수 있는 비법을 일러주었다(덕분에 나는 공연을 성공적으로 끝냈다. 혹시 그때 그 평론가가 이 글을 읽는다면, 내가 그 역으로 오프브로드웨이 작품에 주어지는 최고의 영예인 오비상 후보에까지 올랐다고 말해주고 싶다). 나

는 발가락에 '두고 봐'라고 적었다. 왼쪽 발가락에 '두고'라고 적
고, 오른쪽 발가락에 나머지 '봐'를 적었다(그리고 나머지 발가락은
그냥 비워두었다). 그 글귀를 스타킹과 신발 속에 감추고 있었다.
가끔은 옷장 거울에다 립스틱으로 그렇게 적기도 했다. 물론 딸아
이가 글 읽는 법을 배우기 전까지만 말이다.

이렇게 내게는 작은 비밀이 생겼다. 아무도 이 글귀를 보지 못
했고, 나도 아무에게도 보여주지 않았다. 하지만 발가락에 적힌 그
글귀는 내가 얼마나 삶을 사랑하며 노력하는지, 그리고 주변 사람
들이 나를 얼마나 믿어주는지를 일깨워주었다. 그 누구도 나의 이
런 경험을 빼앗아가지 못하리라.

이제 '두고 봐'라는 글귀는 더 이상 발가락에 적혀 있지 않지
만 나는 그때 그 마음을 아직도 기억한다. 얼마 전에 한 레스토랑
에서 열린 생일 파티에 갔다. 일로 만나 이제는 절친한 친구가 된
메이크업 아티스트와 거기서 만나기로 했다. 약속 장소에 도착해
보니 나밖에 없었다. 안으로 들어가 둘러봐도 생일 파티의 주인공
은 보이지 않았다. 다들 처음 보는 사람들뿐이었다. 생일 파티는
어디에서도 열리지 않았다.

나는 혼자 바에 앉아 있었다. 갈 곳 없는 10대 시절로 돌아간
것 같았다. 너무 쑥스러워서 돌아다니지도 못했다. 나는 메이크업
아티스트에게 전화를 걸었다. 그는 오고 있는 중이라고 했다. "여
기 도착할 때까지 나하고 계속 통화하면 안 될까? 생일 파티는 시

작할 기미도 안 보이지, 아는 사람은 하나도 없지, 어색해 죽겠어." 그는 이렇게 말했다. "그럼 이렇게 해. 지금 술을 한잔 마셔. 그리고 그렇게 혼자 술을 마시면서 멋진 척해보라구."

말이야 쉽지. 중간에 전화가 끊기면서 나는 몸을 숨겨야겠다는 생각에 화장실로 향했다. 화장실로 가다 보니 레스토랑 뒷마당이 슬쩍 보였다. 생일 파티는 정원에서 화려하게 열리고 있었다. 이런, 저기였군.

성대한 생일 파티였지만 분위기는 화기애애했다. 성대한 동시에 화기애애한 게 가능하다니! 나는 이런 파티가 좋다. 50명쯤 되는 사람들이 모였는데 나만 빼고는 서로 아는 사이들이었다. 사람들은 밴드의 연주에 맞춰 한 사람씩 노래를 불렀다. 어떤 여자가 다가오더니 노래를 부르겠냐고 물었다. 내가 안 부르겠다고 하자 그 아가씨는 다른 쪽으로 가서 노래 부를 사람의 신청을 받았다. 하지만 밤이 새도록 그녀는 몇 번이나 나에게 와서 노래를 부르라고 했다. 마치 고래가 나에게 여러 번 기회를 준 것처럼. 그렇다고 끈질기게 조른 건 아니었다.

나는 게요리가 정말 맛있다며 말꼬리를 흐렸지만, 제시카 심슨의 노래 〈이 부츠는 걷기 위한 거예요These Boots are made for Walkin'〉라는 곡도 신청할 수 있다는 것을 알고선 내심 노래를 부르고 싶었다. 내가 좋아하는 노래인데다가 워낙 노래 부르는 걸 좋아하기도 했다. 하지만 아직도 〈카바레〉의 혹평이 나를 따라다녔다. 수줍기도 했고 웃음거리가 될까 두렵기도 했다. 처음 보는 사람들 앞에서 노래하는 건 우스꽝스러운 짓이야. 남들이 어떻게 생각하든 그게 무슨 대수인가?

나는 다시 높은 바위 위에 서 있는 것 같았다. 두려웠다. 그때 그 자전거 타던 청년이 옆에 있었다면 날 격려해줬을 텐데. 3시간 동안 용기를 끌어 모으고 있는데, 어떤 여자가 무대 위에 올라가 바로 그 노래를 불렀다. 이런. 기회를 놓쳤구나. 남이 부른 노래를 내가 다시 부르면 얼마나 멍청해 보일까(아마 같은 느낌은 아니었을 것이다). 하고 싶은 게 뭔지 알면서도 완벽하게 해내지 못할까 봐 남들의 눈치를 보는 일, 바로 이럴 때가 살면서 가장 비참하다.

파티는 그럭저럭 괜찮았다. 노래할 마음이 없었다면 나는 그 시간에 춤이라도 추었을 것이다. 내 친구인 메이크업 아티스트와 나는 춤을 잘 추는 편이다(고등학교 때, 〈솔리드 골드〉에 나가 멋지게 춤을 출 것 같은 사람 1위로 뽑혔다는 일화를 기억하는가?). 하지만 남들 앞에서 춤을 추려면 용기를 쥐어짜야 한다. 남들 앞에서 춤을 추면 처음에는 어색하다. 공개적으로 춤을 추다 보면 열정, 웃음, 관능, 흥취 등 수많은 감정이 드러난다. 그럼 '그냥 즐겁게 춤을 추면되지'라고 생각할지 모른다. 하지만 춤이든 노래든 남들이 나를 어떻게 생각할지 신경이 쓰인다. 뭘 두려워하는 거지? 그걸 왜 신경 쓰는데? 그날 밤 내내 나는 걱정에 사로잡혔다.

그래도 옆에 있던 메이크업 아티스트가 많은 도움을 준 덕분에 나는 긴장을 풀고 몇 시간 동안 즐겁게 춤을 추었다. 다음날 친구가 이런 이메일을 보내왔다. "네가 풀어진 모습을 봐서 좋았어." 밤새 춤을 췄으니 반쯤은 성공한 것이다. 하지만 난 노래하고 싶었다. 내 인생에서 거치적거리는 한 가지가 있다면 그건 바로 나였다.

몇 달 후 그 생일 파티 얘기가 나왔다. 메이크업 아티스트는 이렇게 말했다. "나도 노래하고 싶었는데." 나는 깜짝 놀랐다. 그 친구는 수줍어서 뭘 못하거나 남들을 의식하는 사람이 아니었다. 그런 그가 그런 소리를 하다니, 문득 이런 생각이 들었다. 그날 그 파티에 왔던 사람들 중 쑥스러워서 노래를 못한 사람이 과연 몇이나 될까? 얼마나 많은 사람들이 파티나 교회 행사나 생일 파티에서 자신을 억누르고 남들 눈치를 보느라 재미를 놓치고 있는 걸까? 속없이 놀기만 하는군, 이런 비난조의 소리가 들려온다면 이 세상은 과연 어떻게 될까? 이 세상이 완벽한 조화를 이루면 안 되는 것일까? 좋아. 내가 물병자리이긴 해도 서로를 도울 수 있는 무언가를 할 수 있지 않을까? 이 세상이 조금 더 유연하고 화기애애한 곳이 될 수는 없을까?

나는 이런 생각을 많이 한다. 처음 보는 사람들끼리도 친절하게 대할 수는 없을까? 〈로이스&클라크〉를 촬영하는 동안 나는 L.A 북동부에 있는 선랜드에서 지냈다. 이곳에서 나는 화려한 할리우드에서는 엿볼 수 없는 소박함을 느낄 수 있었다. 할리우드에서 8년간 혼자 살면서 어떤 때는 하루 17시간씩 일하기도 했다. 깜깜한

밤에 집에 돌아와 침대에 쓰러졌다가 새벽같이 일어났다. 가끔은 너무 바빠 쓰레기통을 치우지 않고 그대로 내버려둔 적도 많았다. 나는 무례하게 쓰레기통을 그냥 방치해두는 생각 없는 이웃이었다.

힘들고 긴 하루를 보내고 집에 돌아와보니 옆집 사람이 보낸 기분 나쁜 편지가 나를 기다리고 있었다. 내가 방치해놓은 쓰레기통을 하루 종일 보고 있는 게 얼마나 불쾌한 일인 줄 아느냐, 어떻게 그렇게 예의가 없냐. 그가 무슨 말을 하는지 알았지만 이렇게 답장하고 싶은 마음이 굴뚝같았다. "하루 종일 집 안에서 담배나 피우면서 우리 집 쓰레기통만 쳐다보지 말고 시간을 때울 괜찮은 방법 좀 찾아보시죠."

우리 집 쓰레기통 때문에 기분이 나빠진 건 나도 안다. 하지만 이러면 어떨까? 혹시 이웃이 눈에 거슬릴 정도로 쓰레기통을 치우지 않는다면, 그가 너무 바빠서, 정신이 없어서, 우울해서, 도움이 필요해서 그런 거라고 이해하고 대신 치워주면 어떨까? 변명일 수도 있다. 하지만 나는 세상을 좀더 평화롭게 살기 위해 애쓰는 편이고 다른 사람들의 부정적인 평가에 예민하다. 어떤 사람을 이기적이고 지저분하다고 규정짓기 전에 그에게 도움이 필요한 건 아닌지 조금만 더 생각해본다면, 이 세상은 좀더 아름다워지지 않을까.

당신의 세상은 당신이 만드는 것이다. 어린 시절부터 지금까

지 한걸음씩 내디뎌온 발걸음을 따라 당신이 걸어온 길이 만들어
졌다. 가끔은 생각과 달리 행동하게 된다. 멈추고 싶지만 계속 앞
으로 나아가야 할 때도 있다. 그 길을 따라 걸어오면서 당신은 자
신이 누구인지, 그리고 뭘 원하는지 고민한다. 어떤 모습은 영원히
변하지 않지만, 또 어떤 모습은 해마다 바뀐다. 그럼에도 당신은
스스로의 운명을 결정지어야 하며, 인정하기 힘들어도 자신이 원
하는 바에 솔직해져야 한다. 사람들이 당신의 선택이 틀렸다고 말
할지라도.

　나는 원하던 대학에 진학하지 못했다. 원래는 줄리아드 음악
대학이나 카네기 멜론 대학교에 가고 싶었다. 그러나 아버지는 내
가 전기공학을 전공해야만 학비를 대주시겠다고 했다(줄리아드에
공대가 있다면 얼마나 좋을까). 아버지는 대공황기에 자란 분이라 직
업의 안정성을 최고로 치셨다. 예술가가 되면 내 삶이 불안정해질
거라고 생각하셨다. 어머니도 같은 시기에 자란 분이라 같은 생각
을 가지고 계셨다. 그래서 어머니는 당신도 반드시 일을 해야 한다
고 생각하셨다. 두 분은 우리 가족에게 안정감을 주고 싶어 하셨다.

　부모님에게서 이런 가르침을 받았지만 그 가르침이 현실에 그
대로 반영되는 건 아니었다. 인생에서 확실하게 보장된 것이 있겠
는가. 우리는 행복이 어디에서 오는지 잘 모른다. 이제 아버지가
이 사실을 아신 것 같다. 아버지는 내게 보컬 트레이닝을 받아보라
고 권하셨다. 좀 늦긴 했어도 나는 이 달콤한 제안을 받아들였다.

처음부터 허락하셨더라면 내가 그 파티에서 빼지 않고 노래를 했을 텐데……

가족들의 만류에도 불구하고 나는 그만 연기에 푹 빠져버렸다. 〈로이스&클라크〉를 찍은 직후, 나는 결단을 내려야만 했다. 그때 내 나이 열여섯. 나는 그 무엇보다 엄마가 되고 싶었다. 심리학자들에 따르면 10대가 아이를 갖고 싶어 하는 것은 안정된 삶을 꿈꾸기 때문이라고 한다. 조건 없이 자신을 사랑해주는 사람을 만나 그를 내 것으로 만드는 일. 당시 나에겐 그게 진심이었다(다행히도, 난 아이를 낳겠다고 고등학교를 중퇴하지 않았다). 하지만 10대 시절부터 나는 일하는 엄마는 되지 않겠다고 다짐했다. 일만 하는 어머니를 보며 자랐기 때문이었다.

하루는 어머니가 나를 학교에 데려다주면서, 지금 당장 출근하지 않으면 해고당할 거라고 하셨다. 그 소리에 나는 얼굴이 심각하게 굳어져 어머니에게 빨리 가보시라고 했다. 얼마 지나지 않아 어머니는 내가 '해고be fired'란 단어를 다른 뜻으로 받아들였다는 걸 아셨다. 난 어머니가 지각하면 회사 사람들이 어머니를 세워놓고 진짜로 '총을 쏜다to fire'고 생각했던 것이다.

그렇게 어머니의 일이란 나에게 두렵고 사악한 존재였다. 어쨌든 일하는 엄마를 둔 건 내게 별 도움이 되지 않았다. 나는 일하는 엄마가 싫었다. 늘 외로웠기에 동생을 낳아달라고 부탁도 해봤다. 나는 내 아이에게 나와는 다른 어린 시절을 선사하겠노라고 다짐했다.

취업주부가 되느냐, 전업주부가 되느냐. 사실 이 주제는 다루기가 무척이나 껄끄럽다. 나는 여성들을 사랑하고 이해하기에 간단히 판단을 내리고 싶지 않다. 여기에 정답은 없다. 이는 누구에게나 어려운 문제이기에 스스로 결정을 내려야 한다. 우리는 이런저런 일을 강요당한다. 이렇게 일해라, 저렇게 아이를 키워라, 이렇게 생각해라, 저렇게 행동해라. 나는 여성으로 살면서 쉽고 옳은 길은 없다고 생각하기에 여성의 선택에 대해 평가하고 싶지 않다. 여성은 직장이나 가정에 구속되기보다 자신의 삶을 가꿔나가야 한다. 스스로 모든 것을 취합하여 옳다고 생각하는 쪽으로 결정을 내려야 한다.

엄마가 되자 내 인생은 바뀌었다. 전에는 배우로서의 커리어와 결혼생활이 내 삶의 커다란 두 축이었다. 하지만 에머슨이 태어나자 딸아이는 곧장 그리고 영원히 내 삶의 중심부로 파고 들어왔다. 나는 이 작고 완벽한 존재를 책임져야 했다. 아이가 위험에 빠지지 않게 보호하고, 즐겁게 해주고, 행복한 삶을 스스로 만들어나갈 수 있는 방법을 일러주어야 했다.

영화계에서는 아이를 키우느라 배우로서의 삶을 중단한 걸 실수라고 생각했을지 모른다. 테리 해처, 넌 끝났어. 이젠 끝이야. 길어야 1년이면 끝나(물론 그렇지 않았다). 나는 내 커리어를 망치고 있다는 주변의 압력에 무릎을 꿇을 수도 있었다. 다시 그 시절로 돌아간다 해도 똑같은 선택을 했겠지만, 다른 사람들의 말과 내가 옳다고 생각하는 것 사이에서 가슴을 쥐어뜯었을지도 모른다.

하지만 나는 결단을 내렸다. 나는 매니저의 말을 무시했다. 나를 초대하는 파티의 수가 줄어들고, 캐스팅 제의 전화가 점차 뜸해지고, 연예인들에게 무료로 발송되는 우편물이 끊겨버린 사실에도 신경 쓰지 않았다. 나는 여배우라는 불안한 세계로 다시 돌아가고 싶지 않았다. 특히 엄마가 되고 나니 더욱 그랬다. 나는 내가 옳다고 생각하는 일을 감행했다.

어느 순간부터 나는 주변 사람들의 입김에 좌우되지 않았다. 친구, 가족, 동료들의 의견과 반응보다 훨씬 더 깊이 고민했다. 어떤 친척은 우리가 지어준 딸아이의 이름이 마음에 들지 않는다고 했다. 또 어떤 사람은 딸아이의 머리를 짧게 잘라주라고도 했다. 딸아이는 버터를 좋아했는데, 어떤 사람은 절대로 먹여서는 안 된다고 했지만 나는 그냥 내버려뒀다. 나는 내 방식대로 아이를 키우고 싶었기에 남들이 이래라 저래라 하는 소리에 휘둘리지 않았다.

다른 사람의 말 때문에 가슴속에서 갈등이 일어나면 잠깐이긴 하지만 팽팽한 줄 위에서 외줄타기를 하게 된다. 그러고 나면 내가 무엇을 해야 하는지 알 수 있다. 엄마라는 자리는 다른 사람들의 생각에 신경 쓰지 않고 스스로 결정을 내려야 하는 자리라는 걸 깨달았다.

어설픈 엄마가 되자 나는 이 세상으로부터 따스하게 뿜어져 나오는 온기를 느꼈다. 슈퍼마켓에서 딸아이가 자지러지게 울자, 사람들은 나더러 먼저 계산하라며 순서를 양보해주었다(혹시 우리 모녀를 빨리 내보내려고 그랬던 건 아닐까?). 사실 화장실을 갖춰놓지 않은 소규모 가게가 얼마나 많은가? 거기서 일하는 사람들은 내가 직원 전용 화장실을 쓸 수 있게 해주었다. 공항에서는 내 옆을 무심코 지나치던 사람들이 잠깐 멈춰 서서 유모차 옮기는 일을 거들어주기도 했다.

낯선 사람에게 친절을 베푸는 일은 아이를 데리고 다니는 엄마에게만 국한되어서는 안 된다. 한번은 영국 항공사인 버진애틀랜틱을 탄 적이 있었다. 체크인 카운터에는 이렇게 적혀 있었다. "비행기 연착으로 버진애틀랜틱 항공사 직원을 괴롭히는 일은 금지되어 있습니다." 나는 카운터 직원에게 말했다. "참 안됐네요. 직원을 괴롭히지 말라는 문구를 붙여놓아야 한다니요." 천재지변 등으로 어쩔 수 없이 예약 상황이 변경되었다고 화를 내다니! 이미 일진이 좋지 않은 당신, 그렇다고 다른 사람까지 기분 나쁜 하루를 보내야 할까? 퇴근하면서 동료에게 당신 얘기를 할 그 항공사 직원을 상상해보라. 항공사 직원에게 너무 모질게 굴지 말자. 안 그래도 힘든 인생 아닌가.

에머슨이 태어난 후 처음 맞는 크리스마스. 나는 가족과 친구를 초대해 성대한 디너파티를 열기로 했다. 에머슨은 겨우 생후 3개월이었고 나는 수면 부족에 시달리고 있었다. 그런 와중에 그걸 좋은 생각이라고 짜냈다니 분명 정신이 나가긴 나갔었나 보다. 완벽주의자인 나는 모든 면에서 크리스마스 축제 분위기가 물씬 풍기기를 바랐다.

크리스마스 이브, 한밤중에 에머슨에게 젖을 먹이고 트림을 시키고 기저귀를 갈아준 다음, 갈색 식탁보와 거기에 어울리는 냅킨을 사러 상점으로 차를 몰았다. 정신 나간 엄마라는 죄명으로 체포되지 않은 게 다행이었다. 하지만 나는 크리스마스 파티에 딱 어울릴 만한 물건을 찾지 못하고 인테리어 상점을 헤매고 있었다. 산타클로스 후추통, 메릴린 먼로 트리 장식, 인조 가죽으로 된 루돌프 옷 사이에서 식탁보를 고르기란 쉽지 않았다.

널찍하고 화려한 선반 사이를 휘젓고 다니는데, 뒤에서 이런 목소리가 들려왔다. "좀 비켜요!" 뒤를 돌아보니 내가 길을 가로막았다며 한 여자가 짜증을 내고 있었다. 나도 모르게 그 여자의 쇼핑을 방해한 것이었다. "미안합니다. 계신 줄 몰랐어요." 여자는 인상을 쓰며 지나갔다.

바로 이럴 때가 그냥 '털어버려야 하는' 순간이었지만 나는 그렇게 하지 못했다. 나는 스스로를 정의롭고 배려심 많은 사람이라 자부한다. 그래서 내가 이 여자에게 무례하게 굴었다는 생각은 전혀 들지 않았다. 잠깐 갈등하던 나는 그러지 말아야겠다고 생각하면서도 그 여자에게 다가갔다. 눈물을 꾹 참으려고 했지만 나는 그만 울음을 터뜨리고 말았다. 나는 울면서, 정말 당신을 못 봤다고, 게다가 난 아이를 낳은 지도 얼마 되지 않았다고 설명했다. 그리고 사람마다 사정이 있는 법이니까 조금만 더 부드럽게 대해주었으면 좋겠다고 말했다. 여자는 이렇게 말했다. "신문에나 나오던 미친 여자군."

참으로 대단한 크리스마스였다. 나는 그 여자가 뭔가 오해를 했을 거라고 생각한다. 아니면 외톨이로 크리스마스를 보내야 하거나, 자기보다 행복해 보이는 사람을 깔아뭉개야 기분이 풀리는 사람이었을지도 모른다(자신보다 행복해 보이는 여자가 울고 있으니 불쾌했을지도 모른다). 나는 이런 순간 용서하려고 애쓴다. 누군가 고속도로에서 끼어들면 나는 짜증 내지 않고 "저 사람이 어떤 상황인지 모르잖아"라고 스스로에게 말한다. 어쩌면 저 사람 부모가 아플지도 몰라. 아니면 해고를 당했을지도. 비행기가 연착해서 승객들에게 시달린 항공사 직원일 수도 있어.

나는 우리가 다른 점보다는 비슷한 점이 많다고 상상한다. 내가 그 여자의 길을 막은 것처럼 힘든 하루를 보낸 날 누군가 내 앞을 막을지도 모른다. 자기 일만으로도 힘들다. 만약 우리가 주변 사람의 고통을 덜어줄 수 있다면, 그게 인연이 되어 누군가 우리의 짐을 덜어주지 않을까?

며칠 후 우리는 새해를 맞이하러 뉴욕에 갔다. 9번가를 걷다 보니 어떤 여자가 그만 식료품 봉지를 떨어뜨리고 말았다. 구름이 잔뜩 낀 그 우중충한 날에, 무심히 제 갈 길을 가는 사람들로 거리는 북적거리고 있었다. 떨어뜨린 봉지에서 오렌지가 쏟아져 나왔다. 그날 그 거리에서 유난히 오렌지의 색깔이 눈에 띄었다. 여자가 떨어뜨린 물건들을 주워주려고 멈춰 서는 사람은 한 명도 없었다. 아무 생각 없이 다들 지나쳐 갔다.

순간 이상한 일이 일어났다. 구름이 걷히면서 쌍무지개가 떠올랐다. 뉴욕에서 쌍무지개를 보다니! 무지개는 크라이슬러 빌딩 바로 위에서 완벽한 아치를 그리고 있었다. 거리에서 탄성이 들려왔다. 사람들은 무지개를 가리키며 미소를 지었다. 어떤 사람은 즉석카메라를 사러 편의점으로 뛰어 들어갔다. 사람들은 구름 속으로 사라질 때까지 무지개를 쳐다봤다. 잠시 후 두 번째 기적이 일어났다. 9번가를 걷던 사람들 모두가 서로에게 말을 걸었던 것이다. "쌍무지개 봤어요?" "7번가에선 아직도 보여요!" 쌍무지개 덕분에 사람들은 서로를 알아보았고 하나가 될 수 있었다.

물론 이렇게 생각할 수도 있다. "그거야 어쩌다 한번이었겠지. 뉴욕이 뭐 하와인가!" 흔치 않은 무지개였지만, 바닥에 오렌지를 흘린 여자에게 냉정하고 무심하게 굴던 사람들을 친절하고 인정 넘치는 사람들로 바꾸는 일은 정말 쉬워 보였다. 다른 사람들을 아끼며 다 함께 즐겁고 아름답게 살 수 있는 세계가 바로 코앞에 있다. 그 모든 일들이 펼쳐질 세계가 멀지 않았다.

미용실에 가고, 장을 보러 가고, 회의를 하고, 가족을 위해 저녁을 차리고, 데이트를 하고, 은행을 터는 일 등등(사실 당신이 은행 강도라면, 이런 소릴 하는 게 맞는지는 모르겠지만 우선 이 책을 덮고 자수부터 하시길). 친절한 얼굴들이 보이며 현재를 즐긴다. 당신을 미소 짓게 하는 세계를 선택할 수 있다(사진 찍을 때 '치즈'라고 억지로 미소 지으라는 얘기가 아니다. 무슨 말인지 알 것이다). 오렌지를 주워줄 수도 있고, 슬쩍 물러서서 오렌지색이 얼마나 아름다운지 구경할 수도 있다.

식료품 봉지를 떨어뜨린 여자는 어떻게 되었을까? 그 무지개 덕분에 다들 그 여자가 힘들다는 것을 알게 되었을까? 흠, 지금 뉴욕 얘기를 하고 있다. 무슨 일이 있었을까? 그 여자는 오렌지를 모두 주운 다음에 자기 갈 길을 갔다. 여자는 슈퍼마켓에서 포장을 든든하게 해주지 않아 화가 났다가 무지개 때문에 그만 까먹었을지도 모른다. 그녀는—그리고 우리는—이 사회의 일원이다. 우리는 무지개를 다 같이 봤어야 한다.

엄마가 된 후 내가 뭘 원하는지 새롭게 깨달았다. 뉴욕 여행에서 돌아온 나는 L.A를 뜨고 싶어졌다. 하루 종일 차 안에서 보내지 않아도 되는 곳으로 이사 가고 싶었다. 멋진 도시에서 인정 많은 이웃과 살고 싶었다. 그래서 나는 대륙을 가로 질러 뉴욕으로 이사했다. 그게 무슨 소리냐고? 차라리 미니애폴리스로 이사 갈 걸 그랬다고? 난 그저 아이와 함께 새로운 집에서 새로운 삶을 꾸미고 싶었을 뿐이었다. 그리고 뉴욕이 그 해답이라 생각했다. 뉴욕에서 내 인생이 바닥을 치게 될 줄은 전혀 모른 채……

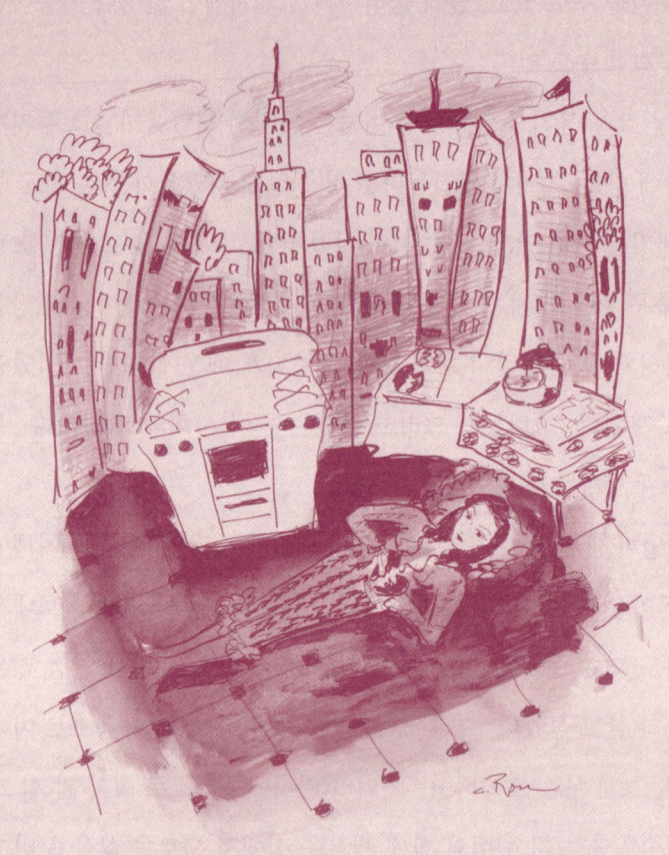

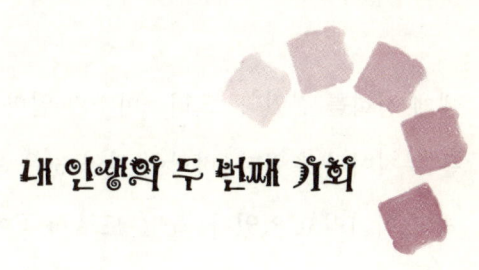

내 인생의 두 번째 기회

바닥이라. 정말 바닥을 치기 전까지는 그 나락의 끝이 어디인지 전혀 알 수 없다. 결혼생활의 끝을 앞두고서야 나는 그 사실을 알게 되었다. 까맣게 타버린 토스트를 먹은 건 별개의 문제다. 그건 필요 없는 불편을 자처하는 거니까. 하지만 까맣게 타버린 토스트가 되는 건 얘기가 완전히 다르다. 그건 내가 까맣게 타버려 필요 없는 빵 조각으로 전락한다는 얘기다. 불행히도 망쳐져버린 퇴물이란 소리다. 원래 구워지지 않은 빵으로 되돌아가려고 아무리 애를 써보아도 한번 구워진 토스트는 절대로 원래 모습으로 되돌릴 수 없다. 쓰레기통으로 들어가는 게 유일한 선택일 뿐.

뉴욕에서 4년 가까이 지내는 동안 그런 기분이 들었다. 기분이 바닥에 바닥을 치던 어느 날 뉴욕 첼시 부두에서 친구 발레리에게 전화를 걸었다. 크리스마스가 얼마 남지 않았을 때라 뉴욕은 무척이나 추웠다. 바닥에 쌓인 눈은 회색으로 변해 지저분하게 질척거리고 있었다. 눈은 도로 곳곳에서 지저분하고 추하게 변해 있었다. 그 '질척거림'을 본 적이 없다면 일단 안과부터 가보기를!

눈이 내려앉아 있는 모습은 곁에서 보기에 꽤 단단해 보인다. 하지만 발로 눈을 밟는 순간 발이 푹 꺼지면서 종아리까지 잠긴다. 도로 곳곳이 장난이 아니었다. 그때 우리의 결혼생활도 보이지 않는 바닥까지 떨어지고 말았다. 어떻게 해야 할지 막막하기만 했다. 결혼생활에서 벗어나긴 해야겠는데, 그렇다고 내 실패를 받아들이기는 힘들었다.

고등학교 때부터 스크랩북에 실패 코너를 만들어놓고 여태 간직하던 내가 결혼생활도 거기에 스크랩해놓고 그냥 마무리 지어버릴 수 있을까? 하지만 나는 실패에서 벗어나는 방법을 몰랐다. 샌프란시스코 발레단의 탈락 통지서, UC 버클리와 UCLA의 입학 불가 통지서까지 모아놓은 스크랩북은 완벽주의자가 되기 위한 일종의 자기 체벌이었다. 부모님, 특히 아버지를 실망시키고 싶지 않았고, 내가 완벽하게 굴면 더는 통지서를 모아둘 필요가 없을 거라 생각했다.

하지만 부둣가에 서 있던 그날, 내가 해결할 수 없는 문제가 나에게 닥쳤다는 것을 깨달았다. 더는 결혼생활을 지속할 수는 없었다. 하지만 그렇다고 실패를 인정할 수도 없었다. 이혼으로 딸아이가 상처받을지 모른다는 사실을 받아들일 수 없었다. 나 때문에 아이가 아파할 테니까. 좋은 선택을 내릴 수 없었다. 나는 바람 부는 부둣가에 서서 울며 발레리에게 전화를 했다. "이러다 허드슨 강에 뛰어들 것만 같아." 발레리는 이렇게 말했다. "테리, 우선 한걸음 뒤로 물러서." 나는 시키는 대로 했다. 딸아이한테 그런 꼴까지 보일 수는 없었다. 순간, 저쪽에서 눈이 녹아 질척거리는 웅덩이가 보였고 마음이 편안해졌다. 이제 때가 왔군. 나의 결혼이 끝났다는 사실을 깨달았다. 내가 어쩌다 이 지경이 됐을까?

나는 마흔 살이 되어 처음으로 내 삶의 한 부분을 바꾸고 싶다는 생각한 건 아니었다. 10년 전 서른 살일 때, 나는 외부로부터 변화가 일어나야 한다고 생각했다. 그건 크고 견고하고 육체적인 것이었다. 바위 위에서 뛰어내리는 태도를 바꾸려면 바위 위에서 뛰어내려 보아야 한다. 서쪽 끝에서 동쪽 끝으로 이사 가는 일도 나에게는 신선한 시도였다. 나는 전업주부로 지내고 남편 존이 중요하게 여기는 극장 문화를 누릴 수 있다면 우리 가족 모두에게 좋을 것이라 생각했다.

존, 에머슨, 나, 이렇게 세 식구는 우리의 새로운 집을 향해 미국을 횡단하는 긴 여행을 떠났다. 무려 21일 동안 지도책 3권을 들고 길을 나선 우리는 맨해튼에 도착하면 깨끗한 집이 준비되어 있을 거라고 기대했다. 우리의 여행은 여느 국토 횡단 여행처럼 발길 닿는 대로 이어졌다. 게다가 즉흥적인 나의 면모는 우리가 몬태나 주 미줄라에 도착할 즈음 그 본색을 드러냈다.

주위에 모터사이클 몇 대가 지나가고 있었다(사실은 몇 대가 아니라 수천 대였다). 오토바이 마니아들이 해마다 펼치는 세계 최대의 축제 스터지스 랠리와 우리의 일정이 겹쳤던 것이다. 약 50만 명의 바이커들은 사우스다코다의 스터지스를 향하는 길이 었다.

처음에는 가죽옷을 입고 줄지어 달리는 모터사이클들이 고속 도로를 따라 우리 차를 호위해주는 것 같아 멋지다고 생각했다. 하지만 미처 생각하지 못한 난관이 기다리고 있었다. 그렇게 시간이 흘러 호텔을 찾아 헤매던 우리는 50만 명의 바이커들이 어떤 위력을 지녔는지 깨닫게 되었다. 몬태나에서 와이오밍에 걸쳐 호텔, 모텔, 캠프장까지 모조리 예약이 꽉 찼다. 바이커들이 이렇게나 계획 적일지 누가 알았을까?

자포자기하는 심정으로 우리는 편의점에 들러 그곳 주차장에 차를 세워놓고 그 안에서 잠을 자기로 했다. 우리는 계산대로 가서 밤새도록 화장실을 쓸 수 있게 해주면 20달러를 주겠다고 했다. 하지만 그 남자는 내 품에 잠들어 있는 에머슨을 보더니 "어떻게 차에서 잔다고 그러세요? 저희 숙소에서 주무세요"라고 했다. 처음 보는 낯선 사람이 이런 친절을 베풀다니 정말 감동적이었다(사실 그는 내가 누구인지 못 알아봤다).

그렇게 나는 몬태나 주 한가운데 있는 낯선 사람의 아파트 마룻바닥에 누워 뜬눈으로 밤을 새웠다. 에머슨을 껴안고 있는 내 옆으론 남편이 누워 있었고, 옆방에서는 밤새 공포영화 소리가 새어 나왔다. 에머슨을 숨이 막힐 정도로 꼭 끌어안고 있던 나는 혹시라도 아이를 빼앗길까 봐 겁이 나 눈을 잠시도 붙이지 못했다. 아침 6시에 우리는 고맙다는 메모와 함께 50달러를 놓아두고 집을 나섰다.

마운트 러시모어에 도착하자 갑자기 우박이 내렸다. 8월 중순에 우박이라니. 우박이 차에 부딪히는 소리가 마치 〈러브 미 텐더〉의 멜로디처럼 들렸다. 나는 엘비스 프레슬리의 생가가 있는 그레이스랜드에 갑자기 가고 싶었다. 당연히 그곳은 뉴욕으로 가는 직행 코스에서 벗어나 있었다. 벗어난 정도가 아니라 아주 먼 거리를 돌아가야 했다. 하지만 두 팔을 벌린 채 "그레이스랜드에 가고 싶다!"고 외치지 않을 사람이 과연 있을까?

나는 지도책을 3권 준비해 갔는데, 그중 한 권은 미국 전역에 걸쳐 싸고 괜찮은 맛집을 소개해주는 책이었다. 어디에 가면 무슨 파이가 맛있는지부터 후미진 마을에 있는 카페까지 상세히 실려 있었다. 우리는 미국에서 가장 맛있다는 네브래스카 주의 프라이드치킨 집에 들렀다.

그곳은 부부가 운영하는 곳으로, 우리가 오후 7시에 도착하자

가게 문을 막 닫으려던 참이었다. 나는 안주인에게 통사정을 했다. "저기요, 저희가 이 집 치킨을 먹으려고 L.A에서부터 여기까지 운전해왔거든요." 안주인은 결국 우리의 청을 들어주었다. 그 집 프라이드치킨은 정말 맛이 끝내주었다. 샐러드를 곁들이지는 않았지만 그래도 괜찮았다. 그리고 우리는 바비큐 립을 먹으러 세인트루이스로 향했다.

이러다가 미국 한가운데에서 사라져버릴지도 모른다는 생각이 들긴 했지만 그 기분만큼은 마음에 들었다. 신문 헤드라인을 장식하고 연기와 외모로 주목받는 일, 그게 그동안 내가 원했던 전부였다. 매일 새로운 것들을 접하면서 나는 할리우드에서 벗어나 자연인으로 돌아가는 듯한 기분이 들었다. 이렇게 광활한 미국 땅을 직접 달리고 보니 내가 얼마나 작은 존재였던가를 깨닫게 되었다. 하지만 이런 기분도 잠시뿐 점점 시큰둥해졌다. 처음에는 아침마다 존과 나는 이렇게 말했다. "오늘도 멋진 하루가 될 거야." 하지만 정오가 되면 우리 둘은 말다툼을 했고, 저녁이면 진이 빠졌다. 적어도 하루에 절반 이상은 자동차 뒷좌석에 앉아 에머슨에게 모유 수유를 하며 시간을 보냈다. 그리고 그렇게 우리는 하루에 160킬로미터 이상을 달렸다.

그때 왜 우리가 아침에는 희망차게 시작했다가 점점 힘든 시간을 보내고 저녁이면 씁쓸한 마무리를 했는지 생각해보았다. 인생이 원래 그런 것 아니겠는가. 처음에는 희망에 부풀었다가 일이 잘 풀리지 않아 버티기 힘들어지면 지쳐 쓰러진다. 그랬다가 다시 일어선다. 우리의 여행에는 재충전을 위해 잠을 자는 것 이상의 그 무엇이 빠져 있었다. 뉴욕에 도착할 즈음 나는 그저 멋진 새 집에 들어가 심기일전하고 싶은 마음뿐이었다.

여행 21일째, 밤 11시에 새로 얻은 아파트에 도착했지만 그곳은 내가 꿈꾸던 곳이 아니었다. 먼지가 수북이 내려앉아 있는 게 너무나 지저분했다. 앞으로 6시간만 있으면 에머슨이 일어나 이 바닥을 기어 다닐 텐데. 그래서 우리는 밤새 청소를 했다. 집 안 일을 하다 보면 생각에 잠기게 된다. 바닥에 걸레질을 하고 있자니 이런 생각이 들었다. '대체 내가 무슨 짓을 한 거지? 왜 뉴욕으로 오면 문제가 해결될 거라 생각했을까? 무턱대고 새로운 도시로 이사를 하다니!' 문밖을 나서면 어느 쪽으로 가야 할지도 모르는 낯선 곳에 어린아이를 데려오다니.

나는 익숙한 것들을 모두 남겨둔 채 떠나왔다. 늘 다니던 소아과, 내가 좋아하는 치즈 가게. 이런다고 내가 새로운 모습으로 변신하는 게 아니었는데. 새로운 곳을 찾아 여기까지 운전해왔는데, 이런 곳을 내 집이라고 불러야 한다니 정말 어이가 없었다. 우울하고, 지치고, 살맛 안 나는 긴 하루였다.

낯선 맨해튼에서 생활하는 일은 그리 나쁘지만은 않았다. 그 다음날 우리는 동네를 걸어서 지도책에 나와 있는 괜찮은 레스토랑을 찾아 헤맸다. '엠파이어 디너'라는 곳에서 커피와 그릴 치즈를 시켜놓고 에머슨을 재미있게 해주려고 애썼다. 어쩌다 보니 옆 테이블에 앉은 여인과 얘기를 나누게 되었고, 알고 보니 그녀는 우리 아파트 옆동에 살았다. 다음날 그 여인은 우리 동네에서 괜찮은 곳들을 알려주었다. 세탁소, 약국, 과일 가게 등등. 친절한 배려에 많은 도움을 받았다.

뉴욕에서 몇 년 사는 동안 나의 유일한 그리고 가장 중요한 방송활동은 전자제품 판매업체인 라디오색의 광고에 출연한 것이었다. 원래 나는 믿을 만한 제품이나 기업 광고에만 출연했다. 가장 처음 찍은 라디오색 광고는 음성 메시지를 녹음할 수 있는 액자였다. 엄마가 사진 아래 있는 단추를 누르면 딸의 녹음된 음성이 흘러나온다. 예를 들어 "어버이날을 맞이하여, 엄마 사랑해요"라고 말이다. 기발한 아이디어 상품이라 크리스마스 선물로 괜찮아 보였다.

나의 광고 촬영은 중요한 수입원이 되었다. 1년에 딱 한 번 일주일간 촬영하면 우리 가족이 충분히 먹고살 만한 돈이 생겼다. 사실 이런 기회는 아무에게나 오는 게 아님을 너무나 잘 알고 있었기 때문에 내가 전업주부로 지낼 수 있어서 천만 다행이라는 생각이 들었다. 뉴욕에서 전업주부로 지내면서 아이가 추운 겨울에 장갑을 끼지 않겠다고 생떼를 쓰면, 아이를 울리느냐, 아니면 손이 꽁꽁 얼게 내버려두느냐를 결정해야 한다. "좋아, 그럼 장갑 끼지 마"라고 말한 다음 낑낑거리며 거추장스러운 유모차를 눈길로 밀

고 간다. 맨손으로 쫄래쫄래 쫓아오는 아이를 보며 길 가는 사람들
은 혀를 끌끌 차겠지.

엄마로 살다 보면 힘든 순간이 있다. 그건 캐비아와 계란을 함
께 먹느냐 마느냐 하는 문제보다 훨씬 심각한 것이었다. 구속감,
좌절감, 수치심이 한데 뒤엉킨 기분이었다. 무엇보다 아이가 연관
된 문제였기에 나의 행복보다는 아이의 행복이 훨씬 중요했다. 도
무지 개선시킬 수 없는 결혼생활을 다시는 하고 싶지 않다는 생각
을 뼈저리게 했다. 복숭아 파이를 만들 때 밀가루 반죽을 오븐 안
에 넣어버린 기분이랄까. 그럼 흐느적거리던 파이 반죽은 15분 만
에 단단히 굳는다.

하지만 나의 결혼생활은 어떤가? 에머슨이 태어나자 이런 소
리를 많이 들었다. "부모가 행복해야 자식도 행복하다." 그럼 난
이렇게 생각했다. '그게 무슨 말이야? 부모가 자기 행복을 먼저 챙
겨? 테리, 넌 성인이야. 아이에게 부모가 한 집에 사는 모습을 보
여줘야지. 그러려면 자신의 실수를 감수해야 하는 거, 아니겠어?
아이를 낳는다는 건 나를 중심으로 돌아가던 세상을 버리고 아이
를 위해 사는 거야!' 난 이렇게 생각했다. 행복해지기 위해 자식 생
각은 하지도 않고 이혼하는 부부를 볼 때마다 솔직히 경멸감을 느
꼈다. 다른 사람들을 편견을 품고 마음대로 판단하는 일은 죄악이
다. 그게 죄악이 아니라면 내 손에 장을 지지겠다.

나는 좋은 아버지의 모습을 보여주는 자상한 남자와 결혼했

었고, 열심히 노력한 끝에 행복해질 수 있어서 감사하다. 그렇다고 이혼이 내가 겪은 가장 힘든 경험이 아니었다는 소리는 아니다. 내 실패를 어떻게 받아들이고 나 자신을 어떻게 추슬러야 다시 일어설 수 있을까? 나에겐 이게 가장 심각한 문제로 정말 많은 것을 가르쳐주었다. 지금 나는 타버린 토스트로 전락하지 않는 방법을 가르쳐주려는 게 아니다. 토스트 문제를 해결하려면 길고도 오랜 과정이 걸린다(이건 비유적으로 한 말이다). 나는 아직도 그 해결책을 찾고 있다. 가끔은 찾은 것 같은 기분이 들기도 한다.

하루는 에머슨과 하루 종일 바닷가에서 조개를 주우며 놀았다. 나는 비키니를 입으면 기분이 좋다. 지나가는 남자가 고개를 돌려 바라볼 때마다 마치 내가 행복하고 성공한 싱글맘 같은 기분이 든다. 하지만 거울 앞에 벗은 채 홀로 서 있을 때면 나와 같이 있고 싶어 하는 남자가 없다는 사실에 울적해진다. 아직도 갈 길이 먼 것 같은 기분이다.

우리는 사람이나 상황을 좋다 나쁘다, 옳다 그르다, 100점이다 0점이다로 판단하려 든다. 사물을 흑백으로 가른다는 건 생각이나 감정을 양분한다는 얘기다. 막상 이혼을 하고 보니 나는 회색 지대에 갇혀버렸다. 회색. 이곳에는 명쾌한 것이 없기에 그저 구름이 걷히고 쨍하는 햇볕이 내리쬐기를 기다리는 수밖에 없다. 어떤 때는 태양이 며칠, 몇 주, 몇 달, 몇 년씩 내리쬐지 않을 때도 있다는 사실. 시애틀이 그렇다고 들었다.

결정을 내리면 결단력과 장악력이 생긴 것 같고 앞으로 나아가는 듯한 기분이다(옷장이나 찬장을 정리할 때마다). 이혼 결정을 내리면 모든 것이 명쾌해질 줄 알았다. 하지만 헛수고였다. 우중충한 회색 하늘만 내 시야에 가득 들어왔다. 회색 상태에서는 앞으로 나아갈 수 없다. 날이 우중충하면 아침에 침대를 박차고 일어나 옷을 입기조차 힘들다. 자기 삶이나 미래는 말할 것도 없다. 검은색보다야 낫겠지만 나에게 회색은 또 다른 검은색이었다.

뉴욕에서 차가운 크리스마스를 보낸 후, L.A로 돌아와 이혼 신청서를 접수시켰다. 다시 일을 해야 하는 상황이라 L.A는 일감을 찾기에 최적의 장소였다. 그리고 존은 에머슨이 혼란에 빠지지 않도록 내 집 근처로 거처를 옮기겠다고 했다(그리고 자신의 말을 실천에 옮겼다).

4년 만에 나는 뉴욕의 아파트를 처분하고 다시 L.A를 내 삶의 터전으로 삼기로 했다. 그리고 나는 부엌 바닥에 앉아 하염없이 눈물을 흘리며 몇 달을 보냈다. 왜 하필 부엌 바닥에 앉아서 그랬는지는 잘 모르겠다. 오븐 옆이 따스해서였을까(내가 빵을 구울 때마다 강아지 녀석은 오븐 앞에서 몸을 비비 꼬고 있다)? 아니면 무엇을 먹으러 갔다가 그대로 주저앉은 걸까?

부엌은 먹을거리를 만들어내고 위안을 주는 장소여야 한다.

나는 식욕을 돋우는 붉은색으로 싱크대를 칠했다. 아무리 그렇다 한들 우리 집에는 부엌 바닥 말고도 앉아서 울 만한 장소가 꽤나 있었다. 카펫이 깔린 곳이 수두룩한데 무슨 이유에선지 나는 부엌 바닥에 앉아 울었다. 공허한 결혼생활을 끝내야겠다는 결심과 늘 겉돌던 전 남편 때문이었을까.

나는 서른여덟에 자식까지 딸렸다. 나에겐 직업도 없고 일자리를 구할 가능성도 없었다. 나는 전 남편이 일을 팽개치고 자기가 하고 싶은 걸 하느라 내가 평생 모은 재산의 절반을 써버렸는데도 위자료까지 주어야 했다. 캘리포니아 주의 이혼법은 부부가 결혼생활 중 모은 자산의 절반을 나누게 한다. 이는 한쪽 배우자가 돈벌이를 하는 동안 아이를 양육한 다른 배우자를 보호하기 위한 것이다. 나는 성차별적인 생각을 갖고 있지 않다. 사실 직업과 수입을 포기하고 아이를 키우는 전업주부의 길을 선택한 대부분의 여성은 이런 이혼법으로 보호받을 수 있다.

하지만 나는 돈도 벌면서 아이까지 키워야 했기에 사실 이 법은 공평하지 않다고 생각한다. 게다가 낙오자라는 기분이 드는 것도 모자라(버려졌다는 기분에다가 외롭기까지 하니 이런저런 생각이 들었다) 위자료까지 주어야 한다니 화가 머리끝까지 치밀어 올랐다. 돈을 가장 많이 벌어들이던 내 최고의 전성기는 끝나버렸다. 이젠 그런 세월이 다시 올 것 같지 않았다. 나는 끝이 보이지 않는 터널을 지나고 있었다.

나는 이혼만 하면 당장 정신이 나간 듯한 상태에서 벗어나 행복하고 맑은 정신으로 에머슨을 키울 수 있을 줄 알았다. 하지만 결혼이 끝장나버렸다는 감정은 하룻밤 사이에 떨쳐버릴 수 있는 문제가 아니었다. 고통이 계속될 것 같아 우울했다. 그런 기분을 떨쳐버리려면 아무도 없는 곳에 가서 나만의 시간을 갖고 스스로를 치유해야 한다. 그건 정말로 중요한 일이므로 다시 한번 말하겠다. 자기 자신에게 시간을 주고 스스로 치유해야 한다. 그렇다. 이것 말고는 다른 해결책이 없다. 우울한 기분을 치유하는 유일한 방법은 인내뿐이다.

엄마의 삶은 인고의 삶이라 할 수 있다. 나는 정리정돈을 잘하는 깔끔한 사람이다. 우울할 때면 주변을 정리정돈하고 물건을 치우면 기분이 상쾌해진다. 뭔가 일이 잘 안 풀린다 싶으면 나는 욕실 수납장을 정리한다. 뭔가 하나 시작하면 완벽하게 해낼 때까지 계속하는 게 좋지만, 인생을 살다 보면 중간에 무슨 일이든 끼어들기 마련이다.

가장 최근에 욕실 수납장을 정리할 때의 일이다(욕실 수납장을 정리하는 게 양말통을 정리하는 것보다는 재미있다). 에머슨이 나더러 욕실에서 놀지 말고 대신 책을 읽어달라고 했다. 나는 빨리 샤워를 끝낸 후에 책을 읽어주겠다고 했다. 샤워를 하러 욕실에 들어가자 수납장 안이 엉망진창이었다. 정리를 하지 않고는 못 배길 것 같아 에머슨에게 들키지 않게(엄마가 샤워를 너무 오래한다고 생각

.

하지 않도록) 수납장 두 칸을 서둘러 정리했다.

수납장 안에 들어 있던 각종 세제, 약통, 스프레이 등을 치우고 있는데 에머슨이 욕실 문으로 고개를 내밀었다. "엄마, 이거 보세요." 나는 일곱 살짜리 딸아이에게 딱 걸리고 말았다. 아이는 별에 관한 책을 천진난만하게 들고 있었다. 에머슨은 플레이아데스 성단에 관한 책을 보고 싶어 했다. 욕실은 엉망진창이었지만 내 속에서 이런 목소리가 들려왔다. "수납장 따위는 잊어버리고 아이 옆에 있어주자. 별에 관한 책을 읽어줘야지. 어서 밖으로 나가 책을 읽어줘."

일을 지저분하게 벌려놓는 건 썩 내키는 일이 아니다. 하지만 언제나 계획대로 모든 일을 해치울 수는 없는 법. 어떤 선택을 해야 하는지 쉽지 않은 순간에 결단을 내려야 한다. 별에 관한 책을 읽어줄 것인가, 아니면 수납장을 정리할 것인가? 밤하늘의 신비로움이냐, 치실 정리냐? 이런 선택은 쉬운 것 같지만 그리 간단한 문제는 아니다. 너저분하게 사는 데도 노력이 필요하다. 가끔은 모두 팽개쳐두도록.

나는 빵을 자주 굽는다. 그중에서 제일 좋아하는 건 호두가 들어간 크림치즈 케이크, 브라우니, 진저브레드, 초콜릿 케이크 등이다. 얼마 전에는 밸런타인데이를 맞이하여 케이크를 구웠다(물론 사랑을 고백할 상대는 없지만, 그렇다고 케이크를 못 먹는다는 건 말이 안 된다). 나는 몇 단짜리 케이크를 만들었다. 하얀 층, 붉은 층, 또 하얀 층, 붉은 층을 겹겹이 쌓았다. 밀가루, 설탕, 베이킹파우더를 넣고 그 위에 버터, 달걀, 바닐라, 색소를 넣었다. 재료를 조심스럽게 섞은 다음 농도를 맞추었다. 그러고는 반죽을 틀에 넣고 30분간 오븐에서 구웠다. 그런 다음 한껏 부풀어 오른 케이크를 오븐에서 꺼낸 후 선반에 올려놓고 식혔다.

의자에 앉아서 케이크 틀을 바라보며 20분 동안 기다리려니 시간이 진짜 안 갔다. 손님이 올 시간은 점점 다가오고 케이크가 식기를 기다리자니 안달이 났다. 결국 인내심을 잃어버린 나는 급기야 완전히 굳지도 않은 케이크를 끄집어냈다. 케이크의 첫 번째 층이 부서진 후에야 나는 멈칫했다. 기다렸어야 했는데. 만약 멈추지 않았다면 케이크를 몽땅 망쳤을 것이다. 그럼 케이크를 망치는 데서 끝나는 게 아니라 내가 멕시코 식당에서 챙겨온 빨갛고 하얀 민트 사탕으로 손님을 대접하는 사태가 벌어졌을 것이다. 가끔은 참고 기다려야 하는 법. 서두른다고 되는 게 아니다. 이 사실을 받아들이기까지 많이 힘들었지만 덕분에 집착에서 벗어날 수 있었다.

만약 자녀가 있다면 다음 사실을 명심하길 바란다. 외출을 하려는데 이제 막 신발끈 묶는 법을 배운 네 살짜리 꼬마가 혼자서 하겠다고 난리다. 《이상한 나라의 앨리스》에 나오는 토끼가 동굴을 들락날락하는데도 아이는 아직 신발끈을 매지 못했다. 이번에는 토끼가 물건을 사러 상점에 들렀다가 잠깐 호프집에 들러 술 한 잔을 걸친다. 그런데도 아이는 아직까지 신발끈을 매지 못했다. "엄마, 리본 예쁘게 맸죠? 어때요?"

당신의 애인이 공원에서 기다린다거나, 아니면 병원을 예약해두어 늦어서는 안 되는 상황이다. 아이가 생기기 전까지 당신은 단 한번도 약속에 늦는 법이 없었다. 한편으론 딸아이에게 신발끈을 묶을 기회를 주고 싶기도 하다. 이럴 때 약속시간을 칼같이 지키는 사람이라면 긴장해서 "이럴 시간이 어디 있어"라고 말한 후 엎드려 아이의 신발끈을 묶어줄 것이다. 아니면 약속시간을 지키기보다는 아이가 신발끈 묶을 시간을 줄 수도 있다. 인내심이 있는 사람이라면 아이가 신발끈을 매겠다고 낑낑대는 모습을 옆에서 조용히 바라볼 것이다. 혹은, 아이한테 차에 가서 신발끈을 매자고 하는 편이 더 나을 것 같다. 그렇게 하면 아이는 낙담하지 않을 테니.

가끔은 느긋하게 여유를 갖는 게 좋은 것 같다. 엄마가 되고 나서 완전히 깨달은 것이 바로 그것이다. 나는 언제 에머슨이 하는 일을 더 중요하게 생각해야 하는지 살면서 터득하게 되었다.

우리 집에는 78년형 폭스바겐 미니밴이 있다. 에머슨과 나는 이 차를 타고 캠핑하는 걸 좋아한다. 우리는 해안을 따라 1번 국도를 타고 올라가다가 뒷자리에서 캠핑을 하기도 했다. 물론 나는 뒷자리에 쉴 수 있는 편안한 공간을 꾸며 넣었다. 스쿠비두가 그려진

커튼으로 멋을 내고 황금색이 섞여 있는 터키색 러그를 깔았다. 슈퍼마켓에서 산 터키색 베갯잇에 여기에 어울리는 담요까지 준비했다. 가운데에는 흰색, 올리브색, 나무색이 도는 빈티지풍의 플라스틱 접시도 갖추어놓았다. 위로 들어 올릴 수 있는 차 지붕 주위에는 터키색 꽃을 줄줄이 달았다. 정말 멋진 캠핑카다. TV 시리즈 〈파트리지 패밀리〉에 나오는 가족들도 이 차 안에서는 안락함을 느낄 것이다.

물론 단점도 있다. 1번 국도는 편도 1차선이다. 게다가 샌루이스 오비스포까지 가려면 길도 멀고 구불구불한데다가 오르막을 올라야 한다. 우리 밴은 오르막을 오를 때 그리 속도를 내지 못한다. 그래서 어떨 때는 이걸 타고 가느니 차라리 뛰어가는 게 낫겠다는 생각이 들기도 한다. 언덕길에서 힘껏 액셀러레이터를 밟아도 끽해야 시속 56킬로미터 정도밖에 나지 않았다. 토요일 아침, 당신은 운전 중이다. 그런데 우리 차같이 설설 기는 굼벵이 차를 만나면 어떤 기분이 들겠는가? 뒤에 오는 사람들은 대부분 속이 터져 내 차 뒤에 그들의 차를 바짝 붙이면 혹시라도 내가 속도를 내지 않을까 하고 기대한다. 참 운도 없지. 난 미안한 마음에 갓길에 차를 대고 먼저 가게 해준다.

하지만 갓길이 없을 경우 내가 해줄 수 있는 게 아무것도 없다. 이런 경우엔 참 난감하다. 나는 정말 다른 사람들을 화나게 하고 싶지 않다. 하지만 운전할 때 문득 이런 생각도 든다. '난 최선을 다하고 있어. 기회만 되면 차를 옆으로 빼줄 거야. 하지만 지금은 그럴 수가 없어. 그래서 열심히 가고 있잖아.'

누가 뭐라든 앞에 가는 굼벵이 차를 어디로 치워버릴 수는 없다. 시속 56킬로미터로 샌루이스 오비스포까지 운전한 후에야 나는 내 한계를 받아들일 수 있는 진정한 인내심을 찾았다. 살면서 정신적으로든 육체적으로든 자신의 단점을 인정하고 중용을 지키는 법을 찾는 게 좋다. 의도하지 않게 뒤에 따라오는 다른 차들에게 내가 깨달은 지혜를 가르쳐준다는 사실이 좀 창피하긴 하다(남들이 아무리 좋게 말한다고 해도 말이다).

그래서 나는 참고 기다리고 우울해하면서 부엌 바닥에 앉아 있다. 그냥 숨만 쉬고 있다고나 할까. 우리 인간은 살아남은 자들이다. 다윈의 진화론에 따르면 우리는 살기 위해 본능적으로 나쁜 일은 털어버리고 앞으로 전진한다고 한다. 특히 엄마인 우리는 자식을 돌봐야 할 의무가 있다. 에머슨을 돌봐야 한다는 생각에 나는 여기까지 달려왔다.

내 앞에 밝은 미래가 펼쳐질지 어떨지는 전혀 몰랐다. 내 소속사에서도 이런 말은 해주지 않았다. "남들이 테리더러 멋지대요. 그 라디오색 광고 덕분에 다시 전성기를 맞았다나. 이제 드라마도 찍을 수 있겠어요." 아무도 이렇게 얘기해주지 않았다. "당신은 멋진 비즈니스우먼이 될 수도, 다시 학교로 돌아가 학위를 딸 수도 있어요." 뭘 해야 할지 막막하기만 했다. 남편도 없고, 은행잔고는 줄어만 가고, 직업도 없었다. 9년 동안 결혼생활에만 충실했다. 30대 때 나는 남편과 잠자리를 한 적도 별로 없어 언제 임신을 했는지 정확한 날짜까지 말해줄 수 있을 정도였다.

에머슨이 네 살이 되자 나는 강아지를 선물했다. 에머슨은 하얀 털이 북슬북슬한 작은 시추에게 블루토라는 이름을 지어주었다. 그래도 고양이 이름을 야옹이라고 짓는 것보다는 훨씬 나은 것 같다. 블루토는 처음 우리 집에 왔을 때부터 비실비실했다. 하지만 우리가 병원에 데리고 다니며 사랑을 쏟은 덕분에 녀석은 건강해졌다. 그러다 우리 모녀가 주말여행을 떠나는 바람에 블루토와 6주간 떨어져 지내게 되었다. 우리는 평판이 괜찮은 애완견 훈련사에게 녀석을 맡겼다.

아마도 블루토는 이웃집 마당에 떨어져 있는 독 있는 열매를 먹은 게 분명했다. 블루토가 정말 많이 아파 나는 집에 돌아오자마자 동물병원에서 꼬박 밤을 새며 블루토를 간호해야 했다. 아침이 되자 병원에서는 블루토가 괜찮을 것 같다고 얘기했다. 집에 돌아와 몇 시간 눈을 붙인 후 지친 몸을 이끌고 에머슨을 학교에 데려다주려는데 병원에서 전화가 왔다. 녀석이 죽었다는 것이다.

에머슨에게 당장 이 소식을 전하기에는 때가 좋지 않았다. 우리는 집을 나섰다. 나는 슬픔을 꾹꾹 누른 채 에머슨을 학교에 데려다주며 여느 때처럼 "좋은 하루 보내라!"고 웃으며 말했다. 사실 그날은 좋은 하루가 될 수 없었지만.

동물병원으로 달려가보니 블루토가 침대에 누워 있었다. 하얀 털이 북슬북슬한 모습은 여전했지만 숨은 쉬지 않았다. 나는 울먹이며 소아과의사, 친구들, 치료사에게 전화를 걸어 어떻게 해야 할지 자문을 구했다. 어떤 사람은 에머슨에게 《찰리의 천국 여행》이라는 책을 사주라고 했다. 또 어떤 사람은 블루토를 보여주라고 했고, 또 어떤 사람은 절대로 보여주지 말라고 했다. 어떤 친구는 당장 하얀 강아지를 하나 구해다가 슬쩍 바꿔놓고는, "이런, 블루토가 병원에서 며칠 지내더니 얼굴이 변했네"라고 말하라고 했다.

결국 나는 내 마음 가는 대로 따랐다. 학교수업이 끝난 후 나는 에머슨을 데리고 공원으로 갔다. 우리가 벤치에 앉자마자 마치 영화 속에서 그러는 것처럼 스프링클러가 돌아갔다. 나는 슬픈 소식이 있다고 솔직히 말을 꺼냈다. 블루토가 죽었어. 가서 보고 싶니? 에머슨은 죽었다는 게 무슨 뜻인지, 왜 죽는지 물어봤다.

나는 누구 탓으로 돌리고 싶었지만, 그런 아픔과 슬픔을 분노로 뿜어내는 대신 그냥 털어버리기로 했다. 그렇게 해봐야 아무런 도움도, 어떤 깨달음도 얻지 못한다는 사실을 알았기 때문이다. 그저 사랑하는 누군가에게 작별인사를 해야 할 때가 온 것뿐이었다. 한편으로는 에머슨이 사람이 아닌, 강아지의 죽음을 겪은 게 다행으로 여겨졌다. 사랑하는 누군가를 잃는 아픔도 자연스런 삶의 모습이기에 에머슨도 그런 아픔을 피해갈 수는 없다. 그래서 우리는 동물병원에 갔다. 에머슨은 울면서 블투토에게 잘 가라고 입을 맞췄다. 그리고 우리는 천사가 새겨진 비석을 사서 뒷마당에 녀석을 묻었다.

나는 당장 다른 강아지를 키우지 않았다. 새로운 강아지를 키우면 쉽게 슬픔을 털어낼 수 있지만 그렇게 고통을 털어내기는 싫었다. 그걸 참고 견디는 법을 배우는 게 낫다고 생각했다. 처음에는 힘들지만 점점 고통이 사그라지면서, 블루토와의 추억과 사랑만을 간직하게 된다. 이렇게 우울하고 힘든 시기를 겪으며 치유될 때까지 기다리는 법을 배우다 보면, 어느 날 문득 그렇게 힘든 날이 있었다는 사실도 잊게 될 것이다.

우리는 블루토의 자리를 금방 메우지 않았다(나중에 펍이라는, 귀가 축 처진 스패니얼 종을 데려와 지금까지 키우고 있다). 우리에게 많은 가르침을 준 블루토에게 감사했다. 이혼도 이것과 비슷하다. 한동안 괴로움에 시달릴 수밖에 없고, 단번에 고통을 떨쳐낼 방법은 없다.

싱글맘으로서의 생활에 점점 익숙해지면서 힘이 솟구쳤다. 가정이 깨졌다는 사실을 인정하기는 힘들지만 그렇다고 돌이킬 수도 없었다. 이혼을 하면서 나눠가진 살림살이를 볼 때마다 솟구치던 분노도 점점 사그라졌다. '은으로 만든 고급 그릇'도 그냥 평범한 그릇으로 돌아왔고, '크리스털' 잔도 그냥 와인잔으로 돌아왔다. 18세기 앤티크 촛대는 정말 값나가는 물건이었는데, 내가 가져올 수 있어서 정말 좋았다.

시간이 흐르면서, 그 나쁜 남자를 욕할 필요도, 파경의 이유를 설명할 필요도 없어졌다. 만약 책을 낸다면 한탄할 얘깃거리가 몇 권은 될 것이다. 아마 존도 마찬가지일 것이다. 이혼한 부부라면 누구나 그럴 것이다. 전적으로 한 사람만 잘못했을 수는 없다.

한때 나는 아픔, 후회, 원망, 분노의 감정에 휩싸여 꼼짝달싹 못한 적도 있었다. 하루하루 화만 내며 1년을 허비했다. 진정한 여행이란 이런 화를 털어버리는 것이다. 용서하고 놓아버리는 법을 찾는 일. 그러다 보면 결국 여행을 떠난 당신은 이렇게 말하게 된다. "내가 옳든 그르든 아무 상관없어. 평생 그렇게 얽매인 채로 살 수는 없잖아. 뭔가 변해야 해."

남편이든 누구든 나에게 잘해주지 못한 사람들을 계속 원망만 하면 도전할 수 없다. 매일 내가 되고 싶은 사람으로 살아야 도전할 수 있다. 그리고 그 도전이란 놓아버리는 일이다.

칠흑같이 어둡고 천둥 번개가 휘몰아치는 상황에서도 하늘이 맑게 개이며 밝은 빛이 뚫고 들어오는 순간이 있다. 잠깐 푸르른 하늘이 보이기 시작했다. 그건 이렇게 우울한 채로 평생을 지내지는 않을 거라는 약속이었다. 그걸 본 나는 구름을 걷고 도약할 수 있는 방법을 더욱 열심히 찾아 헤맸다.

나는 기타를 사서 레슨을 받기 시작했다. 〈그녀는 산을 돌아서 올 거예요She'll be Coming 'Round the Mountain〉라는 곡을 연주하고 싶어서였다. 사실 노래 가사가 무슨 내용인지 잘 몰랐지만 그냥 그러고 싶었다.

나는 몸을 추스르고 일에 몰두하기 시작했다. 난 다시 일해야만 했다. 일하지 못하면 우리는 우리 집에서 살 수 없는 처지였다. 이혼으로 혼란스러워하는 에머슨에게 이사까지 시킬 수는 없었다. 일자리를 구해 이런 사태를 막아야 했다. 그런 결심을 하자 모든 게 제자리로 돌아오기 시작했다. 몇 년 만에 처음으로 뭔가 하고 싶다는 욕구가 일었다. 나는 TV 드라마와 화장품 업계에 이런저런 제안들을 했다. ABC 방송국에 파일럿 프로그램을 제안한 덕분에 〈위기의 주부들〉의 배역을 따낼 수 있었다. 그리고 그 프로그램은 나에게 희망이 되어주었다.

이미 앞에서 〈위기의 주부들〉 오디션을 어떻게 보았는지 이야기했지만, 만일 용감하게 그 폭풍우를 온몸으로 맞지 않았더라면 아마 캐스팅되지 못했을 것이다. 인내와 신념을 갖고 있다면 언젠가 구름은 걷힌다. 그리고 그 구름이 걷히고 나타난 빛은 그 어느 때보다 찬란하기 마련이다.

이렇게 새로 성공을 거둔 후 사람들이 하는 소리를 들을 때마다 정말 가슴이 설렌다. "테리, 당신이 잘되어서 내가 다 행복해요. 당신은 그럴 자격이 있다고요." 내가 이런 소리를 듣다니. 내가 이런 걸 누릴 자격이 있다는 생각을 사실 해본 적이 없었다. 내가 성공했다거나, 괜찮은 사람이라거나, 책임감 있다거나 하는 소리를 들으면 아직도 인정하기가 어렵다. 어머니께서는 당신이 아무것도 누릴 자격이 없다는 말을 아직까지 하신다. 내가 열심히 일해서 성공했다는 말을 들으면 굉장히 자극을 받는다. 남의 말에 귀를 기울이고 누군가 내게 노릇노릇 구워진 토스트를 건네면 고맙다고 말하고 감사히 받아든다. 이제는 고맙게만 생각하지 않고 내가 그럴 자격이 있다고 생각하려 한다. 우리 모두는 그럴 자격이 있다.

여기서 의문이 생긴다. 만약 내가 그 큰 배역을 맡지 못해서 경제적 안정과 커리어에 대한 자신감을 얻지 못했다면 어떻게 됐을까? 이런 배역이 흔치 않다는 사실은 여배우라면 누구나 알고 있다. 만약 배역을 따지 못했다면 내가 어두운 과거에서 벗어난 멋진 무용담을 들려줄 수 있었을까? 아니면, 비통하고 분노에 차 부엌 바닥에 앉아 있던 시절로 되돌아갔을까? 글쎄.

하지만 만약 내가 되고 싶은 모습이 되려고 도전하지 않았더라면, 이혼을 한 후 원래 내 모습으로 돌아오지 않았더라면, 내가 발톱을 세우고 씩씩거리며 오디션장으로 걸어 들어갔더라면, 내가 그 배역에 절대로 캐스팅되지 못했을 거란 사실 하나만큼은 분명하다. 그건 〈위기의 주부들〉에 나오는 수전 마이어의 모습이 아니다. 내가 성공하지 못했다면 지금 어떤 모습일지는 모르겠다. 하지만 자신 있게 말하건대, 자기 스스로 가능성을 열어두지 않는 한 그 누구도 두 번째 기회를 가질 수 없다.

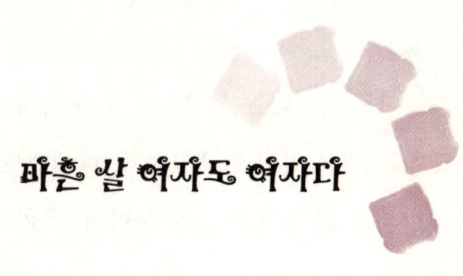

마흔 살 여자도 여자다

우울한 시기를 버티려면 참는 수밖에 없다. 이혼의 그늘에서 점차 벗어났다고 해서 내 마음이 온통 명쾌함과 평화로 가득 찼다는 얘기는 아니다. 이때 치유가 필요하며 나의 경우 치유는 내 존재의 중심에서부터 시작됐다. 나에겐 조심스레 가꿔놓은 집과 친구들과 폭스바겐 밴이 있었다. 또한 나는 이 상황에서 벗어나 도피처를 찾는 법도 알았다.

우리의 몸은 우리의 존재를 담고 있는 그릇이다. 그럼 그런 몸도 행복하게 만들면 어떨까? 물론 그래야 한다. 나는 결혼생활을 하면서 나의 많은 부분을 가두고 살았다. 내 말이 틀렸다면 반박해도 좋지만, 성적 욕구와 소통의 단절은 와해된 결혼생활의 부산물이라는 생각이 든다.

나도 여자라는 생각을 되찾기 위해 정말 열심히 노력했다. 욕구를 느껴본 적이 언제였던가, 나에게도 성욕이 있었나? 나는 거절당할까 봐 성욕을 꾹꾹 눌렀다. 그리고 더 이상 성욕을 느끼지 못할까 봐 너무나 불안했다. 나는 성욕이라는 스위치를 완전히 꺼놓고 살았다. 그렇다고 지금은 성적인 자신감이 넘쳐흐른다는 말이 아니다. 내 결혼생활, 특히 성생활을 무작정 비난만 할 수는 없다. 사실 내가 결혼을 결심했던 이유가 잠자리 때문이었기에 그 부분에 대해서는 왈가왈부하지 않을 생각이다. 그리고 그것 때문에 불안감을 느껴야 할 이유도 없다.

내 나이 마흔, 솔직히 섹스하고 싶다. 잠자리가 그립다. 친구 발레리는, 이혼 후 꽤 많은 시간이 흐르고 진흙탕 싸움으로 겪은 아픔이 가시고 나니 내게도 다시 생기가 돈다고 했다. 내 얼굴이 폈다나. 그녀 말이 맞았다. 나는 내 온몸을 이곳저곳 만지면서 근육, 폐, 심장, 위에게 인사했다(사실 위에게 사과한다. 지난 시절 그 씁쓸하고 잔인한 감정을 겪느라 힘들었을 것이다).

원래 내 모습으로 조금씩 돌아가자 꺼놓았던 스위치가 다시 켜졌다. 내 성욕 스위치 중에서 어떤 부분은 다시 켜기가 힘들었다. 혹시 고장 났으면 어떡하지? 만약 캘리포니아 주법에 위배되지 않는다면 '전기 기술자'라도 불렀을지 모른다.

결혼한 친구들은 혼자 사는 여자의 섹스 라이프를 제멋대로 상상하여 대리 만족을 느끼는데, 그건 웃기는 일이다. 사실 이혼하면 성생활을 마음껏 즐기는 줄 알지만 천만의 말씀. 다른 사람은 몰라도 지금의 나는 다른 때보다 섹스를 멀리하는 것 같다. 하지만 이런 생활을 바꿔야 하며, 또 바꾸고 싶은 마음도 있다. 뭔가 간절히 원한다면 바꾸려는 노력을 하게 된다. 우선 내가 진정 섹스를 하고 싶은가를 파악하는 게 1단계다.

어떤 사람은 성욕과 자신감은 외모에서 비롯된다고 하지만 아니다. 그건 자존감과 기쁨에서 비롯된다. 내가 특별하고, 괜찮고, 매력적이라는 느낌에서 나온다. 난 내게 성적인 매력이 있다고는 생각하지 않으며, 사실 그랬던 적이 있기나 했는지 의심스럽다. 그래서 나 자신을 아끼고 내 몸을 보살피기로 했다. 촛불을 켜고 목욕을 했고, 멋진 저녁식사를 했으며, 운동과 마사지에 시간을 들였다.

말이 나온 김에 마사지 얘기를 좀 해야겠다. 울적하고 외로운 날, 기분이 좋아지고 싶을 때는 마사지를 받으면 좋다. 하루는 마사지실에 알몸으로 누워 남자 안마사에게 마사지를 받고 있었다. 그는 열심히 내 몸을 마사지할 뿐 눈 하나 깜짝하지 않았다. 아마 내가 그에게 뭔가 다른 마음을 먹었던 것 같다. 사실 그곳은 그런 일이 일어날 수 없는 곳이다. 마사지실에서 그가 뭘 할 수 있겠는가? 마사지 침대에 누워서 이곳 규정을 어기며 재미를 볼 수는 없었다. 나는 그 기분이 분노인지 오르가슴인지 확인하기 위해 기다렸다. 하지만 이내 그 기분은 사라졌고, 나는 낙담하고 말았다. 내

가 왜 마사지실에 들어갈 때보다 나올 때 훨씬 더 긴장했는지 여러
분은 이해할 수 있을 것이다. 그때부터 나는 여자 안마사에게 마사
지를 받았다.

나는 되도록이면 집에 있지 않으려고 한다. 그러나 때로 에머
슨이 아빠를 만나러 가면 그 자유 시간에 친구와 영화를 보러 가거
나 춤을 추러 가는 대신 그냥 축 처져 있을 때가 있다. 무거운 마음
에 하루 종일 파자마를 입고 뒹굴며 케이블 TV나 보고 와인 병마
개를 땄다. 한번은 와인 몇 잔을 들이켠 후 과감한 프로젝트에 돌
입하기로 했다. 그건 비키니 왁싱이었다. 여성들이여, 왁싱을 해
본 사람이라면 알겠지만, 비키니 왁싱은 소심한 사람들이 할 만한
일이 아니다. 어쩌면 여러분은 왜 전문 숍에 가서 왁싱을 받지 않
았느냐고 물을 것이다. 좋은 질문이다. 어차피 집에 있는 풀장에
혼자 누워 있을 텐데, 누구한테 예뻐 보이려고?

어쨌든 나는 왁싱용 키트를 욕실로 가져가 그곳에 작은 제모
실을 차렸다. 왁싱용 테이프, 작은 히터, 그리고 내가 이브 엔슬러
의 〈버자이너 모놀로그〉를 공연할 때 선물받았던 목이 자유자재로
구부러지는 손거울을 준비했다('성기'라는 글자가 수놓아져 있어서
한번도 쓰고 나간 적 없는 야구 모자도 쓰고 들어갔다). 〈버자이너 모
놀로그〉에서 내가 맡은 역할은 성기가 못생겨서 섹스를 즐기지 못
하고 어떤 남자가 자기와 잠을 자주겠냐고 생각하는 여자 역이었
다. 그러다 여인은 자신의 성기를 사랑해주는 남자를 만난다. 그는

성기의 생김새가 모두 다르기에 성기를 보면 그 여자에 대해 알 수 있다고 한다. 그는 여성을 존중하며 그들을 아낀다. 그래서 내가 연기한 인물은 마침내 자신의 성기가 아름답고 특별하며 자기 몸의 일부라고 받아들이고 사랑하게 된다.

다른 여자들도 그렇겠지만 나 역시 그 작품에 나오는 그런 남자를 만나보지 못했다. 어쩌면 그런 남자는 없을지도 모른다. 그와 비슷한 남자를 한두 명쯤 만나보긴 했지만 그렇다고 내 불안감이 고쳐지거나 변한 것은 아니다. 이제부터 할 얘기는 정말 민망한 것이기도 하다. 하지만 뭐 어떤가? 우리 여자끼린데(내 생각엔 말이다).

아주 어렸을 때 어머니와 같이 샤워를 하던 때가 생각난다. 그때 나는 샤워 부스 한쪽 구석에 앉아 어머니가 샤워하는 모습을 지켜보면서 그곳은 왠지 감춰야 할 것 같은 기분을 느꼈다. 청결하게 씻어야 하지만 씻을 때를 빼고는 무시당하는 부위. 나는 여자의 몸이 아름답다는 생각을 하지 못했다. 욕실 안에서든 밖에서든 어머니는 당신의 성욕을 편안하게 받아들이지 않았던 것 같다. 나는 부모님이 입을 맞추거나 손을 잡고 계신 걸 본 적이 없다. 어머니가 당신의 몸을 아끼는 모습을 본 적도, 옷을 사 입고 예쁜 모습을 즐기는 모습을 본 적도 없다.

나는 욕실에 쭈그리고 앉아 조금이라도 덜 아프게 그곳을 제모하기 시작했다. 시간이 얼마나 오래 걸리던지 한참 동안 그곳을 거울에 비춰보았다(자세히 그곳을 들여다보면 왜 그런지 알 수 있을 것이다). 자기 발견을 주제로 하는 〈버자이너 모놀로그〉 2탄을 연기하는 듯한 기분이 들었다. 여자들이 바닥에 매트를 깔고 누워 손거울로 그곳을 들여다보는 내용이랄까.

나는 여자다. 실수, 열망, 성취, 욕구가 있는 마흔 살의 여자다. 이 모든 것들의 역사가 한데 뒤엉켜 거울에 비춰진 바로 그곳의 모습을 이루었다. 나도 그곳을 통해 태어났고, 그곳을 통해 아이를 낳았으며, 지금의 내가 되었다는 자신감을 느끼면서도 한편으론 불안감에 시달리는 복잡한 심경이었다. 연극 속 주인공처럼 그곳을 아름답고 여성적인 것으로 받아들이려고 노력했다. 그러자 나는 성기와 뗄 수 없는 사이고, 성기가 나이며 내가 성기라는 경이로우면서도 오묘한 깨달음을 얻게 되었다. 그렇다고 득도를 한 건 아니었다. 하지만 에머슨에게 성욕을 자연스럽게 받아들이는 엄마의 모습을 보여주고 싶다는 생각이 들었다.

내 몸에 대해 좀더 자신감을 갖기 위해서 매일 빼먹지 않고 몸을 가꾸기 시작했다. 나는 화장품을 개발하는 약사로부터 예뻐지는 비결도 배웠다. 그녀는 남은 와인을 버리는 대신 욕조에 넣어 목욕하면 포도주의 항산화제 성분이 각질 제거에 효과를 발휘한다고 했다.

솔깃했지만 어떻게 시작해야 할지 난감했다. 첫째, 혼자 사는 사람이 마실 수 있는 와인의 양을 인정해야 한다. 혼자 먹겠다고 멋진 저녁상을 차리기가 얼마나 번거로운가. 사실 혼자 먹겠다고 와인 병을 따는 일은 하나도 신나지 않는다. 게다가 병을 따기 전에 혼자 다 마시고 취할 것인지, 아니면 반을 남겨 식초로 삭힐 것인지를 결정해야 한다. 그럼 그 식초를 볼 때마다 멋진 저녁식사를 혼자서 즐겼다는 사실이 생각나겠지. 혹시나 저녁식사 때 혼자 와인을 마시다가 다 비우지 못했다면 절대로 그냥 버리지 말 것.

둘째, 나는 물건을 낭비하는 꼴을 두고 보지 못한다. 나중에 바나나 빵을 만들어 먹으려고 검게 변한 바나나를 냉동실에 얼려 둔다. 가끔은 바나나 빵을 만들어 먹는 양보다 얼려둔 바나나 양이 더 많아 냉동실이 넘쳐난다. 바나나로 해 먹을 뭐 괜찮은 조리법이 없을까(바나나로 전남편의 머리통을 후려갈긴 다음, 그 바나나로 바나나 빵을 만들어 먹으면 증거가 사라지므로 완전범죄가 될 텐데)?

다시 와인 얘기를 해야겠다. 남은 와인을 어딘가 재활용할 수 있다는 사실에 기분이 좋다. 와인향이 나는 목욕은 바닐라 거품 목욕보다 훨씬 섹시하고 세련된 것 같다. 남은 음식을 재활용한 것이지만 퇴폐적이라 마음에 든다(단점이라면 목욕용 장난감 오리가 술에 취해 병원에 실려 가야 할지 모른다는 점이다). 이제 바나나처럼 남은 와인도 부엌에 모아두기 시작했다. 와인을 볼 때마다 우울해지기는커녕 목욕해야겠다는 생각이 든다. 이렇게 사소한 일이 작은 행복을 만들어주고 고달픈 일상을 잊게 해준다.

이런 인생의 전환기를 겪으면서 나는 나 자신을 치유하는 여

러 가지 방법을 터득했고, 나를 행복하게 해주는 일들을 만들어나
갔다. 아피비타라는 가게에서 초콜릿, 바닐라, 화이트티 오일을
사서 우유를 섞은 목욕물에 넣어주면 행복해진다. 얘기만 들어도
군침이 돌지만, 칼로리 걱정은 내려놓길. 진저, 라임, 그린티 성분
이 들어 있는 에너지 솔트 스크럽(이것도 아피비타에서 살 수 있다)
을 넣어도 좋다. 프레시에서 파는 라이스 버블바스도 좋다. 사케
성분이 들어 있는 이 제품은 게이샤가 몸의 독성을 빼기 위해 두루
두루 사용했다고 한다. 욕조에 넣으면 술 냄새가 좀 나는 편이다.
나는 음주 목욕을 한다!

내가 하고 싶은 말은 상점에 가면 다양한 향기를 풍기는 목욕
제품이 많고 별로 비싸지도 않으니 몇 가지 제품을 꼭 즐겨보라는
것. 왜냐고? 그 작은 병이 희망을 약속해주기 때문이다. 나는 희망
에 차서 목욕 소금을 만드는 법을 직접 배웠고, 크리스마스 선물로
여기저기에 뿌렸다.

황산마그네슘, 베이킹 소다, 사해 소금을 섞고 보드카와 올리
브 오일을 약간 넣어준 다음 좋아하는 에센스 오일을 첨가하기만
하면 된다. 라벤더, 제라늄, 유칼립투스, 박하, 세이지, 백단, 캐모
마일, 마조람 등을 이리저리 섞으면 수백 가지 향이 난다. 이런 에
센스 오일 향을 맡으면 에너지가 솟아오르기도 하고, 긴장이 풀리
기도 하고, 흥분되기도 한다. 그럼 뭐 어떤가? 별 도움이 되지 않
는다 해도 나는 여러분이 이런 제품을 썼으면 좋겠다. 그럼 덤으로

내가 소중하다는 기분까지 느낄 수 있을 테니까. 당신은 소중하다.

시답지 않은 얘기처럼 들릴 것이다. 거품 목욕을 한다고 인생이 얼마나 달라지겠어? 하지만 나와 그리고 여러분이 잊고 있는 점은 우리 몸에 시간을 들이고 공간을 할애해야 한다는 사실이다. 우리는 우리의 아주 작은 욕구와 필요에 귀를 기울이지 않는다.

내 친구 케이트는 남편 데이브와 함께 부부 동반 저녁 모임에 나갔다. 데이브는 멕시칸 음식을 먹자고 했다. 케이트는 별로 내키지 않았지만 아무 말 하지 않았다. 아무 거나 먹으면 어때, 그냥 부리토나 먹어야지. 잠시 후 도착한 친구 부부는 멕시칸 음식이 싫다고 했다. 그러자 데이브는 곧 마음을 접고 스시를 먹으러 가자고 했다. 케이트는 정말 놀랐다고 했다. "그이가 메뉴 때문에 왈가왈부하는 걸 싫어하는 줄 알았거든. 그런데 별로 신경을 안 쓰는 거야." 그 순간 케이트는 자신이 생각했던 만큼 데이브가 고집스럽지 않다는 걸 깨달았고, 더 나아가 자신의 의견을 마음껏 말해도 괜찮을 거라는 사실도 깨달았다.

자기가 뭘 원하는지 좀더 확실히 말해도 된다. 어디 가서 저녁을 먹을지와 같은 사소한 문제는 더더욱 그렇다. 케이트는 남들에게 맞추는 편이었다. 어떤 사람들, 특히 남자들은 자기가 뭘 좋아하는지, 뭘 원하는지 거리낌 없이 말하는 편이지만, 타버린 토스트를 먹어치우는 여자들은 평화를 위해 자신의 욕구는 무시해버린다. 이렇게 자기 자신을 무시하는 순간이 조금씩 쌓여가게 된다.

다른 사람의 의견을 따르든 혼자만 다른 의견을 내든, 쉽게 자기 의사를 밝히지 못하는 사람이라면 자신에게 바람직하고 유리한 쪽으로 생각하려 노력해야 한다. 내가 해야 할 일을 생각해야 한다. 생활이라는 역학은 우리를 지치게 만든다. 우리는 생활비를 최대한 아끼려고 많은 시간을 소비한다. 식사도 하고, 세탁도 해야 한다. 내야 할 청구서가 줄줄이 있고 자동차 기름도 채워야 한다. 싱크대는 막히면 안 된다. 어려서부터 자기 자신을 희생하는 법을 배웠다면 자존감이 뜬금없이 생기지는 않는다. 짓눌린 자존감을 재발견하기 위해 노력해야 한다.

엄마로서 나는 현재를 즐기려 하며 사소한 가르침과 기쁨에 시간을 쏟으려고 한다. 사실 난 내 몸과 마음을 돌보고, 육체적 전율과 불만에 진심으로 귀 기울이며, 나 자신이 성장할 수 있도록 도우려는 생각을 해본 적이 없다. 부정적인 생각, 잘못되거나 놓쳐버린 일들에 얽매여 시간을 낭비해왔다. 전화하지 않는 남자를 생각하고, 잘 풀리지 않는 인간관계를 고민하며, 절대로 끝내지 못할 집 안 일에 얽매여 산다. 이렇게 끊임없이 걱정하다 보면 자신에게 투자할 시간이 없다.

잠시만 자신에 대해 생각할 짬을 내자. 별로 중요하지 않아 보여도, 정말 중요하다. 보디 크림을 바르면서 나는 좋은 점을 발견했다. 몸이 촉촉해져서가 아니라 크림을 바르면서 한 30초 정도 마사지를 하다 보면 피부가 얼마나 중요한지, 그리고 당신이 얼마나 중요한 사람인지 잠시나마 생각할 여유를 가질 수 있기 때문이다. 마음에 드는 제품을 사용하다 보면 자신이 뭘 원하는지 알 수 있다 (나는 행복한 나른함을 주면서도 에너지를 북돋울 수 있는 제품이 필요하다. 만약 괜찮은 자동차 정비공을 병 안에 넣고 다닐 수 있다면 그것도 하나 장만하고 싶다).

그렇다고 이런 제품을 너무 심각하게 생각하지는 말자. '레스큐미('나를 구해줘'라는 뜻-옮긴이)'라는 제품이 욕실 선반에서 쓰러져 병이 깨지면서 그 내용물이 하수구로 쏟아졌을 때 내가 어떻게 했을까? 나는 가만히 서서 내용물이 흘러 내려가는 모습을 보았다. 모든 것에서 구원해주는 그 신비한 목욕제가 사라지다니. 그렇다면 나는 희망을 완전히 잃어버린 것일까? 다시 돌아갈 곳이 없단 말인가? 처음 그 제품을 샀을 때는 그런 기분이 들었을지 모른다. 하지만 이제는 지저분해진 욕실 선반을 청소할 기회로 받아들였다. 긍정적인 내 모습이 어떤가? 우선 자기 자신을 구원할 방법을 찾기 바란다. 노력하는 것만으로도 보디 크림을 쓰는 것 이상의 효과를 얻을 수 있다. 그리고 그렇게 조금씩 나는 생기를 되찾았다.

기분이 점점 좋아지자 나는 발레리와 다른 친구 두 명과 같이 라스베이거스로 여행을 떠났다. 내가 한번도 스트립클럽에 가보지 못했다고 고백하자 다들 스트립클럽에 가기로 했다. 젠장, 마흔

살이나 먹고서도, 아까 말했듯이 섹스하고 싶다는 생각을 떨쳐버
리지 못한 나는 그렇게라도 성욕을 불러일으키면 괜찮을 것 같다
는 생각이 들었다. 내 말은 진짜로 섹스를 하겠다는 말이 아니라,
로마에 가면 로마법을 따르고 라스베이거스에 가면 그곳의 법을
따라야 한다는 소리다.

　우리는 '올림픽 가든'이라는 곳으로 향했다. 안으로 들어가니
구두 밑바닥이 끈적댔다. 바닥에 술이 쏟아져 있었다. 2층으로 올
라가니 남자들이 춤추고 있었다. 카우보이 모자를 쓴 젊은 남자들
이 총각파티에서나 봄직한 여자 댄서들과 뒤엉켜 분위기가 끈적
끈적했다. 내 성욕이 얼마나 꽁꽁 얼었던지 그런 장면을 보고도 아
무 감흥이 일지 않았다. 게다가 이런 흥분되는 광경은 거의 보지
못했던 터라 오히려 우울해졌다. 그래서 우리는 아래층으로 내려
가 친구 남편을 찾았다. 이런 관능적인 분위기를 마음껏 즐기는 사
람들을 보고 있으니 재미있었다.

　아래층에 가보니 친구들은 여자들과 즐겁게 춤추고 있었다.
신나게 노는 모습을 보니 나도 끼고 싶었다. 나는 술을 주문한 후
춤추는 여자들과 그녀들을 쳐다보는 내 친구들을 바라보았다. 저
댄서들은 자기의 몸을 어떻게 생각하고 있을까? 이런 생각에 빠져
있다 보니 친구들이 슬슬 랩댄스(남자의 무릎 위에서 추는 춤으로,
댄서를 만질 수는 없다―옮긴이)를 신청했다. 발레리의 남편이 댄서
를 사더니만, 나도 그래야 한다고 고집을 피웠다. 그 댄서의 이름

은 펄이었다(펄이라는 이름은 좀 촌스러웠다. 오래된 TV 쇼〈히하우〉가 생각났기 때문이다. 사실 그녀는 너무 어려서 그런 프로그램이 있었다는 사실조차 모를 것이다).

스무 살인 펄은 완벽한 몸매를 타고났다. 나는 뻣뻣하게 앉아서 그 느낌을 고스란히 느껴보려 했다. 친구들은 그런 내 모습을 보며 즐거워했다. 절대로 댄서를 만져서는 안 된다는 룰 하나만 알고 있었기에 나는 두 팔을 몸에 딱 붙이고 있었다. 나는 룰을 깨고 싶지 않았다(게다가 내 주위의 남자들이 침을 줄줄 흘릴 만큼 유혹을 받지도 못했다).

내가 랩댄스를 바라보고 있는 모습이 웃겼는지, 친구들은 계속 나에게 랩댄스를 신청해주었다. 두 번째 랩댄스를 출 때 펄은 내 두 다리를 벌렸다. 세 번째 랩댄스를 출 때 펄이 가슴을 내 목에 바짝 갖다대는 바람에 그녀의 기다란 금발이 내 어깨를 쓸고 지나갔다. 나는 혹시나 그녀와 살이 닿을까 봐 신경이 쓰였다. 나는 스트립클럽의 경비원들을 볼 때마다 "저 여자가 날 건드린 거예요. 진짜라니까요!"라고 외치고 다녔다.

랩댄스를 추는 펄과 내가 마치 목을 부여잡고 있는 것처럼 보였겠지만 사실 우린 얘기를 나누고 있었다. 나는 성적 자신감을 느낄 때 기분이 어떤지 알고 싶었고 펄이야말로 그런 자신감에 가득한 것처럼 보였기 때문이다. 그녀도 나처럼 의심과 자신감을 번갈아 느끼고 있는지 궁금했다. 그녀는 자신의 삶에 만족할까? 어쩌다 이 길을 걷게 된 것일까? 그녀는 수입이 좋아서 이 일을 한다고 했다. 대학생인 그녀는 남자친구가 있고, 외모도 뛰어났다. 그건 겉으로 보이는 것뿐이었나? 아니면 그녀도 수치심과 갈등을 느끼고 자기 자신을 의심할까?

'섹시하다'는 건 남들이 해주는 말이라고 생각했다. 스스로 그렇다고 생각하는 것이 아니라 남들이 그렇다고 말해주는 것이다. 그렇기에 여성들은 또 다른 편견을 갖게 된다. 그런데 나는 섹시라는 단어가 내 안에서부터 우러나오는 그 무엇처럼 느껴졌다. 여기 펄은 자기가 섹시하게 보인다는 것을 분명히 알고 있었다. 그래서 그녀도 자기가 섹시하다고 느끼는 건가?

어떤 날은 머리 손질이 잘되기도 하지만 또 어떤 날은 머리가 제멋대로다. 어떤 날은 피부가 좋다가, 또 어떤 날은 까칠하다. 몸무게가 늘었다 줄었다 한다. 어떻게 내가 매일 똑같기를 기대할 수 있을까? 하루에도 몇 번씩 기분이 오르락내리락하는데도 나에 대해 언제나 긍정적으로 생각할 수 있을까? 이 모든 것들을 거침없이 헤쳐 나갈 수 있을 정도로 섹시할 수 있을까? 펄은 그 방법을 찾았을까? 그녀의 헤어스타일은 이렇게 매일 멋질까?

랩댄스 비용으로 400달러를 쓰고서야 친구들은 더는 나를 위해 돈을 대주지 않았다. 발레리의 말에 따르면 내 얼굴은 너무나 만족한 나머지 화색이 돌았다고 했다. 친구들의 어땠냐는 질문에 나는 이렇게 말했다. "끝내주는 초콜릿 케이크 레시피를 배웠어.

당장 가서 만들어야지." 400달러짜리 랩댄스를 보여줬더니! 발레리는 그 레시피를 인류 역사상 가장 비싼 레시피라고 불렀다.

성욕을 되찾기 위해 나는 아름답고 자신감 있고 섹시하고 강하고 여성스러움을 느낄 수 있는 쉬운 길이 있다고 스스로를 세뇌했다. 그냥 찾기만 하면 된다고. 스트립클럽에서 경호원의 보호를 받고 있는 펄은 모든 걸 다 가진 사람처럼 보였다. 그녀는 좌중을 압도했으며 아무도 그녀를 범하지 못했다. 그녀는 맛있는 초콜릿 케이크를 만드는 법을 알면서도, 사실은 몸을 팔고 있었다. 그런 삶은 철인3종경기와 수치심을 감정적으로 넘나드는 복잡 미묘한 레시피라 할 수 있다. 나에게 그건 선을 넘어서는 것이었다. 남자, 돈, 사랑이 있고 없고와는 상관없이, 나는 성욕을 마음껏 누려도 되는 즐거운 권리로 쉽게 받아들이지 못했다. 성욕과 자존감에 대한 의심이 솟아도 나는 그곳에서 해답을 찾지 않으려 했다. 라스베이거스에서 있었던 일은 라스베이거스에 두고 왔다.

여행에서 돌아온 지 얼마 지나지 않아 나는 스트립댄스를 배울 수 있는 운동 교실에 등록했다. 강의명은 쉴라 켈리의 'S라인 만들기'였다. 오해는 마시라. 성욕을 되찾을 수 있다면 와인 목욕이든 스트립댄스든 뭐든 하던 때라서 그랬다. 하지만 알몸은 가장 상처받기 쉬운 상태다. 아무런 간섭을 받지 않고 자신을 바라볼 수 있는 상태, 바로 이 상태보다 성욕을 찾아 나서기에 더 좋은 시작점이 있을까?

스트립댄스 강의는 매주 한 시간씩 8주 코스였다(나는 강의를 한 번밖에 안 들었지만 방송에선 완전히 난리들이었다. 스트립이란 말 때문인 것 같았다. 진정하시라, 남자들이여. 그건 내가 봉댄스를 추려고 우리 집 거실에 봉을 박아놓는 것과는 다르다). 강의가 시작될 때 우리는 깜깜한 강의실 바닥에 누워 있었다. 강사는 자신과 자신의 몸을 사랑하라는 얘기를 꺼냈다. 그녀는 남들의 얘기에 따라 자신의 성욕을 정의 내리지 말라고 했다. 여자라는 사실에 뿌듯해하고 진심으로 자신을 사랑하라고 했다. 자신감이 없다고 말은 하지만 사실 나는 내가 매력적이고 가끔은 성적 매력을 풍기기도 한다고 생각한다. 믿음이 가는 남성과 같이 있으면 나 자신을 믿을 수 있다. 느낄 수 있다는 말이다. 하지만 그건 진짜 문제가 아니다.

하루는 강사가 우리 몸과 교감할 수 있는 방법을 알려주었다. "다리를 느껴보세요. 피부결도 느끼면서요. 망설이지 말고 자기의 몸을 만져보세요. 왜냐하면 당신의 몸은 당신 것이니까요."

컴컴한 어둠 속에 앉아 두 손으로 몸을 위아래로 쓸어내리다 보니 이런 생각이 들었다. 그렇게 누워 있는데 눈물이 두 뺨을 타고 흘러내렸다. 머리를 돌로 맞은 기분이었다. 내가 아름답다는 생각을 해본 적이 없었다. 한번도 잘생겼다고, 이만하면 예쁘다고도 생각해본 적이 없었다. 아무 일도 제대로 하는 게 없다고만 생각했었다(엄마 역할은 빼고 말이다. 엄마라는 역할은 절대로 질리지 않는 유일한 일이며, 내가 엄마 역할을 제대로 못한다는 얘기는 돌려 말하면 우리 딸아이를 비난하는 일이기에 그렇게는 못하겠다).

당연한 얘기지만, 나는 그 순간 내 몸이 내 것이라는 사실을 알았다. 할리우드의 것도, 곧 이혼할 남편의 것도 아니었다. 거침없이 내 몸을 더듬던 남자 안마사의 것도 아니다. 바로 내 것이다. 내 몸은 내 것이며 나는 내 몸을 사랑할 수 있다. 당신의 몸이 당신 것임을 느낄 때, 당신의 몸은 당신이 바라는 대로 될 수 있으며, 느끼고 싶은 대로 당신의 몸을 느낄 수 있다. 진작 내 몸을 사랑했더라면. 나는 그러지 못해서, 그래본 적이 없어서 눈물을 흘렸다. 하지만 이제는 할 수 있다.

우리는 여자라서 늘 외모로 평가받는다. 뚱뚱하다 날씬하다, 예쁘다 못생겼다, 미혼이다 기혼이다. 우리는 우리의 존재를 이런 흑백 논리로 받아들인다. 난생 처음으로 이런 것을 모두 내던진 듯한 경험을 했다. 이런 생각이 들었다. 세상에, 이제야 내가 내 기준에 따라 나를 볼 수 있게 되다니. 내가 보드라운 여성이라는 사실을 확인받으려고 남들이 내 몸을 만져주기를 기다릴 필요가 없다. 날 괜찮은 여자로 느끼고 사랑해줄 사람을 기다릴 필요가 없다.

대부분의 강의실은 밝은 조명 아래 거울이 사방에 둘러져 있다. 그러니 남들과 자신을 비교할 수밖에. 하지만 스트립댄스 강의실에는 거울이 없었고 조명도 흐릿했다. 이 강의는 외부적인 갈등 요인을 모두 내던지고 내면을 탐험할 기회였다. 나는 내가 된다. 완전히 새로운 느낌이었다. 나는 그동안 내 단점과 실패만을 따지며 살았다. 이제는 나 자신을 받아들여야 했다. 실수투성이에 늦되고 더디지만 나의 실수나 한계에 초점을 맞추지 않았다. 내 모습 그대로 나를 인정해야 할 시간이 왔다. 나는 그동안 어머니에게서 배워온 모든 것을 창밖으로 던져버렸다.

어둡고 텅 빈 방에서 장점을 찾으면 나의 매력을 찾을 수 있다. 결코 나를 실망시키지 않는 믿음직스러운 진실을 찾으면 된다. 나는 친절을 베풀고, 독서를 하고, 여행을 하고, 상상을 한다. 허무한 일상 속에서도 최선을 다한다. 섹시하다는 것은 내가 스스로 느끼는 감정이며 마음의 문제다. 제일 섹시할 때란 섹시해질 수 있는 힘을 갖고 있을 때였다. 당신의 몸 구석구석을 아껴주는 남자의 품 안에서 섹시함을 찾는 방법이 가장 쉽긴 하다.

만약 그런 상황이 벌어지지 않는다 해도 나는 내가 평생 지녀온 열정 속에서 섹시함을 찾을 수 있으며, 내 삶이 어땠는지, 내가 어떤 사람이길 바라는지, 어떤 사람이 되고 싶은지 그 안에서 섹시함을 발견할 수 있다. 나는 섹시함을 느낄 공간을 마련해두었다. 부드러운 면도기, 레드 와인 한잔, 여유를 느끼는 시간. 섹시함은 찾는 것이자 찾아지는 것이며, 내 안의 자아와 허약함을 인정하는 것이었다. 나는 그렇게 섹시함을 찾아 떠났다.

그 공간 안에서 홀쩍이고 앉아 나는 나 자신을 감싸고 사랑하기로 했다. 내가 그동안 얼마나 그러지 못했던가. 왁싱은 나에게 도전이자 여행이었다. 분노와 두려움을 떨쳐내고 자기 의심의 고리를 끊어내는 여행이었다. 나는 일을 조정해서 부모 역할과의 균형을 잡기로 했다. 이 집도 내 집이니 마음 내키면 온통 보라색으로 칠해도 상관없다. 이제야 내 몸의 주인이 주도권을 잡아야 할 때였다.

이제 나의 몸과 영혼은 활짝 피어난다. 나는 걷는 법을 새로 배웠다. 워낙 티가 안 나 아무도 모르겠지만 나는 느낄 수 있다. 나는 엉덩이를 들어 올리고 걷기 시작했다. 이렇게 걸으면 태도까지 바뀐다. 허리를 쫙 펴고 걷기 때문에 오해를 살 수 있지만 한편으로는 내가 숨김없이 지금 이 순간을 누리는 것 같은 기분이 들었다. 선글라스로 눈을 감추고 펑퍼짐한 옷을 입고 돈을 쓸 수도 있다. 하지만 나는 내 몸을 세상 밖으로 데리고 나왔기에 이제는 나와 대면하는 게 두렵지 않았다. 분노와 슬픔이 산산이 흩어져버리니 이제는 멍하니 우울하고 혼란스러워하며 방황하지 않아도 된다. 나는 살아 있었다. 나는 스트립댄서가 가르쳐준 대로 초콜릿 케이크를 만들었고 나의 여성성을 되찾았다. 나는 모든 것을 털어버렸다.

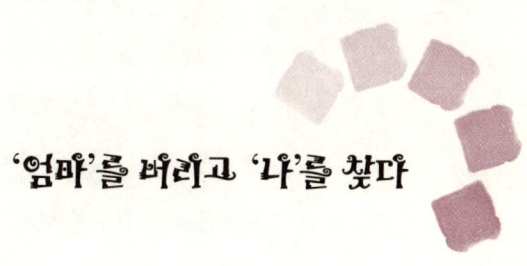

'엄마'를 버리고 '나'를 찾다

에스퍼 스로보드키나의 《모자 사세요!》라는 그림책이 있다. 이 책에는 모자를 팔러 이 마을 저 마을을 돌아다니는 모자 장수가 등장한다. 그는 머리에 모자를 층층이 겹쳐 쓰고 다닌다.

엄마라는 자리는 어떤 것일까 생각을 하다 보니 그 이미지가 떠올랐다. 모자엔 저마다 하나씩 책임감이 지워져 있다.

- 아침에 일어나, 아침식사를 준비하고 도시락을 싼다(요리사 모자)
- 아이를 등교시킨다(운전기사 모자)
- 차를 세우고 상점에 들러 필요한 물건을 구한다(살림꾼 모자)
- 집에 돌아 와 강아지를 산책시킨다(강아지 산책 모자)

- 샤워를 한 후 머리를 손질하고 화장을 한다(미용사 모자)

- 출근하거나 집 안 정리를 한다. 또는 둘 다 한다(직업 모자)

- 아이들에게 테니스를 가르친다(코치 모자)

- 아이들을 집으로 데려온다(엄마 모자—엄마 모자라는 건 사실 없지만 그냥 있다고 치자)

- 저녁을 차린다(다시 요리사 모자)

- 아이들을 목욕시키고, 책을 읽어주고, 밥을 먹인다(엄마 모자, 엄마 모자, 엄마 모자)

- 남편과 섹스를 한다(아내 모자/베레모. 남편의 취향에 따라 모자를 골라 쓰도록)

- 그리고 끝으로, 이미 눈치 챘겠지만 잠자리 모자를 쓴다

~❦

　물론 온갖 모자를 쓰는 일은 내일이면 또다시 시작된다. 가끔은 침대에서 일어나기 전부터 이런 생각이 든다. 베개에 머리를 다시 파묻을 방법은 없을까? 빡빡한 스케줄로 지나치게 스트레스를 받고 있고 할 일도 산더미다. 《모자 사세요!》 속의 모자 장수는 온갖 모자를 쓰고 있다가 깜빡 잠든 사이에 원숭이들에게 모자를 몽땅 빼앗긴다. 불쌍한 모자 장수. 누가 잠깐 쉰 그를 비난할 수 있을까? 그 많은 모자를 쓰고서 얼마나 피곤했을까!

　내 삶은 이러하며 내 친구들의 삶도 비슷하다. 저녁을 정신없

이 차리고 있는데 양수가 터졌다. 병원에 전화를 걸었더니 당장 오라고 했다. 나는 의사 선생님에게 머리를 드라이하고 갈 시간이 되냐고 물었다. "뭐라고요?!" 나는 머리를 단정히 드라이하고 가서 예쁘게 보이고 싶은 이유를 설명했고 결국은 허락을 받았다. 양수가 흐르는데도 나는 거울 앞에 서서 머리를 매만졌다. 훨씬 괜찮아 보였다. 내 말이 맞았다. 그때를 마지막으로 나는 몇 달간 전혀 드라이를 하지 못했다. 에머슨이 태어난 후로 양치질하고 샤워하는 것만도 감사할 지경이었으니까.

혼자서 해내려고 하면 상황이 훨씬 힘든 법이다. 얼마 전 노동절이 끼어 있던 주말은 〈위기의 주부들〉 촬영이 두 달째 계속되고 있을 때였다. 시즌 2를 대비한 기자 회견은 물론, 자선단체와의 약속도 지켜야 했고, 클레롤 광고도 찍어야 했지만 나는 에머슨을 데리고 주말에 캠핑을 떠났다. 그때는 에머슨이 2학년이 되기 딱 일주일 전이라서 미리 약속을 잡은 것이었다. 사랑을 많이 주고 싶은 마음만큼이나 소나무 밑에 침낭을 깔고 캠핑하는 일은 벅찼다. 집에 가면 할 일이 태산이라는 생각에서 벗어나지 못했으면서도 나는 만사를 제쳐두고 캠핑을 갔다. 느긋하게 마시멜로를 굽고 있는 엄마 속이 어떤지 에머슨은 전혀 알지 못했다.

월요일 밤에 우리는 저녁을 먹고 집으로 향했다. 교통 체증을 피하기 위해서였다. 나는 자동차에 짐을 챙겼다. 차 지붕에는 짐을 올릴 수 있는 랙이 설치되어 있었다. 이 차는 끽해야 시속 56킬로미터밖에 나오지 않기 때문에 집으로 돌아오기까지 무려 4시간이나 걸렸다. 음악을 들으면서 졸음을 쫓았지만 에머슨이 잠이 들자 그마저도 껐다. 자정이 되어서야 집으로 돌아온 나는 아이를 깨우지 않고 차에서 짐을 내려 2층에 올려놓은 뒤, 자다 깬 우리의 새 강아지가 볼일을 보게 했다. 그러고 나서 에머슨을 깨웠다. 정말 깨우기 싫었지만 캠핑을 한 후라 아이를 깨워 깨끗하게 씻긴 후, 머리를 빗기고 잠옷으로 갈아입힌 다음 아이를 침대에 눕혔다.

드디어 나도 침대에 누웠다. 완전히 지쳤지만 다음날 꼭두새벽부터 촬영이 기다리고 있었다. 그나마 자는 쪽잠도 설치고 말았다. 에머슨이 자다 말고 일어나 코를 풀게 휴지를 달라고 징징거렸고 목이 마르다며 물을 달라고 했다. 그러더니 한술 더 떠서 입술이 바짝 말랐으니 립밤까지 발라달라는 것이었다.

립밤에서 화가 머리끝까지 치밀었다. 목구멍까지 이런 말이 튀어나올 뻔했다. "주말 내내 놀아준 걸로도 부족해? 그 추운 바닷가에서 연까지 날려줬는데, 이젠 손, 발, 코까지 시중을 들어달라는 거냐? 세상에. 여기까지 걸어와서 휴지를 달라고 할 정도면 네가 직접 휴지를 가져오면 될 거 아냐?"

하지만 부모라는 자리는 어쩔 수 없나 보다. 에머슨은 피곤해서 일부러 더 징징거리며 투정을 부린 것이다. 아이가 왜 그랬는지 나는 알았다. 이 집에 성인이라고는 나 하나뿐이기에 나는 간호사 모자를 집어쓰고 근무했다. 모성애라는 것이 이런 게 아닐까.

어머니들은 모두 자기 한계를 넘어선다. 이혼한 엄마들이 훨씬 더 죄책감을 느끼고 실패를 두려워하는 것 같지만, 사실 이혼하지 않은 엄마들도 아이나 남편에게 자신을 희생하고 자신을 가장 마지막으로 챙긴다. 자신을 너무 희생하다 보면 이런 결과가 생긴다.

한번은 정신없이 며칠째 연달아 촬영을 하느라 너무 지치고 말았다. 그런 주말에 나는 딸아이를 디즈니랜드에 데려가겠다고 진작부터 약속을 잡아놓았다. 촬영이 없는 틈을 타(나뿐만 아니라 출연진 모두 그때 촬영이 없었다) 나는 친구들과 작전에 돌입했다. 금요일 밤 10시에 촬영이 끝나고 우리는 밤중에 출발했다.

호텔에서 자다가 새벽 1시에 잠이 깼다. 생전 처음 겪어보는 최악의 편두통 때문이었다. 남들은 초콜릿을 먹거나 와인을 마시면 편두통이 생긴다고 하는데, 나는 너무 피곤하면 편두통이 온다. 얼마나 아팠던지 내 머리를 세게 쥐어짜서 엄마라는 뇌세포만 남겨두고 귓구멍으로 뇌가 줄줄 새는 것 같았다. 몸을 꼼짝달싹도 못하겠고 아무 생각도 들지 않았다. 촌각으로 고통이 심해지자 발코니 밖으로 몸을 내던진 다음 귀신이 출몰하는 저택에 귀신이 되어 살까 하는 생각까지 들었다. 물론 그러지는 않았지만 만성적인 고통에 시달리는 사람들이 그런 최후를 떠올리는 이유를 이해할 수 있을 것 같았다. 막상 그런 일을 당하자 단 1초도 더는 버틸 수 없을 것만 같다.

방에는 에머슨밖에 없었지만 나는 아이를 깨우고 싶지 않았다. 그래서 5시간 동안 온몸을 비틀며 숨죽이고 울먹였다. 아이가 일어나더니 깜짝 놀라며 도움이 될 만한 약이 있는지 가방을 구석구석 뒤졌다. 에머슨이 냉장고에서 얼음을 찾았지만 하나도 없었다. 대신 수건을 찬물에 적셔 머리에 얹어주자 좀 괜찮아지는 것 같았다. 그 모습을 보니 어머니를 돌보던 나의 어린 시절이 불현듯 떠올랐다.

나는 에머슨에게도 다른 사람들에게도 부담 주고 싶지 않았다 (만약 기회가 된다면 이 얘기는 나중에 다시 하기로 하자). 결국 10시가 다 되어서 친구가 두통약과 얼음을 갖다주고는 에머슨을 데리고 나갔다. 두통은 점차 가라앉았고 다들 놀이기구를 타러 간 사이에 나는 눈을 좀 붙였다.

작년 내내 에머슨과 이곳에 놀러오는 모습을 상상했었다. 에머슨이 스페이스 마운틴과 매터혼을 처음으로 타는 모습을 놓쳤다. 팝콘과 캐러멜 애플을 나눠 먹는 재미도 놓쳤다. 그 다음날 나는 아이와 몇 가지 놀이기구를 같이 타러 나갔다. 아이는 세상에서 가장 행복한 미소를 짓고 있었지만, 그 고약한 편두통이 기다란 손가락을 쭉 펴서 내 머리를 툭툭 치며 "어이, 이봐, 나 여기 있다고. 언제든 널 기다리고 있지"라고 말을 걸어왔다.

최선을 다해 열심히 살면 가끔은 침대에 누워 그런 모습에 뿌듯해 한다. 그렇다고 매일 그렇게 살 수는 없다. 체크리스트에 있는 일을 모두 다 해내면 그럼 그 하루가 괜찮은 날이 되는 걸까? 아니면 러닝머신 위에서 열심히 뛰어도 결국은 제자리인 것과 마찬가지일까? 반드시 '붙들어야' 할 것을 붙들었다고 해도 인생을 제대로 잘살고 있다는 기분이 들기는 어렵지 않을까?

'붙들었다'고 잘사는 건 아니다. '붙든다'는 것은 토스트 기에서 다 구워진 식빵이 위로 튀어 올라오면 그것을 집어다가 입에 쑤셔 넣고 아이들을 태우고 정신없이 학교로 달려갈 때나 쓰는 말이다. 그럴 때면 내가 뭘 원하는지, 뭘 필요로 하는지 생각할 겨를이 없다. 당장에 해야 할 일에만 신경 쓰느라 내가 어떤 사람인지 잊고 만다. 이를 테면 나무를 보느라 숲을 보지 못한다고 할까. 대체 하이킹할 시간이 있어야 숲을 보든지 말든지 하지.

우리는 자신의 모습을 지켜나가는 방법을 터득해야 한다. 자기 자신을 돌보면서 남들도 돌봐야 한다. 자신의 삶을 살면서 인생을 완성시켜야 한다. 그렇지 않으면 결국 타버린 토스트를 먹게 된다.

내가 나를 소중하게 아끼지 않으면 바람직하지 못한 세 가지 결과를 낳게 된다. 첫째, 자녀에게 잘못된 가르침을 준다. 자녀들을 망칠뿐더러 잘못 가르쳐서 결국엔 당신처럼 자녀들은 자신이 원하는 것을 포기하게 된다. 또는 지금은 자기만 챙기다가 나중에는 자기 모습을 잃게 된다. 둘째, 자신의 자존감을 망치게 된다.

그렇게 자기 자신을 부정하다 보면 내적 만족을 절대로 찾을 수 없다. 셋째, 자기 자신을 언제나 희생하다 보면, 자녀들은 당신이 편안하고 좋은 것을 모르는 사람이라 치부해버린다. 당신이 모든 뒤치다꺼리를 해주는데도 자녀들이 집에 찾아오지 않으면, 결국 방에 앉아 사이보그 간호사와 컴퓨터로 빙고나 두어야 하는 처지로 몰락하여 후회하게 될 것이다(그때 즈음이면 사이보그 간호사가 나오지 않을까?). 그렇다면 이제 그 타버린 토스트를 그만 먹는 건 어떨까? 엄마라는 자리와 자신을 아끼는 일 사이에서 균형을 잡아보는 건 어떨까?

늘 아이들이 하자는 대로 해주는 것은 아이들을 내팽개치는 것만큼이나 나쁘다. 사소한 일, 예를 들어 차 안에서 음악을 듣는 일을 예로 들어보겠다. 아이들은 동요를 들으면 좋아하니까 뭐 그 정도쯤이야 양보할 수 있다. 하지만 그러다가는 당신 머리가 하얗게 될 때까지 브리트니 스피어스만 주구장창 듣다가 죽을지도 모른다. 노래를 듣고 싶다는 욕구는 점점 무뎌지고, 나중에는 화가 나고 지치고 허전한 마음에 아이들을 재워놓고 와인이나 한잔 해야겠다는 생각만 든다.

자신의 영혼을 돌보지 않고 팽개쳐두었기에 그런 것이다. 나는 에머슨에게 엄마도 엄마의 삶이 있음을 알려주고자 한다. 다행히 에머슨은 〈아가씨와 건달들〉, 〈위키드〉, 〈42번가〉와 같은 영화에서부터 브리트니 스피어스까지 골고루 즐기는 편이다.

126

하지만 사실 여행을 하면서 지겹도록 뮤지컬 〈42번가〉에 나오는 〈브로드웨이의 자장가Lullaby of Broadway〉를 들을 사람이 있겠는가. 여행을 가면 나는 에머슨에게 이것 하나만큼은 분명히 해둔다. 에머슨이 듣고 싶은 노래와 내가 듣고 싶은 노래를 번갈아듣자고. 아이는 서로 좋아하는 노래를 번갈아듣는 게 공평하다고 믿는다. 우리는 항상 이런 결정에 만족한다. 게다가 아이들은 자신들이 좋아하는 음악 장르를 형성해가는 과정이므로 아바에서부터 레드 제플린까지 다양한 음악을 모두 접하게 해주는 게 좋다.

먹는 것도 마찬가지다. 당신은 저녁을 먹으러 갈 때 어떻게 하는가? 아이들에게 메뉴 선택권을 주면 기껏 마카로니와 치즈가 고작이다. 가끔은 치즈와 마카로니라고 하기도 하지만. 연어 구이에 야채와 와일드 라이스를 곁들이는 건 어떨까? 아이들 앞에서 이렇게 말하는 거다. "이게 오늘 우리 가족이 먹을 메뉴란다." 그럼 아이들은 먹는다. 물론 처음에는 잘 안 먹어도 나중에는 먹게 되어 있다.

엄마가 아이들 앞에서 스스로를 아끼는 모습을 보이지 않는데 아이들에게 뭘 가르쳐줄 수 있을까? 이제 자녀들에게 남들이 원하는 것보다 자신이 원하는 것이 중요하다고 말해주어야 한다. 그렇지 않으면 아이들은 나중에 부모가 되었을 때 자기 욕심은 접어야 한다고 생각할 것이다.

지금 난 이기적인 엄마가 될 구실을 만들어주려는 게 아니다.

이기적이란 남들을 배려하지 않고 자기 욕심만 챙기는 것이다. 내가 말하고자 하는 건 그 반대다. 저녁에 뭘 먹을지 결정하는 방법에 대해 말하는 게 아니라 인생을 만들어가는 방법에 대해 얘기하고 있다.

타버린 토스트는 언제든 생길 수 있다. 에머슨은 아빠와 잠깐 바닷가로 여행을 떠나기로 했다. 에머슨은 여기저기 잘도 돌아다닌다. 자선 이벤트 건으로 나와 포르투갈에도 갔었고, 휴가차 멕시코와 하와이에도 갔었고, 가장 최근에는 아프리카로 사파리 투어도 갔었다. 언제나 나와 함께였다. 그랬던 우리 모녀가 떨어지게 된 것이다. 내가 바쁜 관계로 아이는 며칠간 아빠와 여행을 떠났다. 나를 빼놓고 비행기를 탄 적도, 멀리 여행을 간 적도 없는 아이인데. 아이도 나도 이런 경우가 생길 것을 알고 있었다. 처음으로 아이가 나를 떠나 혼자서 여행을 떠나게 된 것이다.

에머슨은 아빠를 좋아해 L.A에서 자주 만나는 편이다. 에머슨에게 끔찍하게 잘해주는 아빠는 신나는 여행을 계획했다. 에머슨이 여행을 떠나기 전날까지 나는 무슨 일이 벌어질지 전혀 예상조차 못했다. 에머슨과 나는 〈위기의 주부들〉을 촬영하는 틈틈이 밴에서 놀기도 하고 섭씨 39도의 더위 속에서 아이스크림을 먹기도 했다. 나는 여행가기 전날 아이의 짐을 미리 싸두었다.

아이가 세트장을 떠나 아빠에게 가야 할 시간이 다가왔다. 새벽 비행기를 타야 했기에 에머슨을 하루 전날 아빠 집에 보내기로 했는데, 갑자기 아이가 가지 않겠다고 했다. 아이는 울면서 내게 매달리더니 내 무릎에 앉아 입을 맞추었다. 아이는 눈물을 줄줄 흘리면서 엄마가 보고 싶을 것이고, 엄마를 정말 사랑한다는 말을 하고 또 했다. "엄마 사랑해요."

나는 이 말만은 하지 않으려고 애를 썼다. "그래, 좋아. 가기 싫으면 안 가도 돼." 정말 이 말이 하고 싶어서 메이크업 아티스트에게 귓속말을 했다. "가지 말라고 하면 안 되는 거지?" 그는 나를 나무라듯 마스카라 솔을 비벼댔다. "무슨 말이야!" 그가 옳았다.

나는 아이를 떼어냈지만, 아이는 나에게 달려와 셔츠를 벗어달라고 했다. 엄마 냄새가 나는 뭔가가 필요하다나. 그래서 나는 그 많은 사람들 앞에서 셔츠를 벗어서(아직도 옷장에 가면 그 옷이 있다) 에머슨에게 주었다. 그러자 조금 안심이 되었는지 아이는 눈물을 흘리면서 차를 타고 갔다. 촬영장에 있던 친구들은 나를 위로해주었고 나는 울지 않으려고 버텼다. 마스카라가 번지는 걸 원하지 않았기 때문에, 그리고 메이크업 아티스트가 해준 충고 때문이었다. 하지만 오후부터는 완전히 고문이었다.

그 다음날, 아침부터 서둘러 촬영장으로 갔다. 촬영하는 동안 두 사람이 여행지에 도착해서 즐거운 시간을 보낸다는 메시지를 받았다. 에머슨이 즐거워한다는데 뭐가 문제란 말인가. 야호! 아이를 달래서 보냈으니 장한 짓을 한 거야.

세트장에서 긴 하루를 보낸 후 지치고 배고픈 몸을 이끌고 집에 도착해보니 새로 입양한 강아지가 부엌 바닥에 대소변을 갈 겨놓았다. 저 녀석도 엄마와 떨어지는 바람에 불안한가 보군. '잘됐어, 저거나 치워야지. 내가 아니면 누가 하랴?' 이건 대단 한 정신적 성장이다. '이런, 혼자라니, 외로워, 외로워, 외로워' 가 아니었다.

내 삶의 이유인 딸아이가 나와 떨어져 멋진 시간을 보내고 있 었다. 아이가 아빠와 모래성을 쌓으며 즐겁게 지내는 동안 나는 뭘 해야 할지 모른 채 텅 빈 집 안 여기저기를 넋 나간 듯 헤매고 다녔다.

나는 책임감 있는 엄마 모드를 껐다. 아이에게 밥을 해 먹일 필요도, 아이를 재워줄 필요도 없다. 집에 틀어박혀 있을 필요도 없다. 이 자유를 만끽하기만 하면 된다. 하지만 가끔 이렇게 책임 감 있는 엄마 모드가 꺼지고 나면 집에서 할 일이 없어져버린다. 엄마라는 자리는 내 삶에 분명한 목표와 정의를 부여한다. 그러나 그런 자신감과 자존감은 누군가의 엄마일 때에만 생기지 내 인생 의 다른 부분에까지 그 손길이 뻗치지 않는다.

에머슨이 없으면 나는 갑자기 모자를 벗은 느낌이다. 그러면 살을 에는 차가운 바람이 느닷없이 불어 닥친다. 외로움이 나를 흠뻑 적시고 나면 나는 우울감에 빠진다. 부엌을 들락날락하며 어 떤 과자를 먹으면 기분이 좋아질까 나빠질까를 고민한다. 이래서 는 안 된다. 기분을 바꾸든지 과자를 먹든지 해야 한다. 대부분의 경우, 기분을 새롭게 바꾸는 게 낫지만.

우리는 엄마라는 역할을 맡아 힘겨운 외줄타기를 하며 많은 시간을 보낸다. 그러다 쉴 수 있는 절호의 기회가 왔는데 마치 쟁반에 칵테일잔을 받쳐 들고 서 있는 칵테일 바의 여종업원 같은 기분이라니. 예상 외로 별로 들고 갈 게 없자 균형을 잃고 쟁반을 엎어버리는 모양새다. 나도 내 삶을 즐겨야 했다. 나 혼자서도 안정을 찾을 수 있는 무언가가 필요했다. 내 존재의 이유를 에머슨에게서만 찾으면 안 된다. 사실 이렇게 잘 알고 있기에 나는 에머슨이 내 행복과 만족감에 대해 부담감을 느끼지 않도록 별짓을 다해왔다. 하지만 나 혼자 집에 있게 되자 공허함이 물밀듯 밀려왔다.

이럴 때면 나는 집 안에 숨어 내 상처를 보듬으며 나를 다스리려고 노력한다. 날씨가 괜찮아지길 기다리다 구름이 걷히면 고개를 빠끔 내미는 성촉절groundhog day(2월 2일, 이날 마멋이 굴에서 나왔다가 자기 그림자가 보이면 겨울잠으로 되돌아간다는 전설이 있다-옮긴이)의 마멋marmot처럼 이 기분에서 빠져나오려고 한다. 에머슨이 없으면 저녁식사도 식탁에서 하지 않는다. 방들도 다 무슨 소용인가. 부엌과 침실 말고는 온통 집이 휑해서 내가 살기엔 너무 큰 것 같다. 아이와 일 때문에 생활이 바쁘고 북적거리면 감상적인 생각이 쑥 들어가버린다. 하지만 집이 절간같이 조용하면 나와 같이할 사람이 없다는 사실이 뼈저리게 느껴진다. 내 삶을 되돌아보고 지금 내가 어디에 어떻게 서 있는지, 무엇을 놓쳤는지 생각하지 않을 수 없다.

내가 뭘 해야 할지 알았다. 내가 정말 좋아하는 페이스라는 레스토랑에 저녁을 먹으러 가야겠다. 가서 파스타나 스테이크를 먹어야지. 하지만 혼자는 싫었다. 그럼 결혼한 친구들을 불러낼까? 우리가 나눌 얘기를 상상해보았다. 친구들은 부부 동반으로 올 테고 테이블 맞은편에도 다른 친구 부부가 와 있을 것이다. 네 사람은 스테이크를 4개 시키겠지. 진짜로 음식 냄새가 나는 것 같았다. 그럼 전화를 하면 되지, 왜 고민을 하는 걸까? 내 머릿속에는 전화로 주고받을 대화가 그려지면서 아무 생각이 들지 않았다.

이럴 때면 싱글맘으로 사는 게 정말 괴롭다. 아이를 멀리 보내놓고 결혼한 친구들과 어울려 다니면 서글픈 생각이 든다. 그렇다고 미혼인 친구가 있는 것도 아니다. 혼자서 바에 가자니 궁상이다. 거기서 뭐 할 건데? 분명히 늘 하던 레퍼토리를 읊을 것이다. "제가 어디서 자랐느냐 하면요…" "전에는 레드 와인이 좋았는데, 황 때문에 그런지 이제는 화이트 와인이 좋아요." 그렇다고 온라인 데이트 서비스에 가입했다가 혹시라도 전남편과 스타벅스에서 만나자는 약속이라도 잡게 되면 어떻게 하나. 그렇다고 내가 커피를 좋아하는 것도 아니고.

그래서 나는 '보랏빛 안식처'인 침실로 달려가 문을 잠그고 벽난로를 켰다(전기난로라 불이 날 확률이 훨씬 적다). 촛불을 켜고 (화재 발생에 훨씬 더 많이 신경 써야 한다) 입을 댓 발쯤 내민다. 운이 좋으면 일거리를 찾을 것이다. 지난 토요일에는 10시간 내내 침실 바닥에 앉아서 자선 이벤트에 쓸 티셔츠를 그리며 영화 〈인 굿 컴퍼니In Good Company〉와 〈미스틱 리버Mystic River〉를 섭렵하고 〈새터데이 나이트 라이브Saturday Night Love〉까지 챙겨 보느라 방에서 한 발자국도 나가지 않았다. 정말 우울하다. 그게 바로 내 인생이다.

아빠와 여행을 다녀온 에머슨에게서는 빛이 났다. 키가 훌쩍 커버린 것 같았다. 아이는 법석을 떨며 새로 사귄 친구 이야기, 나무다리를 건넌 이야기, 엄청나게 큰 모래성을 쌓은 이야기를 풀어 놓았다. 나 없이 아이 혼자 비행기를 타고 미국 여기저기를 돌아다녀도 아무 문제없었고, 아이의 기분도 최고였다.

마음 한편에서 왠지 모를 불안감이 느껴지면서 이런 생각이 들었다. '내가 안 보고 싶었다니? 밤에 자다 깨서 엄마를 찾지 않았단 말이야?' 하지만 지난 나흘 동안 내 삶을 찾으려 애쓰던 내 마음 한구석에서는 이런 생각이 들었다. 첫째, '정말 다행이지. 아이가 나와 떨어져 있으면서도 사랑과 안정감과 편안함을 느꼈다니. 나는 정말 멋진 엄마야'라는 생각. 둘째, 이 일을 계기로 에머슨이 훨씬 독립적인 삶을 살 수 있게 되었다는 생각. 엄마와는 처음 떨어졌지만 앞으로는 점점 더 자주, 더 오랫동안 그런 일이 있을 것이다.

내가 외롭게 나흘을 보내는 동안, 나 없이도 잘 지낸 딸아이를 바라보면서 내가 상처받아서는 안 되겠다는 생각이 들었다. 내 삶이 공허하다며 우울해하는 짓을 그만두고 대신 혼자만의 시간을 잘 활용해야겠다고 마음먹었다. 늘 아이 곁에 붙어 있는 건 좋긴 하지만, 아이가 독립해야 하는 순간은 언젠가 찾아오기 마련이다. 엄마라면 그 순간을 주의 깊게 지켜야 한다.

어린 시절 아이는 24시간 내내 엄마 없이는 살 수 없다. 그러다 아이가 점점 자라면 부모는 자신의 행동을 적극적으로 고치고 바꾸어야만 자신의 삶을 찾을 수 있게 된다. 아이에게만 너무 신경 쓰다 보면 우리의 정체성은 사라져버린다. 그러다 보면 우리는 우리를 필요로 하는 아이들이 필요하게 된다. 이 모든 수고와 시간에 맞서 이런 변화에 순응하고 아이가 성장하도록 하는 최고의 방법은 우리가 누구인지 그 끈을 놓지 않는 것이다. 엄마로서가 아니라 여자로서 내가 누구였나를 기억해야 한다.

주는 게 있으면 받는 것도 있어야 한다는 걸 기억하자. 이 사회는 우리에게 주기만 하라고 강요한다. '학교까지 데려다주시오, 어머니회에 드시오, 학교 연극에서 입을 의상을 손수 만드시오, 남편을 위해 저녁상을 차리시오.' 다들 당신에게 뭔가를 바라고 있다. 원만한 결혼생활을 하든, 이혼을 했든, 싱글맘의 길을 선택했든, 당신은 어른으로서 당신만의 시간이 필요하다.

식빵을 토스트기에 넣어 노릇노릇해질 때까지 기다린 다음 꺼내서 맛있게 먹는 법을 아이에게 가르쳐야 한다. 혹시나 깜빡해서 토스트를 태우면 다시 식빵을 꺼내 새로 구우라고 가르쳐야 한다. 왜냐하면 당신은 소중하기 때문이다. 어른으로서, 여자로서 자기 자신과 자신의 몸과 행복을 소중하게 생각해야 하기 때문이다. 내가 누릴 것을 누리고, 받을 것을 받는 법을 알고 있음을 딸에게 알려주어야 한다. 자녀에게 자기 자신을 아끼는 법을 가르치려면 이 방법이 최고다. 됐다, 이제는 설교자의 모자를 벗어야겠다.

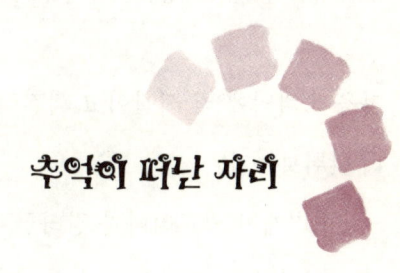

추억이 떠난 자리

솔직히 말해보자. 깨지기라도 하면 온몸이 얼어붙을 것 같은 물건을 다들 하나씩은 가지고 있지 않은가? 결혼 선물, 연인에게 받은 선물, 혹은 대대로 내려오는 집안의 가보. 오랜 세월 써왔지만 동그란 컵 자국 하나 나지 않은 테이블이 그런 물건일지도 모른다.

　누구에게나 아끼는 물건이 하나씩 있어서 집에서 파티라도 열면 약간 신경이 쓰인다. 혹시 저러다 깨지는 것 아냐? 그럼 어쩌지? 아끼는 화병이 거실 바닥에 떨어져 산산조각 나는 모습을 목격한다면 여유롭던 당신의 모습은 얼마나 순식간에 얼음처럼 굳어버리는가? 눈물을 쏟는가? 버럭 화를 내고 파티를 끝내버리는가? 아니면 아무렇지 않은 척하고 있다가 손님들이 모두 가고 난 다음에 바닥에 몇 시간이고 퍼질러 앉아 부서진 조각들을 이리저리 맞춰보는가?

허리케인 카트리나가 강타한 후《뉴요커》지에 한 가족의 기사가 실렸다. 그들은 뉴올리언스를 못 떠나고 있다가 지붕 위에 고립되었다. 마침내 구조되고 보니 집이며, 가재도구가 모두 쓸려가고 말았다. 할머니는 이렇게 말했다. "내가 정말 좋아하던 와인잔이었는데, 모두 쓸려가버렸네."

나이가 들면 들수록 더 많은 물건들에 의미를 부여하게 된다. 우리는 그 물건에 감정적으로 끌리게 되고 시간이 흐르면서 이 물건들은 원래 가치보다 훨씬 더 값진 물건이 된다. 이들은 우리 삶의 한 단편을 보여준다. 파티를 하거나 허리케인이 불어 닥친다 해도 우린 그런 물건들에 신경이 쓰일 수밖에 없다. 그런 물건을 잃어버린다는 것은 상상도 할 수 없는 일이다. 가슴이 쓰라리지 않겠는가?

골든글로브 시상식 직전에, 다이앤 소여가 〈프라임타임 라이브〉의 인터뷰를 위해 우리 집을 방문했다. 대단한 일이었다. 내가 〈위기의 주부들〉로 거둔 놀라운 성공 덕분에 한 해 동안 겪은 여러 일들 중 가장 큰 사건이었다. 우리 집에 다이앤 소여가 오다니!

내가 인터뷰 준비를 한참 하는 동안 촬영팀이 거실에서 촬영 준비를 시작했다. 그들이 뭘 하고 있는지 전혀 몰랐던 나는 거실에 가보고는 깜짝 놀랐다. 거실 배치가 완전히 뒤바뀌어 있었다. 큰 카메라 5대를 세팅하느라 거실에 있던 살림을 몽땅 한쪽으로 치워놓았던 것이다. 나의 '사는 모습'을 찍으려면 원래 이렇게 하는 건가 보다. 조명팀, 모니터팀, 음향팀이 북적거렸다. 뭐, 이 정도야, 문제없어. 조금 위치만 바꾼 거잖아. 하지만 방으로 들어가려는데 문득 이런 생각이 들었다. '그 카이저 인형은 어디 갔지?'

내가 열한 살 때 어머니는 아버지와 나를 남겨두고 3개월간 유럽 출장을 가셨다. 정말 떨어져 있기 싫었다. 여러분도 10대 시절이 얼마나 예민한 시기인지 분명 기억할 것이다. 급격한 변화를 겪는 때라 옷, 머리 모양, 귀걸이 등 사소한 문제까지도 매우 심각하게 느껴진다. 모든 것들에 큰 의미를 부여할 때다. 예를 들어, 아직 이 쇼핑몰의 비밀을 완전히 파악하지도 못했는데 세상이 무너져 버리는 건 아닐까 걱정하기도 한다.

내 발이 너무 큰 거 아냐? 눈썹이 이러다가 일자로 붙어버리면 어떡하지? 이제 나도 다리털을 밀 때가 된 건가? 이런 문제는 정수나 미분 같은 수학 문제가 아니기에 아버지가 대답해줄 수 없는 것들이었다. 내 주변에 의지할 사람이 없었다. 나에겐 이모도 언니도 없었고, 부모님과 살가운 사이도 아니었다. 이래저래 복잡한 심정이었던 나는 어머니가 필요했다.

열한 살짜리 소녀의 눈에 평생처럼 느껴지던 그 길고 긴 시간이 흐른 후 마침내 어머니는 출장에서 돌아오셨다. 그때 어머니는 하얀 카이저 도자기 인형을 가지고 오셨다. 누드의 그 여인은 요가 자세로 우아하게 앉아 한쪽 무릎은 세우고 다른 쪽 다리는 그 아래로 접고 있었다.

그 자그마한 도자기 여인을 볼 때마다 어머니가 잠깐 집을 떠나 계셨던 그 힘든 시기가 떠올랐다. 나는 그 여인에게 마음을 빼앗겼다. 그 누드의 여인이 나의 10대 시절을 꿰뚫어보았고, 당시 나에겐 없었던 여성적인 신비와 성적 자신감을 대변하고 있었기 때문이다. 그래서 그 도자기 인형에게 끌렸던 것 같다. 가느다란 발가락과 손가락이 얼마나 우아하던지, 도자기 여인은 내가 여자로서 원했던 모습을 모두 갖추고 있었다. 나는 여인에게 반했다. 내가 원하는 것, 갖고 싶은 것, 되고 싶은 모습을 갖추고 있었기 때문이다. 3년 전 어머니에게 내가 가져도 되느냐고 양해를 구했고, 그때부터 이 도자기 여인은 우리 집 거실에 살게 되었다.

그런데 지금 그 도자기 여인은 어디에 있는 거지? 나는 거실 여기저기를 돌아다니며 인형을 찾았다. 휴, 거실 저쪽 구석에 안전하게 치워져 있었다. 위층으로 갖다놓을까 잠깐 고민했지만 그림내 꼴이 너무 우스워질 것 같았다. 촬영팀은 전문가로서 늘 이런 일을 하는 사람들이기에 나는 걱정을 내려놓았다. 그렇게 나는 느긋하게 굴었다.

촬영에는 시간이 꽤 걸렸다. 게다가 신경도 꽤나 쓰이는 작업이었다. 내가 왜 인터뷰를 하고 있는지 하늘은 아실라나? 하여튼 인터뷰 초반에 나는 초콜릿 쿠키를 만드느라 부산을 떨었다. 자주 하던 일임에도 카메라가 돌아가고 다이앤 소여가 지켜보는 가운 데 쿠키를 만드는 건 처음이라 떨렸다.

그때 다이앤 소여가 이혼에 관한 질문을 했다. 정말 간단한 질 문이었다. 나는 딸아이와 전남편에게 상처를 주지 않으면서도 내 가 후회하지 않을 만큼 대답했다. 소금이 아닌 설탕을 넣고 반죽을 휘저으면서 이러다가 쿠키를 까맣게 태워 먹어 전국의 시청자들 에게서 살림도 모르면서 흉내만 낸다고 욕을 먹는 건 아닐까 상상 했다.

재료를 섞을 때 손이 달달 떨렸다. 대체 내 꼴이 어떻게 비칠 지 신경이 쓰였다. 눈앞에 이런 신문 기사 제목이 떠올랐다. '테리 해처, 수전증 앓다(게다가 가장 흉하게 나온 내 사진이 옆에 실릴 것 이다).'

얘기가 옆으로 새긴 했지만 그렇게 인터뷰를 하는 동안 나는 엄마들이 얼마나 많은 모자를 쓰고 있는지를 실감했다. 우리는 쿠 키를 굽고, 일을 하고, 이야기를 하고, 갖은 애를 쓴다. 그러면서 최선의 결과가 나오기를, 우리의 당당한 모습 밑에 깔려 있는 실체 를 아무에게도 들키지 않기를, 아무도 우리더러 능력 없다고 말하 지 않기를 바란다. 다행히 쿠키가 잘 구워졌다(나중에 다이앤 소여 는 쿠키를 남편 마이크 니콜스 감독에게 주었더니 그가 맛있다고 했다는 얘기를 전해주었다. 그건 정말 대단한 일이었다. 거장 마이크 니콜스 감독이 내 쿠키를 좋아했다니!).

어쨌든 그 길고 긴 하루가 끝나고 인터뷰를 마쳤다. 다이앤 소여에게 작별 인사를 하고 와인 한잔을 비운 나는 나 자신이 자랑스러웠다. 촬영팀은 거실에서 장비를 챙기고 원래 있던 자리로 가구를 옮겨다놓았다. 그때 프로듀서가 부엌으로 오더니 난감한 표정을 지었다. "좀 잘못된 게 있습니다." 그의 얼굴을 보고 퍼뜩 이런 생각이 들었다. '그 도자기 인형은 아니어야 할 텐데.'

아니나 다를까, 바로 그 물건이 문제였다. 거실에 있던 가구나 예술품 등 다른 깨지기 쉬운 물건들은 모두 고스란히 있는데, 별로 신경도 쓰지 않았던 그 물건들은 모두 멀쩡한데, 하필이면 그 도자기 인형만 깨진 것이다.

"좀 잘못된 게 있습니다"라는 말은 축소된 표현이었다. 도자기는 산산조각 나서 그 섹시하고 우아하고 여성스런 두 다리가 몸에서 댕강 떨어져 나가고 말았다.

나는 앉아서 숨을 몰아쉬며 눈물을 억지로 참았다. 절대 대자로 뻗어 울지는 않았다. 화가 머리끝까지 났다. 뭐, 예전처럼 화를 버럭 낼 수는 있었지만 그러지 않았다. 대신 왜 내가 가장 아끼는 물건이 박살 났는지 이해해보려고 했다. 왜 하필 그 물건이 깨진 걸까? 무슨 이유가 있을 거야. 그런데 왜일까? 촬영팀은 나를 달래주려고 이렇게 말했다. "아마 선생님이 골든글로브 타시려나 봐요." 하지만 내가 찾는 대답은 그게 아니었다.

어떻게 행동해야 할까 생각했다. 10년 전의 나라면 화를 버럭 냈겠지만 이번에는 숨을 크게 들이쉰 다음 교훈을 찾으려고 했다. 그렇게 변해가는 내 모습이 마음에 들었다. 그건 분명 내가 엄마가 되었기 때문에 가능한 일일 것이다. 에머슨이 뭔가 일이 잘못되었다고 남들 앞에서 소리를 버럭버럭 지르면 좋겠어? 절대로 아니다.

나는 행동으로 옮기기 전에 이 세상에서 얼마나 많은 선택을 할 수 있는지 잠깐이나마 반추해보는 법을 아이에게 가르치고 싶었다. 나는 교훈을 터득했다. 좋은 일이든 나쁜 일이든, 이기든 지든, 이 세상에서 일어나는 모든 일은 교훈을 터득할 수 있는 기회가 된다. 나는 사람들의 기분을 좋게 또는 나쁘게 할 수 있는 선택권을 쥐고 있었다. 나는 그들의 기분을 좋게 해주기로 했다.

의자에 앉은 채로 고개를 들어보니 많은 사람들이 나만 주시하고 있었다. 나는 미소를 지으며 괜찮다고 했다. 하지만 그 말을 하자 속이 훨씬 더 쓰렸다. 그 도자기 인형은 나에게는 추억과 감정이 깃든 물건이었다. 아픔과 애정, 희망과 영감이 가득 찼던 물건이 이제 사라져버린 것이다.

그런데 놀랍게도 해방감도 맛보았다. 내가 간직했던 그 모든 추억과 감정이 이제는 자유롭게 흘러가버렸다. 추억은 내 생활 속에서 둥둥 떠다니며 내가 손만 뻗으면 잡아서 다시 끌어낼 수도 있었고, 아니면 영원히 흘러가버릴 수도 있었다. 그 추억을 더 들어보면서 나는 간직하고 싶은 추억과 잊고 싶은 추억을 나눌 수 있는 기회로 삼았다. 그러니까 나는 이렇게 하기로 했다. 도자기 인형의 섹시함, 자신감, 우아한 포즈는 간직하되, 어린 시절 어머니가 옆에 안 계셔서 고통스러웠던 아픔은 저 멀리 떠나보내기로.

카이저 여인은 깨졌다. 이 인형이 깨질 거라고는 상상도 못 했다. 하지만 이제 일은 벌어졌고 나는 순간 깨달음을 얻었다. 물건은 소중하다. 살면서 물건과 유대감을 맺고 거기에 의미와 가치를 부여한다. 그래서 그 물건이 깨지면 우리는 기분이 좋아지라고 이렇게 말한다. "그냥 물건인데 뭐, 상관없어."

하지만 다르게 생각할 수도 있다. 물건은 그냥 생명력이 없는 물체가 아니라 경험 그 자체다. 물건을 간직하는 동안 우리는 경험을 간직하는 것이다. 그리고 물건은 우리가 살아온 발자취를 보여준다. 중요한 물건이 깨졌다는 사실보다 그 경험이 끝나버렸다는 사실이 중요하다. 그래서 우리는 어떻게든 대처해야 하고 또 이겨내야 한다. 물건 속에 깃든 아름다운 추억을 본다면, 또는 그 물건이 깨짐으로써 더 이상 추억을 붙들고 있지 않아도 된다는 자유로움을 느낀다면, 깨진 물건은 영원히 잃어버린 것이 아니라 경험이라는 모습으로 우리들 안에 살아 있는 것이다. 가끔 그런 헤어짐과 자유는 위대한 교훈을 선사한다.

관계라는 관점에서 그 물건에 대해 생각해보자. 물건이 산산조각 나면 당신은 가슴이 찢어지듯 아프고 영원히 그 물건이 사라진 것 같은 상실감을 느낀다. 나는 누군가와 데이트하는 데까지 시간이 꽤 오래 걸리는 편인데, 잠자리까지 하려면 더더욱 오래 걸린다. 그래서 나는 두렵고 겁이 난다. 하지만 괜찮다. 나에게 섹스는 놀이가 아니니까.

최근 한 남자를 알게 되었다. 나는 그가 마음에 들었다. 누군가에게 마음을 여는 일이 얼마나 힘든지, 게다가 연애를 하는 건 얼마나 힘이 드는지. 특히 그 남자가 내 연예계 생활을 이해해줘야 하기 때문에 더 힘든 것 같다. 그는 나와 딸아이와의 관계가 얼마나 중요한지 이해해줘야 한다. 그는 충만하고 재미있는 삶을 살면서 자신의 성공을 누릴 줄 알아야 한다. 그는 똑똑하고, 위트 있고, 배려심 깊고, 재미있어야 한다. 이런 남자는 흔하지 않지만 나는 그런 남자 중에서 나를 좋아해주는 누군가를 찾아야 했다.

그리고 마침내 그런 남자를 찾았다. 정말 놀라웠다. 인생이 변하고 두려움이 없어지면서 내 평생 겪어보지 못한 놀라운 섹스를 하게 되었다. 종교, 정치, 철학, 심지어 카푸치노에 관한 속 깊은 대화까지 나눌 수 있었다. 그는 여자들이 꿈꾸는 모든 것을 갖춘 사람이었다.

그러자 고통이 시작됐다. 나는 줄기차게 자동응답기를 확인했다. 샤워를 하거나 음악을 듣는 도중에 전화가 오면 전화벨 소리가 안 들릴까 봐 아무것도 하고 싶지 않았다. 혹시나 그가 새벽 3시에 전화를 할까 봐 밤에도 전화벨 소리를 죽여놓지 않았다(이런 적은 단 한번도 없었다). 밤이면 절대로 외출하지 않는 최악의 상황까지 맞이했다. 친구들을 만나지도, 영화를 보러 나가지도 않고 전화기만 뚫어져라 바라보며 오지도 않는 전화를 기다렸다.

내가 좋아하는 영화 〈투씨〉에 나오는 한 장면이 떠오른다. 테리 가는 친구(더스틴 호프만 분)와 자고 난 다음 이렇게 말한다. "마이클, 모든 관계에는 아픔이 따르는 것 같아. 이제는 나도 그 아픔을 느끼고 싶어. 난 전화기 옆에서 기다릴 것 같아. 혹시 네가 전화하지 않는다면 나는 아파하며 전화기 옆에 붙어 있겠지." 음, 내가 바로 그랬다. 나는 그 남자와 잠을 잔 다음 아픔을 기다린다. 그런 아픔은 끝내야 한다.

한 여자가 찔찔 짜면서 밤잠을 설치고 그이의 전화를 기다린 다음에는 무엇을 할까? 어떻게 그 남자 말고는 갖고 싶은 게 하나도 없을 수 있을까? 이렇게 전화를 해주지 않는 남자와 어떻게 내 삶의 가장 중요한 만남을 계속 이어나갈 수 있을까? 이유는 절대로 모르겠지만, 적어도 나에게는 자존심이란 게 있어서 내가 먼저 그에게 전화를 걸지는 않았다. 그러다가 그만 열감기에 시달리면서 전화를 하고 말았다(음, 내가 전화를 걸었다. 전화를 걸어서 다시 만날 수 있느냐고 묻는, 그 바보 같은 짓을 하고 말았다. 길고 어색한 침

묵이 흐른 후 그가 이렇게 말했다. "전화 끊어, 내가 다시 할게." 음, 그
랬다).

그럼 여자는 뭘 해야 할까? 나 같은 사람이라면 하루에 손 씻
는 횟수보다 더 자주 전화기를 확인할 것이다. 그때마다 자동응답
기에서 흘러나오는 "메시지가 없습니다"라는 소리를 듣고 울고 또
울겠지. 다행히 내 울음은 거기에서 그쳤다. 퉁퉁 부은 눈으로는
일을 할 수 없었기에 나는 쓸데없는 일이라고 생각해버리고 울음
을 멈추었다. 눈물은 멈추었지만, 마음은 여전히 찢어졌고, 도자
기 인형이 부서진 것처럼 내 가슴도 조각조각 갈라졌다.

하지만 그 도자기 인형처럼 우리는 물건이 깨질 때 여러 가지
반응을 선택할 수 있다. 그 조각들이 정확히 희망은 아니었다. 그
보다는 힘에 가까웠다. 나는 상처받은 모습을 통해 그 남자에게 힘
을 주었고, 이제는 그 힘을 되찾고 싶었다. 우선 그 힘을 되찾기 위
해서는 내가 그 힘을 주었다는 사실을 인정해야 한다. 이 남자에게
힘을 준 건 나였지, 그가 달라고 하지는 않았다. 그런데도 나는 그
에게 힘을 주었다. 나는 그런 위험까지 감내하고 싶었다. 나는 상
처받기를 원했다.

이제는 조각난 내 가슴을 하나씩 주워 담아야 했다. 적어도 앞
으로 40년간 내 가슴을 한 덩어리로 지키는 편이 낫겠다는 결론을
내렸다. 나는 허브티 한잔을 더 마셨고 뒤척거리다 겨우 잠이 들었
다(새벽녘이 되어서야 잠을 잤다).

나는 내 힘을 어디에다 두고 왔는지 떠올렸다. 그리고 끈이 달린 빨간 벨벳 주머니 속에 내 힘이 들어 있다고 상상했다. 예전에 골드마인 껌이 들어 있던 작은 주머니와 비슷했다.

내 힘이 어떻게 생겼는지 이미지를 정확히 떠올린 다음, 나는 그 힘을 주우러 다녔다. 그이와 같이 다녔던 장소를 모두 떠올리며 그 힘이 든 주머니를 두고 왔다고 상상했다. 나는 조심스레 주머니를 다시 주웠다. 그 남자의 구깃구깃한 이불 밑, 그 남자의 소파, 자쿠지 안 그리고 부엌 싱크대 위에서 주머니를 주웠다. 그러고는 둘이 같이 갔던 영화관에 들러 그곳에서도 내 힘 주머니를 주워왔다. 극장에서 나는 이 길고 긴 명상을 끝냈다. 내 팔에 가득한 힘 주머니를 제대로 들고 있지 못할 정도였다. 그랬더니 정말 효과가 있었다. 날이 밝자 나는 드디어 잠을 잘 수 있었다.

일어나보니 기분이 한결 괜찮았다. 그리고 지금까지도 기분이 괜찮다. 나의 힘은 변하지 않은 채 그대로여서 그런 여행도 괜찮은 것 같은 생각이 들었다. 관계는 끝났지만 그 안에서 괜찮은 경험을 할 수 있었다.

그것도 일종의 타버린 토스트였다. 자기 힘을 모두 줘버리면 그건 자기가 행복해질 자격도 없고, 그와 같이 있을 자격도 없다고 말하는 것이므로 그 남자에게 차이게 된다. 그러니 자기의 힘을 되찾아 와야만 한다. 어디에서 그 힘을 잃어버렸는지 찾아보도록 하자. 그의 침대만 말하는 게 아니다. 당신의 회사에서, 은행에서, 동네에서 그랬을 수도 있다. 내가 어떻게 보이는지 떠올려보면, 그 힘은 금화도 될 수 있고, 핑크 크리스털도 될 수 있다. 어쩌면 자동차를 굴러가게 하는 기름일지도 모른다. 그 이미지를 떠올려 모두 주워 담도록 하자.

힘을 되찾으면 기분이 좋아진다. 거절당하고 실망해서 감정적으로는 아픔을 겪을지도 모르지만 적어도 이 기분을 어떻게 겪어낼 것인지 스스로 선택할 수는 있다. 그 남자에게 내 마음을 얼마나 쏟아 부었는지, 그리고 얼마나 더 주고 싶어 안달이 났었는지는 절대로 잊혀지지 않는다. 하지만 빨간색 벨벳 안에 든 나의 힘을 모두 되찾자 나는 그 아픔을 견뎌낼 수 있을 만큼 좋은 추억이 떠올랐고 강한 힘이 느껴졌다.

이런 것들이 모두 모여 삶을 이룬다. 우리는 아끼던 것들을 잃는다. 직장을 잃기도 하고 사람들과 헤어지기도 한다. 아이가 크면 품을 떠난다. 집에 불이 나기도 한다. 아끼고 사랑하는 것들에게 의미를 부여하는 만큼 그들을 놓아줄 수 있어야 온전한 인간이 될 수 있다. 우리에겐 그런 능력이 있다.

그럼 다이앤 소여의 촬영팀이 나의 그 도자기 인형을 어떻게 했는지 짐작할 수 있겠는가? 그들은 메트로폴리탄 박물관의 큐레이터에게 그 조각들을 보냈고, 큐레이터는 값비싼 골동품을 맞추듯 인형 조각을 맞추었다. 한편 내 친구는 내게 똑같은 인형을 사주었다. 인터넷을 샅샅이 뒤져도 못 찾았는데, 친구가 영국 여행을 갔다가 똑같은 인형을 발견한 것이다. 쌍둥이 카이저 인형이 완벽한 상태로 우리 집에 도착했다. 수공예로 만든 작품이라 약간씩 모양이 다르긴 하다. 그래서 2개의 도자기 여인은 우리 집 거실에 자리 잡고 앉아 양쪽에서 미끈하고 섹시한 책꽂이 역할을 하며 나와 유대를 맺고 있다. 상처와 치유, 아픔과 사랑, 시작과 끝. 이 모든 것들이 완벽한 이야기를 이룬다.

우리 삶에서 물건들이 주는 의미는 무엇일까? 이들은 어떻게 왔다가 또 어떻게 가는 것일까? 그리고 어떤 교훈을 남길까? 짐일까, 상일까? 디자이너인 내 친구가 우리 집 거실에 내가 세팅해놓은 드럼 세트를 보면 정말 좋아할 것이다. 아니면 벽에 걸어놓은 레이 찰스의 사진을 봐도 좋아할지 모르겠다. 나는 저 드럼을 자선 경매에서 샀다. 밴 헤일런Van Halen(미국 하드록 밴드-옮긴이)이 사인한 그 드럼 세트를 에머슨이 너무 좋아하는데, 나는 그 모습에 행복감을 느낀다.

우선 내가 어떤 사람인지 파악해야 한다. 아무리 애를 써도 허튼짓을 하지 않는 사람이라면 세상의 규칙을 어기는 일을 하지 않는다. 그럼 그 범위 내에서 살자. 그리고 내가 외우는 주문을 마음껏 따라 해도 된다. 여기는 집이지 박물관이 아니다! 집에서 마음껏 즐기자!

어떤 물건을 감상하는 것과 소장하는 것엔 큰 차이가 있다. 나는 에머슨이 학교나 친구 집에서 장난감을 가지고 놀면서 그게 자기 것이기를 바라면 이렇게 설명해준다. 그 물건을 감상한다고 해서 그걸 꼭 가져야 하는 것은 아니라고. 상점에서 비싼 물건을 볼 때면, 예를 들어 예쁜 코트를 보면 나도 그렇게 한다. 그 디자인이 마음에 든다고 해서 꼭 사서 우리 집 옷장에 넣어두고 입지 않을 때마다 죄책감을 느껴야 하는 건 아니라고 되뇐다.

박물관에 가면 예술품을 소장하고 싶다는 생각은 하지 않고 그저 감상을 한다. 하지만 집은 다르다. 내가 아무리 값비싼 물건을 가지고 있더라도 그 때문에 바보같이 굴지는 않는다. 어떤 방에는 절대로 들어가면 안 된다고 에머슨에게 주의를 주는 일 따위는 없다. 나는 어떤 물건이나 삶의 어떤 부분 때문에 집에 금지구역 따위를 만들지 않는다. 이게 내 삶의 방식이다. 오해는 하지 마시길.

물론 나도 새하얀 카펫에 때가 탈까 봐 오염 방지 스프레이를 뿌린다. 하지만 소파 위에 크레파스로 낙서하는 건 어린 시절의 소중한 추억이다. 그런 일이 생기면 그냥 내버려둔다. 크레파스가 처음 발명된 이래 그런 짓을 하지 않고 넘어가는 아이들이 없으니, 에머슨에게도 뭐라고 하지 않는다.

나는 내 차를 4만 달러짜리 쓰레기통이라고 부른다. 차 안에는 과자 부스러기와 먹다 남은 샌드위치 조각이 뒹굴고 있기 때문이다. 차를 계속 타고 다녀야 하는데 그럴 때마다 "절대로 그걸 먹어서는 안 돼"라거나 "손도 대지 말란 말야"라고 외칠 순 없지 않은가. 그렇다. 나는 내 집과 차를 사랑하지만 그렇다고 인간관계까지 망치고 싶지는 않다.

집은 안식처이므로 바깥세상에서 받은 스트레스가 사르르 녹아내릴 수 있는 장소가 되어야 한다. L.A에 있는 우리 집은 내가 살았던 집 중 가장 멋지다. 모든 사람이 다 그렇게 생각하는 건 아니겠지만 내게는 최고의 집이다. 게다가 그 집에는 하얀 벽으로 비워놓은 곳이 한 곳도 없다. 내가 살던 집 중에는 처음으로 말이다.

하얀 벽이 없는 집이 있을까? 하얀색은 밝고 깔끔하고 실용적이라 어떤 색깔과도 어울린다. 누가 하얀색이 마음에 안 든다고 할까? 음. 그렇다면 이제부터 하얀 벽에 대해 불평을 해보겠다. 나는 벽이 좀 하얗다고 뭐라고 하는 게 아니다. 하지만 몽땅 하얗기만 하다면 얘기가 달라진다. 하얀색이 모든 것과 다 어울리는 건 아니다. 그건 위험, 실험 정신, 변화를 두려워한다는 의미이기 때문이다.

내가 늘 생각했던 나의 이미지를 인정하는 대신에 이 집에 변화를 주기로 했다. 좀 과감하게 꾸미고 싶어서 어떤 색깔이 나에게 어울릴지 고민했다. 페인트는 저렴하고 조금만 품을 들여도 효과가 뛰어나다. 작은 통 하나만 사서 옷장 문을 바나나색으로 칠하면 작업도 별로 어렵지 않은데다 기분까지 산뜻해진다. 게다가 언제든 다시 칠할 수도 있고.

하얀색은 중립적이며 안전하다. 하지만 색깔은 영감과 느낌을 준다. 집을 편안하고 만족스러운 장소로 바꿔주기 때문에 집에는 색상이 꼭 필요하다. 그럼 나는 침실에 무슨 색을 칠했을까? 바로 보라색이다. 우리 집 침실은 보라색이다. 진보라가 아니라 약간 톤 다운된 보라색이라 초콜릿색과 무척 잘 어울린다. 너무 마음에 들어 이 방을 떠나기가 싫다. 그뿐 아니라 현관 입구에는 갈색이 도는 빨간색을 칠했다. 빨간색은 대단한 용기가 필요한 위험한 색이다.

그렇다고 너무 무난하게 꾸미고 싶지는 않았다. 잘못되거나 마음에 안 들면, 뭐 다시 칠하면 그만이다. 하지만 벽에 페인트칠을 하면 집 안 살림을 모두 컨테이너 안에 넣어둔 것처럼 붕 떠 보이지 않고 집과 내가 하나가 되는 것 같은 안정감을 준다. 자기의 공간에 투자하면 훨씬 포근하고 편안한 느낌을 가질 수 있다.

거실을 꾸미면서 나는 세상에서 가장 멋진 원단을 발견했다. 나는 이 원단을 보자마자 큰 소리로 호탕하게 웃었다. 하얀 바탕에 청록색, 분홍색, 금색 패턴이 그려져 있어서 편안하면서도 멋지고 변화무쌍하다. 꼭 나 같다고 할까. 나와 딱 닮았다기보다 여기저기 약간 낡아 보이면서 여러 색의 점이 번져 있는 것 같은 무늬였다. 내가 꿈꾸는 나의 모습과 비슷했다. 하지만 나는 차가운 현실을 직시해야 했다. 그럼 소파와는 안 어울릴 텐데. 분홍색과 청록색이라? 좀 아닌 것 같았다. 그래서 나는 그 천으로 베개를 만들고 방에 몇 가지 색을 더했다. 그 원단을 볼 때마다 아직도 기분이 좋다. 커플 베개에 마음을 빼앗기는 건 흉도 아니니 남들이 뭐라고 지껄이든 내버려두자. 좋은 건 좋은 거다. 마음에 드는 걸 만나기란 쉽지 않으니까.

애써서 집을 꾸미기는 했지만 그렇다고 우리 집이 완벽한 건 아니다. 어느 집이든 자연 대 인간에 관한 오래된 주제가 있다. 내 경우엔 말벌 대 여자다. 나만 이 집을 안식처로 생각한 건 아니다. 여름이면 뒷마당에 벌이 잔뜩 돌아다니다 못해 잔디 위에 수북이 쌓인다. 예쁜 마당에서 나와 에머슨은 바비큐를 하면서 몇 시간씩 놀지만 여름이면 뜰에 나올 수 없다.

사람들은 벌 걱정은 하지 말라고 한다. 사람만 먼저 건드리지 않으면 벌이 사람을 귀찮게 하지 않는다고. 하지만 두려움을 떨치기가 힘들다. 열두 살 때 영화 〈죠스〉를 본 이래로 나는 아직까지도 상어를 무서워한다. 이게 다 스필버그 감독 때문이다. 상어가 실제로 있는 동물이라 더 그런지도 모른다. 하지만 호수나 풀장까지 상어가 돌아다니는 건 아니지 않은가?

게다가 6학년 때는 콜라와 벌에 얽힌 괴소문도 돌았다. 소문이었을까, 농담이었을까? 6학년 남자애들이 여자애들을 잔디밭에 못 들어가게 하려고 지어낸 농담이었을까? 소문의 출처가 어디인지 늘 궁금했다. 그럼 소문 속의 이상한 벌은 지금 어디에 있을까? 그 벌들이 내 뒤뜰에서 지구 정복을 위해 합체하는 것일까? 그건 아니다. 그걸 어떻게 아냐고? 그건 그냥 근거 없는 두려움일 뿐이다. 반쯤은 진짜고 반쯤은 허풍인 이야기들이 정말 많다. 거미, 개미, 식사 후에 하는 수영, 잔뜩 먹고 잠을 자는 일 등……. 나는 그런 허튼 소문이 에머슨의 귀에 들어가지 않도록 최선을 다하고 있다.

나는 벌떼를 없애보려고 별짓을 다했다. 해충 퇴치하는 사람들을 불러서 뒷마당에 숨어 있는 벌을 없애려고도 해보았고, 별의별 약도 다 뿌려보았지만 언제나 녀석들의 승리다. 나는 패배를 시인했다. 벌이 활동하는 계절에 우리는 뒤뜰에서 맘 편하게 놀지 못한다(맞다. 이제는 우리 집값을 아예 낮춰 불러야겠다. 분명 이 집에 이사 오는 사람들은 뒤뜰의 벌을 없애는 방법을 찾을 수 있을 것이다. 이 벌들은 1년에 딱 사나흘 정도만 나타나고, 매우 얌전하며, 사람들에게 친절하다. 게다가 이 벌들은 책 읽는 것을 좋아하고 부탁하면 나지막하게 노래도 불러준다. 진짜다).

벌들이 점령해버린 뒤뜰. 나는 〈죠스〉에서 느끼는 정도의 과장된 공포심을 억누르려고 노력한다. 혹시 무슨 일이 있을까 봐 걱정하는 시간을 줄였다. 사람과 곤충은 원래 천성이 착하다고 믿고, 나쁜 일이 닥치면 이를 이겨낼 수 있을 만큼 우리 자신이 강하다고 생각하는 편이 낫다.

물건의 가치는 어떤 것일까? 미국의 작가 소로는 이렇게 말했다. "가장 싼 물건에서 즐거움을 느끼는 사람이 제일 부자다." 나는 와인에 대해 전혀 모른다. 맛을 보면 내가 어떤 맛을 좋아하는지는 알지만 내가 어떤 와인을 좋아하는지 기억하기 위해서 열심히 공부하지는 않는다. 그럼 나는 어떻게 할까? 식당에 가서 와인을 고르다 막히면 가격을 본다. 가장 비싼 와인이 가장 좋고, 가장 싼 와인이 가장 나쁘다고 생각한다. 가격을 보고 고르는 일이 얼마나 바보 같은 짓인가? 싸구려 와인도 비싼 와인보다 맛이 좋을 수 있다는 사실을 알고 있다. 전문가들도 그런 편이라고 말한다. 하지만 우리는 불안할 때 가격을 보고 결정을 내려버린다. 비싼 것이 좋은 것이라고 속단해버린다.

우리 집 벽난로 위에 걸려 있는 그림을 예로 들어보자. 나는 그 그림을 창고 세일에서 5달러를 주고 샀다. 병와 과일이 그려져 있는 정물화로 내 방의 복고풍 색채(녹이 슨 듯한 갈색, 옥색, 금색을 주로 사용함)와 어울린다. 나는 정말 그 그림이 마음에 든다. 남들에게 이 그림이 어떠냐고 단 한번도 물어본 적도 없고, 우리 집에 온 손님 중에도 이 그림을 보고 이렇다 저렇다 말한 사람이 단 한 명도 없다(이런 걸로 봐서 좋은 징후는 아니지만). 하지만 그게 중요한 게 아니다. 그래도 그 그림은 나를 행복하게 해주니까.

나는 메이크업 아티스트와 함께 1880년대 크리스털 잔을 내 시빌 앤티크 시장에서 샀다. 이 잔은 나에게 평범한 잔 이상의 의

미가 있다. 여기에는 추억이 깃들어 있다. 친구와의 여행, 내시빌
에서의 추억, 눈보라가 불어 그곳에 발이 묶이는 바람에 앤티크 시
장에 들렀던 일, 그것을 고르고 사는 과정 등등……. 이 크리스털
잔에 물을 마실 때면 나는 카우보이 부츠를 신고 모자를 쓰고 춤을
추는 것만 같다. 왜냐하면 우리가 내시빌에 갔을 때 그랬으니까.
그리고 내가 와인에 대해서 일자무식이면 어떤가? 맛만 좋으면 그
걸로 충분하다.

　물건값이 중요할까, 아니면 물건이 우리의 삶에 주는 의미
가 중요할까? 얼마 전《L.A 컨피덴셜》이라는 잡지 커버 촬영을
했다. 이런 패션 화보를 촬영할 때면 소화해야 할 의상이 여러
가지다. 크리스천 디오르, 베르사체, 돌체 앤 가바나. 환상적인
드레스의 값은 최소 2만 달러에서부터 시작한다. 종종 이 세상
에 단 한 벌뿐인 드레스를 입고 촬영을 한다. 그래서 나는 드레
스 사는데 그렇게 많은 돈을 투자하지 않는다. 그럴 수는 없지
않은가.

　정말 부자인 사람들에게 2만 달러는 큰돈이 아닐지도 모른
다. 적어도 그렇게 부자인 사람이 다섯 명 정도는 있을 것이다.
아무리 그렇다 해도 그렇게 독특한 드레스는 딱 한번밖에 못 입
는다.

　지난번 화보 촬영 때 내가 착용했던 다이아몬드 목걸이가
얼마짜리인지 물었다. "이거 얼마짜리예요? 100만 달러?" 아

니, 그 목걸이는 정확히 22만 5,000달러짜리였다. 돈이 얼마나 있어야 그런 목걸이를 가뿐히 사들일 수 있을까? 스타일리스트는 이런 목걸이를 사려고 계좌에 들어 있는 돈의 절반을 덥석 쓰는 사람이 있다고 했다. 옷이나 보석류에 돈을 쓰는 방법은 여러 가지다.

드레스와 보석이 나를 매료시켰다. 그렇다고 돈을 펑펑 쓰고 싶다는 소리가 아니다. 성공을 인정하고 리무진을 빌리는 게 힘들었던 것처럼, 나는 성공을 인정하고 내 라이프스타일을 변화시키기 힘들었다.

대성공을 거둔다고 해서(내가 로이스 레인 역을 맡은 것을 방송국에서 대성공이라 부른다고 해도 나는 '중간' 정도의 성공으로 불러야 할 것 같다) 하룻밤 사이에 사람이 변하지는 않는다. 예전에도 지금도 나에겐 돈을 쓰는 일이 어렵다. 아직도 나는 창고 세일을 다닌다. 얼마 전에는 풀장 옆에 펴놓으려고 7달러짜리 파라솔을 사기도 했다. 전부터 갖고 싶었는데 새 것은 보통 100달러 정도 했다.

그럴 때 나는 행복하다. 작은 물건에서 행복을 느끼고 아직도 할인쿠폰을 모으며 세일을 쫓아다닌다. 검소하고 책임감 있게 사는 건 좋은 일이다. 맛있는 조개찜, 석양, 딸아이의 포옹, 밀크셰이크, 컨버터블 자동차, 따뜻한 목욕, 마사지, 멋진 청바지에 티셔츠만큼 나를 행복하게 하는 것이 있을까?

〈위기의 주부들〉을 촬영하던 첫해에 나는 다이앤 소여와 인터뷰도 하고 에미상 후보에까지 올랐다. 에미상 주최 측은 후보들을 모두 초대하여 베벌리힐스에 있는 스파고에서 파티를 연다. 이곳은 볼프강 퍼크라는 유명 레스토랑에서 운영하는 할리우드 플래그십 레스토랑(특정 브랜드나 아이콘의 이미지를 전면에 내세워 이를 극대화시킨 매장—옮긴이)이다. 내가 그동안 줄곧 바랐던 일은 바로 오랜 기다림 끝에 인정받았다는 사실을 축하받는 것이었다.

그런데 나는 그만 초대받은 일을 깡그리 잊고 있었다. 금요일, 그날은 에머슨이 학교에서 돌아오면 저녁에 집에서 책을 읽어주고 아이스크림을 먹고 게임을 하기로 줄줄이 계획을 세워두었다. 그런데 전화벨이 울렸다. 친구가 이렇게 말했다. "언제 갈 거야?" 나는 "어디?"라고 물었다. 아무 생각이 없었다.

여배우가 특별한 행사장에 갈 때면 드레스, 보석, 구두 등을 협찬받았다가 그 다음날 신데렐라처럼 돌려준다는 사실은 공공연한 비밀이다. 나는 입고 나갈 옷도, 아이를 봐줄 보모도 없었다. 그래서 에머슨에게 이브닝 파티에 같이 가겠느냐고 물었다. 같이 가면 초콜릿을 잔뜩 사주겠다고 했다(도브 초콜릿이 스폰서였다).

그러고는 몇 년 전 창고 세일에서 8달러에 산 60년대 빈티지 블랙 드레스를 꺼냈다. 나는 새로 산 구두와 다이아몬드 귀걸이를 한 후 머리를 업스타일로 올리고 출발했다. 나는 미리 꼼꼼히 의상을 골라둔 것만큼 그 드레스를 입고서 행복해했다. 8달러를 잘 썼다는 뿌듯함 때문이었다.

돈을 좀 만지기 시작했다고 내 가치관이나 욕구가 변한 건 아니었다. 글쎄 앞으로도 변할지 잘 모르겠다. 하지만 한편으론 이런 점도 있다. 자신에게 상을 줄 줄 아는 것도 중요하다. 물론 꼭 물건으로 상을 줘야 하는 건 아니고 시간으로 상을 줄 수도 있다. 여행을 가도 좋고, 파티를 열어도 좋고, 아니면 하이킹을 가도 좋다. 무엇이라도 해줘야 한다. 여러분도 나와 비슷한 사람이라 자기에게 돈 쓰는 것을 아까워한다면, 자신에게 상을 주는 일은 시도해봄 직하다.

〈로이스&클라크〉가 시즌 2로 새롭게 시작했을 때, 나는 일부러 바니스 백화점에 갔다. 오후 내내 시간을 보내기에 좀 비싼 곳이긴 하지만, 나를 위해 보석 몇 개를 한꺼번에 샀다. 이거 정신 나간 거 아니야? 거의 심장마비에 걸릴 지경이었다. 친구와 저녁식사를 하고 다른 사람들을 위해 선물을 살 때면 별 문제가 없지만, 나 자신을 위해서 그렇게 돈을 써본 적은 없었다.

분명히 우리는 매일 그러고 살 수 없다. 그날은 특별한 날이었고, 지금으로부터 10년 전 일이지만, 나는 아직도 그 보석이 마음에 들어 종종 착용하고 다닌다. 그때 샀던 귀걸이 하나를 〈위기의 주부들〉 촬영장에 하고 갔다. 정말 예쁜 귀걸이였다. 얇은 골드 밴

드 2개가 둘러져 있고 그 사이에 골드 플라워가 들어가 있다. 출연
진이 보더니 너무 예쁘다고 감탄했다. 그러고는 나지막한 목소리
로 새 애인한테 받은 거냐고 물었다. 나는 약간은 덤덤하게 또 약
간은 들뜬 목소리로 내가 나에게 준 선물이라고 했다. 그 귀걸이를
하면서 받은 느낌은 꽤 오래갔다.

　내가 그 귀걸이를 사던 때가 떠올랐다. 귀걸이를 보면 내가 이
귀걸이를 할 만큼 괜찮은 사람이라는 생각이 들었다. 그리고 가끔
은 내가 예쁘고 중요한 사람이라는 느낌을 가져도 괜찮다고 생각
했다. 게다가 내가 고르는 물건은 유행을 타지 않았다. 자기 자신
이 예쁘고 성공했다는 기분이 들게 해주는 물건을 나에게 사주는
일은 너무 경박한 일도, 그렇다고 너무 어리광 부리는 일도 아니
다. 리무진을 렌트하는 것처럼 말이다. 진작 그랬어야 했는데 아직
까지도 리무진을 빌리지 못했다. 아니면 생일날 마사지를 받는 것
도 좋다.

　그렇다고 너무 푹 빠지지는 말자. 미리미리 생각해서 계획을
짜고 신나게 즐기자. 새 직장에 적응했을 때, 일주일을 버텨냈을
때, 아이가 유치원에 입학했을 때 자신에게 이렇게 말하자. "당신,
오늘은 즐겨도 돼." 의미와 영원성을 부여하자. 보석이 아니더라
도 그것은 오래 계속될 테니.

　우리가 수집하고 아끼는 물건들 중에 보석이 가장 의미 있는
편이다(그리고 잃어버리기도 가장 쉽다). 나는 보석을 그다지 좋아

하지 않지만 보석은 우리가 물질을 소유할 수 있음을 상징하는 동시에 감정의 연결고리 역할도 완벽하게 해낸다. 보석에는 묘한 마력이 있다. 에머슨과 런던에 갔을 때 아이가 런던탑에 가자고 졸랐다. 그곳에서 대관식 보석을 보고 싶어 안달이 났던 것이다. 선물가게에서 나는 아이에게 티아라를 사주었다. 그걸 씌워주자 현실 속의 작은 소녀는 공주님으로 변신했다. 보석은 단순한 장신구가 아니다. 예전부터 보석은 사랑, 가정, 지위, 종교, 미덕을 대표하는 상징이다. 모든 문화권에서 보석은 의미를 지닌다. 미국에서 터키석은 물과 하늘을 상징하고, 중국에서 옥은 망자를 지켜준다고 한다. 매일 보는 광고 속의 보석은 사랑, 욕망, 약속을 상징한다.

미앤로라는 보석 회사가 있다. 이 회사에서는 상징과 의미가 담긴 재미있는 보석을 만든다. 해골 모양의 보석이 내 시선을 끌었다. 최근 딸아이는 검정색과 해골에 부쩍 관심을 보인다. 대부분의 부모들이 그렇겠지만 나도 좀 걱정이 된다. 아이가 왜 해골을 좋아할까? 무슨 의미지? 혹시 죽음에 사로잡혀 있는 것 아냐? 나는 해골 모양을 한동안 뚫어지게 보면서 그 의미를 파악하려고 했다.

해골은 모든 것은 죽는다는 의미를 담고 있다고 한다. 더 나아가 해골은 죽을 수밖에 없는 운명을 직시하여 받아들이고, 충만한 삶을 살 수 있는 힘을 찾고(가장 중요한 것인데), 정신을 차리고 살아야 한다는 것을 상기시켜준다고 한다. 정신 차리고 산다는 말이 마음에 든다. 이상하게 들리겠지만, 사실 간단하면서도 아름다운 소리 아닌가. 정신 차리고 산다는 것은 바로 현재를 사는 일이며, 자신의 결정과 선택에 늘 유념하는 것이다. 정신을 차리고 살면 자신과 상황을 통제할 수 있고, 그렇게 통제하면 자신과 주변 사람들을 다스릴 수 있다. 이렇게 긍정적인 소용돌이를 일으키면 자칫 빠지기 쉬운 우울증은 걱정하지 않아도 된다. 생명의 유한함을 받아들이면 어떤 것이 무한한지 깨닫게 된다. 그건 우리가 살면서 내리는 선택과 자기 통제를 의미한다. 우리는 상징과 메시지로 늘 우리를 장식하지만 그 의미를 찾으려면 멈춰 서서 그들이 우리에게 주는 여운을 곱씹어봐야 한다.

나는 목걸이 3개를 잃어버렸다. 물론 더 많이 잃어버리긴 했지만 그 3개의 목걸이는 나에게 특별한 의미가 있었다. 물건을 잃어버릴 때마다 그 경험은 각각 다르다.

에머슨의 가장 친한 친구가 최근 잠자리 목걸이를 선물했다. 에머슨은 이 목걸이를 좋아했다. 선물받은 그 다음날, 아이는 목걸이를 하고 내 친구 크리스네 집에 놀러 갔다. 우리는 하루 종일 그 집에서 놀았다. 옷 입기 놀이도 하고 그림도 그리고 요새도 만드는 동안 에머슨은 그 목걸이를 잃어버렸다.

온 집 안을 샅샅이 뒤져도 크리스의 집이 너무 커서인지 찾을 수가 없었다. 없어져버린 것이다. 당황하는 에머슨을 보면서 난 그 아픔을 덜어주고 싶은 마음이 들었다. 어디서 그 목걸이를 파는지 알고 있었고 사실 별로 비싸지도 않았다. 하지만 아이가 물건을 잃어버리거나 망가뜨렸을 때 늘 이렇게 말해서는 안 된다. "좋아, 엄마가 새로 하나 사줄게."

에머슨은 좀 있으면 여덟 살이 되므로 자기 물건에 대해서 조금씩 책임을 져야 할 나이가 되었다. 그래서 나는 아이에게 "속상하겠네"라고 말해주고는 꼭 안아주었다. 그럼 혹시나 기분이 좀 나아질까 했지만 그런 것 같지는 않았다. 나는 아끼는 목걸이는 꼭 정해진 자리에 넣어두라고 말했다. 이럴 때면 부모 노릇이 쉽지 않다. 물론 매번 이렇게 해야 하는 건 아니지만 아이에게 자기 물건은 자기가 챙기는 버릇은 꼭 가르쳐야 한다.

에머슨이 모르는 사실이 있다(아이가 크면 말하겠지만, 혹은 아이가 이 책을 읽으면 알게 되겠지만, 어떻게 설명해야 할지 모르겠기에 차라리 아이가 이 책을 읽지 않았으면 한다). 나는 에머슨이 사준 목걸이를 잃어버렸다. 아이가 다섯 살 때, 내게 어머니날 깜짝 선물을 꼭 사주고 싶어 했다. 그래서 친구와 나는 작전을 짠 후 셋이서 상점에 들어갔다. 나는 이곳저곳을 기웃거리며 "이 스카프 정말 예쁘다"거나 "이 셔츠 마음에 드는 걸" 또는 "이거 정말 예쁜 목걸이네"라고 운을 띄웠다. 그리고 친구가 어른들끼리 커피나 한잔 하자며 나를 끌고 나갔다.

우리가 나간 사이 에머슨은 '아무도 모르게' 나에게 목걸이 세트를 사주기로 마음먹었다. 하나는 커다란 동그라미 펜던트였고, 또 하나는 작은 동그라미 펜던트였다. 마치 모녀 목걸이 같았다. 아이는 자랑스럽게 목걸이를 꺼냈고 내가 그 목걸이를 하면 좋아했다.

그런데 몇 달 후, 아무리 찾아도 목걸이가 보이지 않았다. 깜짝 놀란 나는 그곳에 가서 똑같은 것으로 다시 샀다. 무책임한 나 때문에 초래된 그 괴로움을 겪기 싫어서가 아니라 그렇게 많은 의미가 담긴 목걸이를 잃어버렸다는 사실을 감추고 싶었기 때문이다.

나는 위선자도 아니고 매번 잃어버린 목걸이를 다시 사다놓지도 않는다. 언제, 어떻게 그 상실이라는 부담감을 간직해야 하는지도 알고 있다. 앞에서도 말했지만 내 어머니는 물건을 많이 사는 분이 아니었다. 어머니는 69세에 처음으로 페디큐어를 받아 보셨다.

어린 시절 개학철이 다가오면 어머니는 나를 데리고 가서 옷을 사주셨다. 보통 모녀 사이가 그러는 것처럼 우리도 같이 쇼핑하러 다니는 꿈을 꿨었다. 재미 삼아 쇼핑하고, 점심도 먹고, 셜리 템플에 가서 함께 소녀처럼 어울리는 꿈. 나에겐 그런 환상이 아직도 남아 있어 7년 전 어머니를 모시고 베벌리힐스에서 점심을 먹고 프레드시걸에서 쇼핑을 하며 그날 하루를 즐겁게 보냈다.

보석 코너에 들른 나는 정말 괜찮아 보이는 목걸이를 발견했다. 검은색 비드 초커 앞에는 '정신'이라고 쓰여 있는 작은 장식이 달려 있었다. 어머니가 내게 선물해주시겠다고 했다. 나는 그러시라고 했다. 어머니가 나에게 정신을 선물해주신다는 생각이 마음에 들었다. 그런데 그것마저 잃어버렸다(분명 어딘가에 있긴 있다!). 정말 슬펐지만 그 목걸이는 다시 사다놓지 않았다. 그 초커에 어머니와의 추억이 깃들어 있다는 사실이 중요했기 때문이다. 그 목걸이는 제 몫을 다했기에 다른 목걸이가 그 자리를 대신할 수 없었다.

물건들은 각자 특징이 있다. 어떤 것은 경험, 어떤 것은 보상, 어떤 것은 살면서 중요한 것을 재평가할 수 있는 기회가 되기도 한다. 하지만 나는 물건을 새로 살 때마다 먼지를 털어줘야 할 물건이 하나 더 생기는 것 같다.

나처럼 캘리포니아에 사는 사람은 언젠가 지진을 겪을지도 모른다. 그리고 옷장이 너무 작은데, 그 안에 물건이 많으면 부담스럽기도 하고, 대부분의 물건들이 별로 필요도 없다.

늘 그렇듯이 에머슨은 캠핑이 최고라고 말했다. 지난번에는 낡은 밴에 짐을 챙겨 캠핑을 떠났다. 나는 아이와 캠핑하는 게 좋다. 아이가 커서 10대 소녀가 되면 나와 캠핑 가는 것보다 친구들과 머리 세팅하는 걸 훨씬 좋아하게 될까 봐 두렵기도 하다.

하지만 지금 우리 모녀에게 이보다 더 재미있는 일은 없다. 우리가 가지고 있는 물건에 가치, 경험, 추억을 모두 합쳐도 서부 해안가 고속도로에서 펼쳐지는 장관보다 멋지지 않다. 캠핑카를 몰며 북쪽 도로를 아주 천천히 타고 올라가자 에머슨이 이렇게 말했다. "엄마, 우리 여기서 살까? 여기 정말 좋다." 그래, 네 말이 정말 맞구나!

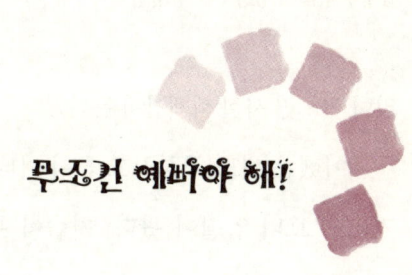

무조건 예뻐야 해!

나는 어려서부터 낚시를 자주 했다. 처음으로 혼자 물고기를 잡아서 손질한 게 열한 살 때였다. 소노마에 있는 캠프장을 벗어나 사람들이 지나다니지 않는 작은 언덕을 올라가보니 작은 소용돌이가 보였다. 물은 빠르게 흐르다가 반대로 휘감긴 다음 이내 조용하고 자그마한 웅덩이로 흘러 들어갔다. 이곳은 빠른 급물살을 헤쳐 나온 물고기가 잠시 숨을 고르기에 딱 좋은 곳 같아 보였다.

　나는 평평한 바위에 자리 잡고 앉아 꿈틀거리는 지렁이를 낚싯바늘에 꿰었다(지렁이를 무지막지하게 바늘에 꿸 때마다 마음이 복잡하다. 겁 없이 지렁이를 낚싯바늘에 꿰는 여자가 된 게 좋기도 하지만, 한편으론 약한 생물을 죽이는 게 영 찜찜하다. 생명체의 몸통을 낚싯바늘에 꿴 다음 물에 빠뜨려 익사시켜놓고는 물고기를 잡아먹겠다고 앉아 있으면 사실 죄책감이 든다).

어쨌든 새도 구경하고 곰이 나타나지는 않는지 한참을 두리번 거리다 보니 입질이 왔다. 가슴이 부풀어 올랐다. 아버지에게 늘 잘 보이고 싶던 나는 이제 기회가 왔다는 생각이 들었다. 바로 이때다, 싶은 순간 낚싯대를 감아 올렸다. 커다란 송어였다. 낚싯줄이 끊기지 않도록 조심스레 녀석을 물가로 끌어 올렸다. 그러고는 작은 돌로 송어 대가리를 내리쳐 녀석의 숨을 끊은 다음 자랑스럽게 아버지에게 가져갔다.

우리 가족은 맛있게 저녁식사를 했다(캠핑할 때 생선 조리법: 얇게 저민 레몬, 소금, 후추, 올리브 오일을 생선 위에 뿌리고 호일에 싼다. 불에 굽는다. 맛있게 먹는다). 그 송어는 36센티미터가 넘는 월척이었다. 나는 이 얘기를 30년 동안 하고 다녔지만 단 1센티미터도 부풀려 얘기한 적은 없다.

에머슨이 네 살 반이었을 때, 처음으로 낚시터에 데리고 갔다. 아버지는 정말 예쁜 낚싯대를 사주셨다. 보라색 플라스틱으로 된 어린이용 낚싯대였다. 아주 튼튼하지는 않았지만 짧고 쓰기에 간편하며 끝에는 진짜 낚싯바늘과 낚싯줄이 매달려 있었다. 플라이낚시나 견지낚시를 할 정도의 장비는 아니었다. 4미터 정도 되는 낚싯줄을 던진 후 가만히 앉아서 물고기의 입질을 기다리면 된다.

에머슨은 선물받은 낚싯대를 들고 산으로 가서 호숫가 옆 캠프장에 자리를 잡았다. 나는 에머슨의 바늘 끝에 연어알을 끼어주었다(물고기를 잡겠다고 지렁이를 꿰는 끔찍한 모습은 보여주지 않았다). 에머슨 혼자서 낚싯대를 던졌다. 바늘은 들썩거리더니 호수 바닥에 내려앉았다. 에머슨이 물고기를 잡을 거라고는 기대조차 하지 않았다. 그저 쉬러 왔다가 혹시나 찌가 움직이면 한번 당겨보라고 할 참이었다.

우리는 바닥에 담요를 깔고 앉아 《빨간 머리 앤》을 읽고 있었다. 책을 읽은 지 얼마 되지 않아 찌가 쑥 하고 당겨 내려갔다. 나는 몸을 번쩍 일으켰다. "물었다!" 에머슨이 달려와 낚싯대를 당겼다. 내가 맨 처음 잡았던 바로 그런 종류의 송어였다(물론 그보다 좀 작긴 했지만 뭐 그게 대수인가?). 씨알이 굵고 먹음직스러운 예쁜 무지개 송어가 햇빛을 받아 수면 바로 아래에서 반짝였다.

무지개 송어라는 이름이 그냥 붙은 게 아니었다. 에머슨은 반짝이는 무지갯빛을 보며 이렇게 말했다. "엄마, 너무 예뻐요." 정말 그랬다. 꿈에서 상상했던 바로 그 순간이었다. 이렇게나 예쁜 물고기를 죽여야 한다니 마음이 복잡해졌다. 나는 무릎을 굽히고 아이의 어깨를 감싼 다음 물었다. "정말 예쁘다. 우리 다시 놓아줄까?" 에머슨은 눈을 반짝이며 나를 보았다. "싫어요, 잡아먹을래요." 웃음이 터져 나왔다. 그래, 내 딸 맞구나.

할리우드의 유명 인사로 사는 일은 바로 그 불쌍한 물고기의 삶과 별반 다르지 않다. 사람들은 당신이 예쁘다고 말하고는 먹어치운다. 포토샵 처리를 해놓은 잡지 사진을 보고 남들은 당신이 아름답다고 부산을 떤다. 그러다가 잠옷 차림으로 쓰레기를 버리러 갔다가 우연히 찍힌 사진을 떡 하니 걸어놓고는 '스타들의 쌩얼'이라는 헤드라인을 뽑는다. 사실 파파라치가 매일 우리 집 뒤뜰에 죽치고 있는 건 아니지만 그런 모습을 보면 우리 사회가 여성을 어떻게 다루는지 알 수 있다. 여성의 외모를 이상적으로 부풀려놓고 그 그릇된 이미지를 우리에게, 심지어 우리의 딸들에게까지 심어준다.

가끔은 내 나이가 벌써 마흔이라는 사실이 믿기지 않아 괴롭기도 하지만 그건 엄밀한 사실이다(마음은 아직도 스물여덟인 것을⋯⋯). 그래도 운 좋게 나는 외모를 그나마 지키고 있는 편이다. 아마 그래서 〈위기의 주부들〉에 캐스팅된 거라 믿고 있다.

그렇다고 해도 몸이 제 나이를 잊은 건 아니다. 스무 살엔 남자에게 차인 후 술을 몇 잔 하고 밤새도록 울어도 다음날 아침이면 쌩쌩하니 멀쩡했다. 하지만 지금은 울거나, 잠을 설치거나, 물을 충분히 마시지 않거나, 끼니를 거르면, 내 메이크업 담당은 온갖 솜씨를 다 부려야 한다. 가끔은 하루에 15시간씩 연달아 며칠씩 촬영해야 하는 경우가 생긴다. 10년 전만 해도 그렇게 일주일은 끄떡없었다. 하지만 지금은 그렇게 일을 해대면 촬영이 끝난 후 몸이 너덜너덜해지는 것 같다.

그래도 내게 마흔 살은 최고의 나이임에 틀림없다. 처음으로 클레롤이라는 헤어제품과 하이드로덤이란 화장품 광고도 찍게 되었다. 히트 친 텔레비전 드라마를 찍은 덕분에 주요 잡지에 우아한 모습으로 등장하는 행운도 잡아, 실력 있는 사진작가, 메이크업 아티스트, 헤어 드레서, 스타일리스트와 같이 일하고 있다.

그러던 중 나는 뜬금없이 한 잡지사에서 보낸 이메일을 받았다. 유명 성형외과의사들이 어떤 '공사'를 하면 좋을지 상담해주는 코너에 내 사진을 싣겠다는 것이었다. 그것도 아무 사진이나 싣는 게 아니라 한 달에 한 번 단 한 명의 행운의 여성을 선정해서 하는 거라나. 이런 자상하기도 해라.

여기서 알아둬야 할 게 있다. 배우들은 대부분 홍보 담당 기자를 두고 있다. 〈로이스&클라크〉를 찍을 때 나에게도 그런 기자가 있었다. 지금은 좋은 친구로 지내지만, 뭐랄까… 내가 '집순이'로 지내는 동안에는 기자가 필요 없었다. 그래서 〈위기의 주부들〉을 찍으면서 홍보 담당 기자를 두지 않겠다고 했다. 그리고 다른 세 명의 여배우들도 모두 홍보 담당 기자가 없었다.

나는 사람들과 직접 만나는 편이 좋고, 내 말이 여러 사람 입을 거쳐 전달되는 것보다 직접 전달되는 편이 훨씬 정확할 거라 생각한다. 게다가 이제 마흔 살이 되었으니 남들을 한번 믿어봐야겠다고 생각했다. 나는 남들을 믿으려고 노력하는 중이었기에 내 모습을 감출 필요는 없다고 생각했다. 아무리 대단한 사람이라 해도 내 이미지를 누가 대신 만들어줄 수는 없는 노릇이니까. 그건 내가 살아가면서 여러 질문에 답하고, 토크쇼에 출연하고, 잡지 촬영을 하고 자선 이벤트에 참석하면서 만들어지는 것이다.

그래서 나는 그 잡지사에 답장을 보냈다. 나를 직접 만나본 적도 없는 성형외과의사들이 나의 병력이나 현재 건강 상태에 대해서 전혀 알지도 못하면서 겉모습에 대해 평가하고, 내 얼굴과 몸매를 업그레이드할 미용 시술을 받으라고 부추기는 것 자체가 너무 끔찍했다.

나는 이렇게 답장을 썼다. "와우. 우선 독자들에게 양해를 구해야겠군요. 여성들을 위해 그런 기사를 기획한다니 믿을 수 없습니다. 그런 기사가 여자들에게 어떤 영향을 끼치는지 대체 알고나 있습니까? 인생의 두 번째 기회를 맞아 멋진 한 해를 보내고 있는 테리 해처는 훌륭한 연기로 연기상을 수상했고, 높은 수입을 올리며, 예쁜 딸을 키우고 있습니다. 이런 연예인까지 '더' 아름다워지기 위해 성형수술을 받아야 한다고 독자들에게 말하는 건가요?"

더 아름다워진다는 게 대체 뭔가? 그런 수술을 받으면 나에게 무슨 득이 되나? 성형수술을 받으면 더 행복해지나? 그럼 더 좋은 텔레비전 드라마에 출연할 수 있나? 돈을 더 많이 벌게 되나? 아, 맞다. 남자친구가 생길지도 모르겠군. 그게 내 고민이니……. 어쨌든 그 제안은 감사했다. 하지만 이런 기사가 아직도 나오고 있다니 화가 났다. 정말 역겹다.

나는 에머슨이 태어나기 전 시트콤 〈사인펠드〉에 게스트로 출연한 적이 있다. 제리와 일레인이 내 가슴이 진짜냐를 두고 논쟁을 벌이는 에피소드였다. 나는 〈사인펠드〉에 나오는 이 대사로 많은 주목을 받았다. "진짜예요. 정말 볼 만하죠." 사실 내 가슴은 아직도 아름답긴 하지만 이제는 브라, 라펄라 사의 브라를 하고 있을 때만 아름답다. 사실 브라는 정말 좋은 것을 해야 한다. 내 가슴이 아무리 아름답다 해도 20대의 가슴은 아니다. 만약 가슴 밑에 가로로 펜을 끼워봐서 그 펜이 떨어지지 않으면 브라를 꼭 해야 한다고 어려서부터 들었다. 지금 내가 그렇다.

이 세상은 우리가 예뻐 보여야 한다고 강요하지만, 의사들은 있는 그대로의 모습을 받아들이라고 한다. 우린 우리의 몸을 있는 그대로 받아들여야 한다. 적어도 나는 의사들 말이 옳다고 생각한다. 나에겐 주치의가 없지만, 만약 있다면 분명히 그도 내게 그렇게 말했을 것 같다. 여자는 나이가 들면 피부가 처지고 주름살이 생기지만, 그것을 받아들이는 지혜를 발휘하는 것이 나이 들어가는 여성들의 아름다움이라고 생각한다. 나는 '있는 그대로의 몸을 사랑하라'는 의견을 지지한다.

모유 수유를 하면 가슴이 어떻게 되는지 엄마들은 다 알고 있다. 소중한 아이가 내 젖가슴을 탐스럽게 빨고 있을 때의 그 기분이 또렷하게 기억난다. 한편으론 나의 골밀도 수치가 떨어지는 듯한 느낌도 든다. 나는 내 몸을 정말 사랑한다. 팔에 붙은 근육을 볼 때나 승마를 한 다음 허벅지 근육이 뻑적지근하게 쑤시는 느낌이 들 때면 더욱 그렇다. 하지만 아무리 열심히 운동해도 한번 망가진 가슴은 돌아오지 않는다는 사실도 알고 있다.

나는 가슴 성형을 받지 않았다. 생각해본 적은 있지만 병원 근처에는 가지도 못한다. 그럴 바엔 차라리 패션 폼에서 '끈 없는 브라 대용'이라고 광고하는 누브라를 하고 말겠다. 나는 그 브라를 '탈착 가능한 가슴'이라고 부른다. 누브라를 할 수 없을 때, 나는 개퍼 테이프를 사용한다. 맞다, 무대 장치할 때 쓰이는 강력한 테이프 말이다. 임시방편으로 사용하기에 아주 좋다. 보통은 자동차나 전선 혹은 찢어진 비닐 시트를 붙일 때 이 끈끈한 실버 덕트 테이프를 사용한다(우리 집 자동차에도 이 테이프를 붙여놓았다).

살짝 귀띔하면, 마흔이 되어 화려하고 노출이 심한 드레스를 입을 때, 이 테이프가 있으면 확실히 가슴골을 살릴 수 있다. 디자이너의 멋진 드레스를 입는 모델이나 배우들은 모두 이 개퍼 테이프를 교묘하게 사용하여 마치 브라를 한 것처럼 가슴을 모아주고 받쳐준다. 섹시하지 않는가? 음.

그러다가 우연히 남자와 눈이 맞아 드레스를 벗어야 할 일이 생긴다면? 우선 테이프를 붙여놓은 가슴부터 해결해야 한다. 은색 테이프를 덕지덕지 발라서 번쩍거리는 가슴을 드러내는 상황이 절대로 발생해서는 안 된다. 빨리 화장실로 뛰어 들어가 실전에 돌입하기 전에 테이프를 몽땅 떼어내도록. 글래머는 무슨 글래머.

사실 지금 내 가슴을 두고 이런저런 우스갯소리를 하고 있지만, 내 유두에 대해서는 단 한마디도 하지 않았다. 사실 내 유두는 참 예쁘다. 편집자가 내게 혹시 유두에 관한 얘기도 하고 싶냐고 물었다. 물론이다(내가 왜 유두에 대한 얘기를 자주 꺼내느냐고? 나는 토크쇼에서나 인터뷰를 할 때 내 유두에 대해 농담을 한다. 왜냐하면 유두는 여성성의 절대적인 상징이기에 나이 마흔에도 멋져야 한다. 유두는 바로 당신이고, 당신은 바로 유두이기 때문이다).

하지만 내가 유두 얘기를 꺼내면 다들 당황한다. 어떤 사람들은 내가 그 얘기를 하고 싶어서 환장한 줄 안다. 사실은 이렇다. 우리 각자는 특별히 아끼는 신체 부위가 있어서 그곳을 바꿀 생각도 없고, 바뀌었으면 하는 마음도 없다.

나는 내 유두가 마음에 든다. 내 유두가 크다거나, 작다거나, 객관적으로 봐서도 정말 멋지다는 얘기가 아니라 그저 내 눈에 그렇게 보인다(우리 집에는 유두가 보이게 절개되어 있는 멋진 속옷이 있다. 속옷 회사에서 유두가 드러나는 그런 제품을 만든 걸 보면 아마 자기 유두를 마음에 들어하는 여자가 나 하나만은 아닌가 보다).

내가 유두를 좋아하고 자랑스러워해서 이렇게 책에서까지 들먹이는 이유를 굳이 하나만 꼽자면, 그건 유두가 당신이 진정으로 감사해야 하는 부위라는 사실을 일러주기 위해서다. 자기 몸에 대해 그런 감정을 느낀다는 것, 그 자체로 중요하다. 게다가 그건 당신을 사랑해줄 사람을 찾는 첫걸음이기도 하다. 그 사람은 당신을 사랑하고, 당신의 모든 것을 사랑하고, 당신의 몸을 소중히 다루며, 브라 속을 그저 힐끗거리지 않는다. 나는 그런 사람을 찾고 있다. 비슷한 사람도 괜찮다.

이것만은 분명히 해두겠다. 나는 자기 몸에 대해 자부심을 갖는 사람들을 이상하게 생각하지 않는다. 나에게는 많은 친구가 있는데, 어떤 친구는 직업을 가지고 있고, 또 어떤 친구는 전업주부이며, 또 어떤 친구는 맞벌이를 한다. 그러나 이 친구들은 모두 자기 자신에 대해서 자부심을 가질 날이 오기를 바란다는 공통점이 있다.

우리는 우리가 갖지 못한 것을 원한다. 곱슬머리라면 직모이길 바라고, 가슴이 작으면 큰 가슴을 원한다(기왕이면 처지지 않은 가슴이 좋다). 엉덩이가 볼품없다면 풍만한 엉덩이를 원한다. 그 반대 경우도 마찬가지다. 우리가 갖고 있는 것을 그대로 받아들이기 힘들다. 다른 집의 잔디가 더 푸르게 보이는 법. 만약 정말로 다른 집 정원을 탐낸다면 자기만의 아름다움을 받아들이기가 훨씬 어려울 것이다. 어쩌면 당신은 지친 나머지 그때쯤이면 푸른 잔디 대신 시멘트를 발라버릴지도 모르겠다.

어떤 친구들은 얼굴에 이리저리 손을 댄 후, 그 통증을 견뎌내며 행복해한다. 하지만 어떤 친구들은 그렇지 않다. 아직도 언제쯤 자신의 모습에 만족하게 될지 스스로에게 묻는다. 나도 그런 질문을 내게 한다. 내가 어쩌다 배우가 됐을까? 어쩌다 나는 나 자신을 별로 좋아하지 않게 된 걸까? 우리 어머니들이 이런 문제들과 관련하여 비난을 받는다. 사실 이런 말을 하기는 좀 그렇지만, 어머니들이 우리의 역할모델인 건 사실이다.

어머니는 우리를 사랑하여 정말 엄하게 키웠다. 우리가 잘 크길 바라고 혹시나 있을지도 모르는 힘든 일을 겪지 않게 하려고 엄하게 대한 것이다. 내가 어렸을 때, 어머니가 자신을 좀더 괜찮은 사람이라고 생각했더라면, 아마 나도 나 자신을 좀더 긍정적으로 바라봤을 것 같다. 그래서 나는 어머니에게 예쁜 옷을 입고, 향수도 뿌리고, 마스카라라도 하라고 당부하곤 한다(아마 어머니에게 샤넬 5를 사준 사람은 내가 처음일 것이다. 어머니는 아직도 이 향수를 제일 좋아하신다). 자기 자신에 대해 이렇게 생각만 할 것이 아니라, 자기 몸에 대해서도 책임감을 느끼고 아껴야 한다. 지금까지 그러지 못했다면 이제부터라도 건설적인 변화를 만들어가야 한다.

나 자신을 어떻게 생각하느냐는 나 자신을 어떻게 대하느냐와 관련된다. 스무 살 때 나는 너무나 암울해서 하루 종일 작은 아파트에 처박혀 파파이스에서 치킨을 배달시켜 먹고는 초콜릿 칩이 콱콱 박힌 하겐다즈 아이스크림을 사러 한 블록 떨어진 아이스크림가게까지 걸어가곤 했다. 그러다 보니 몸무게가 엄청나게 늘어 그때 처음으로 다이어트를 해야겠다는 생각을 했었다.

〈사랑의 유람선〉에서 인어 역을 맡았을 때였다. 나는 여덟 명의 댄서 중 최고는 아니었지만 그래도 조금은 눈에 띄고 유머도 있어서 주목을 받긴 했다. 안무 담당은 나더러 살이 좀 쪘다고 말했었다. 평균적인 미국인들에 비하면 전혀 살찐 게 아니지만 무용수들은 여배우들보다 몸무게에 훨씬 더 민감하다. 특히나 똥배가 신경이 쓰인 나는 운동을 시작했다.

그때 난 정말 '좋은 몸'을 갖고 싶어서 안달이 났기 때문에 오존주의보가 내린 섭씨 39도의 할리우드를 달렸다. 난 그때 그 모습이 건강한 거라고 생각한다. 나는 수많은 스포츠클럽 중에서 처음으로 방문한 곳에 등록해버렸다. 그리고 그 많은 트레이너 중에서 처음으로 만난 트레이너를 고용했다(결론부터 말하면, 나중에 나는 그중 한 사람과 결혼까지 했다). 그게 늘 싫었다. 처음으로 적극적이 되어야겠다고 생각했다.

어려서 나는 무용 학원에 다녔다. 춤추는 게 좋았고 내가 특별한 사람이 된 것 같은 기분이 들어 무용을 했다. 내가 가장 뛰어난 학생이 아니라는 건 알고 있었지만, 그래도 버텼고, 그러다 보니 그 속에서 정체성을 찾게 되었다.

나는 재즈나 발레를 운동이라고 생각해본 적도 없고 운동이라는 말을 입에 올리지도 않았다. 운동이란 말은 운동을 즐기지 못하고 마지못해 운동을 하는 어른들이나 쓰는 단어 같았기 때문이다. 어른이 되면 운동을 하나의 의무로 여겨 조깅을 시작한다.

〈로이스&클라크〉를 촬영하는 시간이 점점 늘어나면서 엄마라는 자리가 위협받기 시작했다. 어려서부터 나는 스키를 워낙 좋아했기에 새벽 4시에 일어나 타호 호수 근방에 있는 스키코스까지 3시간을 운전해 간 다음 하루 종일 스키를 타고 다시 운전을 해 집으로 돌아오곤 했다. 하지만 스키까지도 시들해졌다. 겨울이면 차라리 스카치위스키를 옆에 끼고 별장에서 며칠을 묵는 편이 훨씬 좋았다.

몸무게 때문에 고민하는 사람들을 보면 한번도 다이어트를 한적이 없는 나 자신에게 고마워해야 할 것 같다. 사실 감사하긴 하다. 하지만 앞에서도 말했지만 다른 집 잔디를 담 너머에서 넘겨다 보면 잡초도 눈에 띄기 마련이다. 삐쩍 마른 10대들은 별로 보기 좋지 않다.

나는 '거미 다리'라는 별명 때문에 평생 괴롭힘을 당했다. 캘빈 클라인 진을 입고 매력적으로 보이기를 간절히 바랐지만, 내 납작한 엉덩이 때문에 청바지가 별로 어울리지 않았다. 그리고 '털북숭이 해리 테처'라고 나를 도마질하여 싹싹 먹어치우는 기사 때문에도 괴로웠다. 나는 핀셋과 왁싱 덕분에 '털과의 전쟁'에서 승리했다.

난 무려 30년 동안 9킬로그램을 빼겠다고 애쓰는 어머니를 지금까지 지켜보고 있다. 아직도 내가 사랑하는 사람들은 체중계 눈금을 줄이기 위해서 자신을 괴롭히고 자신을 받아들이지 못하고 있다. 나는 내 삶에서 갖지 못한 것을 감정적으로 채우기 위해 음식을 그 대상으로 삼지 않는다.

그러나 그런 결심과는 관계없이 이제는 남자를 찾으려고 냉장고를 들여다보는 처지가 되고 말았다. 그 안에 남자가 있을 리 있

나. 음식밖에 없지. 어떤 것들은 유통기간까지 지났다. 그럼 난 남자를 대신할 무언가를 찬장에서 찾는다. 마카로니와 치즈, 과자 등등(대충 끼니를 때울 땐 이런 것들을 먹는다. 전분과 소금과 설탕이 잔뜩 들어간 음식, 남자를 만드는 재료가 이런 것이었던가?).

어쨌든 지금 내가 고민하는 문제가 세대를 관통하는 문제라는 사실을 깨닫자마자 에머슨을 위해서라도 이런 고민에서 해방되어야겠다는 생각이 퍼뜩 들었다. 결국 나도 좋고 아이가 봐도 좋을 방법(여기서도 나는 운동이라고는 하지 않았다)을 찾았다. 침실에 아령과 매트를 가져다놓고 팔굽혀 펴기, 윗몸 일으키기, 이두박근 운동, 쪼그렸다 서기 등을 한다. 가끔 웨이트 운동을 하면서 에머슨과 게임을 하기도 한다. 아니면 그림을 그리는 에머슨과 얘기를 나누기도 한다. 그럼 아이는 '운동'에 대해서는 깡그리 잊어버리고 스테퍼와 웨이트기구 사이를 돌아다닌다. 아마 아이는 이게 재미있는 모양이다. 사실 정말 재미있다. 우리는 둘 다 승마를 좋아하는데, 승마는 재미있게 할 수 있는 놀이라 지속적으로 하기에 바람직하다.

그리고 나는 에머슨에게 음식을 다스리는 법을 일깨워주려 애쓰고 있다. 여러분 집에 놀러 와서 잠까지 자고 가는 친구가 몇이나 되는지는 모르지만, 대충 두 가지 유형의 아이들이 있다. 다른 집에 놀러 가길 좋아하는 아이와 친구들을 자기 집에 불러 재우기 좋아하는 아이. 내 딸아이는 후자 쪽이다. 에머슨은 다섯 살 때부터 친구들을 집에서 재웠다. 사실 오늘도 친구들이 자고 갈 예정이다(내가 어떤 상황에서 글을 쓰는지 상상이 갈 것이다. 오늘은 토요일 아침이고, 난 잠옷을 입은 채 커피를 마시고 있다. 앞으로 8시간 후면 작은 꼬맹이 아가씨들이 이리저리 뛰어다니며 소리를 지를 것이다. 집에서 아이스크림을 만들어 먹고 장난감을 이리저리 흩트려놓고는 이 방 저 방 들락거리겠지. 그럼 이 엄마는 하루 종일 커피를 여러 잔 홀짝일 테고).

에머슨이 친구를 데려와 그렇게 하룻밤을 보내고 그 다음날 아침에 있었던 일이다. 나는 위층에서 놀고 있는 에머슨과 친구를 위해 아래층에서 팬케이크를 굽고 과일을 깎았다. 그리고 아침 준비가 되었다는 말을 해주러 2층으로 올라갔다. 방문을 열자 아이들은 옷을 이리저리 어질러놓고 이미 아침식사를 하고 있었다. 아이들의 아침 메뉴는 엠앤엠즈M&M's 초콜릿이었다. "지금 뭐하니?" 에머슨의 친구가 매우 부끄러워하면서 옷장 속에 숨는 바람에 옷에 달린 레이스와 프릴밖에 보이지 않았다. 에머슨은 이렇게 말했다. "아침으로 엠앤엠즈를 먹고 있어요." 나는 대답했다. "좋아, 그럼 있다가 내려와서 팬케이크를 먹으렴."

문을 닫고 계단을 내려오다가 문득 아이들의 반응에 대해 생각해보았다. 에머슨의 친구는 자기가 한 일에 대해 매우 부끄러워하는 것 같았다. 일곱 살짜리 어린애가 먹는 것 때문에 고민하는 모습을 보았다. 부모가 일부러 상처를 준 건 아니겠지만 분명히 아이는 죄책감을 느끼고 고민하고 있었다.

어떤 부모들은 사탕을 치워놓고 절대로 먹을 수 없다고 선언한다. 그러나 어렸을 때부터 과자를 손이 닿는 선반에 올려놓고 배가 고플 때 골라 먹도록 가르칠 수도 있다. 나는 한술 더 떴다. 아예 에머슨의 방에 사탕을 통째로 갖다놓았던 것이다. 추수감사절, 할로윈, 기타 행사 때 받은 사탕이 들어 있는 상자를 옷장 선반에 넣어놓았다. 아이를 믿었기에 아예 상자를 맡겨놓았던 것이다. 그러자 아이는 상이나 벌을 먹는 것과 연결시키지 않았다. 그리고 점점 먹을 것에 대해 책임감을 갖게 되었다. 배가 고플 때만 음식을 먹고, 그것도 골고루 먹으며, 새로운 음식을 기꺼이 맛보려 하고, 식사 준비도 거든다.

복도에서 나는 꼬마 친구가 음식을 조금은 다르게 바라볼 기회를 줘야겠다고 마음먹었다. 그럼 에머슨에게도 내가 정한 한계와 기대를 다시 한번 확실히 각인시킬 수 있을 테니. 나는 방문을 다시 열었다. 두 꼬마는 자동차 불빛에 놀란 사슴같이 얼어붙었다. 나는 슬며시 웃었다. "에머슨, 엄만 너를 믿어. 그러니까 네 방에 사탕 상자를 놓아두었지. 사탕을 먹을 만큼 먹고 나면 더 이상 먹어서는 안 된다는 거 잘 알지?" 아이들의 대답을 기다리지 않고 나는 문을 슬쩍 닫았다. 내 뜻이 전해지기를 바라면서. 두 아이가 내 말을 꾸중으로 듣지 않고 이해의 말로 받아들여서 잠시나마 스스로를 대견하게 생각했으면 좋겠다.

음식을 먹을 때는 먹는 즐거움만 생각하지 말고 건강에도 주의해야 한다. 말랐다고 유전적으로 건강하지 않은 것도 아니고, 뚱뚱하다고 유전적으로 건강하지 않은 것도 아니다. 건강은 콜레스테롤 수치, 혈압, 심전도, 혈액검사, 폐기능 등으로 결정된다. 내가 말랐다고 안심하고 마음대로 먹어도 되는 건 아니다. 신진대사가 활발한 덕분에 마른 체형을 유지하고 있지만 대신 콜레스테롤 수치가 무려 275까지 치솟을 때가 있다. 의사는 내게 몸무게는 빼지 말고 콜레스테롤 수치만 낮추라고 한다. 살을 빼는 것보다 건강에 신경 써야 한다는 말이다. 다이어트를 하란 얘기가 아니다.

다이어트는 많은 사람들의 일상에서 큰 부분을 차지하고 삶의 즐거움에도 많은 영향을 끼친다. 고기를 먹으면 살이 찔 텐데. 사실 난 다이어트라는 말도 싫고 싫다는 말도 싫다. 하지만 '다이어트'를 싫어한다는 건 정확히 말해서 싫다는 감정이 싫은 것이므로 이번에만 '싫다'는 단어를 쓰도록 하겠다.

우리 어머니나 친구들, 그리고 다른 여자들 모두를 고민하게 만든 다이어트가 싫다. 그런 의미에서 나는 '체중계 버리는 날'을 정하자고 외치는 바이다. 〈오프라 윈프리 쇼〉에 나오는 말처럼 들리는군. 오프라의 말을 들으면 왠지 꼭 해야겠다는 생각이 드는 것처럼 40대가 되어 처음으로 맞이하는 한 해 동안 나는 많은 일을 함으로써 행복하고 성공적인 삶을 살겠다고, 더 이상 타버린 토스트는 먹지 않겠다고 결심하게 되었다.

적당한 몸무게란 없다. 중요한 것은 건강한 삶이다. 만약 건강하게 먹고 싶으면서도 그렇게 하지 않는다면, 무엇이 걸림돌인지 스스로에게 물어봐야 한다. 자신이 최고의 모습이 되는 걸 두려워하고 있는가? 아니면 가수 리즈 페어의 노래처럼 "그렇게 하는데도 여전히 행복하지 않다면, 문제는 바로 당신이라는 것을 아는가?" 행복하지 않을 경우 다른 핑계거리가 없을까 봐 두려운가? 배우자와 잠자리를 한 후 거기에 문제가 있다고 인정할 것인가? 하고 싶지 않은 일을 해야 한다는 책임감에 사로잡혀 있는가? 이기면 마음이 불편한가? 이상은 내가 나 자신에게 던지는 질문이지만 여러분도 스스로에게 물어봤으면 한다. 삶을 긍정적으로 보려고 하는데도 아직까지 나를 좋아하지 못하는 이유가 궁금해지면 나는 이런 질문을 던진다.

내가 몸무게에 집착하며 좋지 못한 식습관을 가지고 있는 이유는 나만이 알고 있다. 우리 어머니는 안 좋은 습관을 아직까지 가지고 있기 때문에 그 모습을 떠올리는 건 힘들지 않다. 식사를 하고 나면, 특히나 멋진 레스토랑에서 어머니는 큰 소리로 '꺽' 하고 트림을 하신다. 농담이 아니라 진짜다. 나는 어머니가 그러는 게 정말 싫었다.

사실 지금 이 글을 쓰는 동안에도 인상이 찌푸려진다. 어머니는 식사를 하면 대개 트림을 하기 때문에 나는 포만감에 대해 부정적인 생각을 갖게 되었다. 무언가를 즐긴 직후 나는 나를 자제하는 편이다. 어머니의 모습을 보면서 즐거움을 삭이는 법을 배운 것이다. 어머니의 모습은 음식보다 중요한 무언가를 말해주었다. 어머니는 그런 괴상한 소리를 내며 자신의 포만감을 비난하고 있었던 것이다.

마찬가지로 자신이 자신을 낮추는 이유는 자신만이 알 수 있다. 나는 그동안 내가 강하고, 자신 있고, 재미있고, 똑똑하고, 아름다워질까 봐 두려워했었다는 걸 알았다. 내가 그렇다는 사실을 인정했는데도 내 삶이 잘 풀리지 않으면 어쩌나 두려워했다. 마흔이 되자 마흔이라는 나이 속에 몸을 웅크린 패배자로 사는 대신 행복한 승리자로 살아야겠다고 마음먹었다. 그리고 이렇게 즉각 효과가 나타나 정말 다행이다.

물론 매일 행복한 건 아니다. 타버린 토스트를 먹으라고 유혹하는 목소리도 간간이 들리긴 하지만 예전만큼 자주는 아니다. 게다가 이제는 좀더 빨리 그런 목소리를 걸러 들을 수 있게 되었다. 나는 건강해지겠다는 다짐에 신경을 쏟으려고 한다. 목표에 다가가려고 애쓰면 정말 그렇게 된다.

우리 삶의 진정한 목표는 행복, 건강, 평안, 여성성 등이다. 마른 몸매가 궁극적인 목표는 아니다. 그건 목표에 도달하기 위한 하나의 수단일 뿐이다. 나는 이 말을 하고 싶다. 나는 남들이 부러워하는 이 늘씬한 다리를 갖고서도 수많은 밤을 홀로 집에서 보내지만, 나보다 훨씬 뚱뚱한 여성들은 인생의 즐거운 한때를 누린다.

말랐다고 내가 더 행복한 것도, 더 건강한 것도 아니다. 그렇다고 더 오래 사는 것도 아니다. 더 행복해지고 싶다면 자신과 다른 사람, 그리고 이 세상을 바라보는 시선을 바꿔야 한다. 그리고 계획을 짜야 한다.

시간을 두고 계획을 짠 다음 스스로에게 충분한 시간을 주어야 한다. 나는 하루, 또는 일주일 계획을 짤 때에는 식단까지 함께 짠다. 음식을 나중으로 미뤄두지 않는다. 자기 자신을 뒤로 미뤄놓아서도 안 된다. 가끔 나는 금붕어 먹이를 준 다음에야 식사를 한다. 정말로. 다른 사람들을 다 챙기고 물고기 밥까지 준 다음에야 나는 샤워도 식사도 안 했다는 걸 알게 된다. 하루의 식사 계획을 세워놓아야 배가 고파 허겁지겁 포테이토 칩을 집어 먹지 않게 된다. 그렇게 식사를 하면 영양분을 섭취할 수 없다. 체계적으로 식단을 짜고, 씀씀이를 계획하고, 가계를 꾸려야 한다. 게다가 영양까지 챙겨야 한다.

나는 냉장고와 찬장을 텅 비운 다음 다시 채워 넣는 걸 좋아한다. 에머슨과 나는 이렇게 자주 하는데, 그러면 집에서 뭘 먹고 사는지 챙기기에 좋다. 그런 다음에는 먹고 싶은 음식들로 냉장고와 찬장을 채워 넣는다. 자신의 라이프스타일을 잘 따져보라. 가끔은 너무 바빠서 직접 요리할 시간과 에너지가 없다. 나는 신선한 슬라이스 햄과 유기농 치즈를 타코처럼 양상추에 싸 먹는 걸 좋아한다. 준비하기도 간편하고 단백질과 칼슘이 풍부한데다가 먹고 나면 든든하다. 때론 아몬드와 호두를 챙겨놓는다. 건강에도 좋아 차 안에 넣고 다닌다.

부모들은 "뭐뭐 하고 나서 뭐뭐 해"라는 말을 달고 산다. "저녁을 먹고 나서 디저트를 먹어라" 또는 "차 안에서 조용히 하면, 과자 사줄게"라고도 한다. 우리 어머니는 나에게 그런 말을 거의 하지 않았고, 오히려 당신 자신에게 상을 주었다. 어머니는 계속 당신을 부정하다가, 사탕이나 초콜릿 시럽을 잔뜩 뿌린 바닐라 아이스크림을 상으로 드셨다. 그러다 보니 나는 스트레스를 음식으로 푸는 것이 얼마나 나쁜지 알게 되었다. 앞에서도 말했지만 나는 에머슨이 그렇게 되지 않도록 노력하고 있고, 나 역시 그렇게 되지 않으려 노력한다.

하지만 어느 날은 프라이드치킨에 아이스크림을 잔뜩 먹고 입가심으로 과자와 초콜릿 바까지 먹기도 한다. 그리 자주 있는 일은 아니지만. 그러면 나는 먹다 말고 생각해본다. 음식이 계속 당기면 먹다 말고 이렇게 묻는다. "왜 이런 폭식으로 스스로를 망치는 거야? 뭐가 그리 속상해? 화가 났나? 아니면 어디로 숨어버리고 싶은 건가?" 그렇게 가끔 나는 나에게 아무것도 아닌 일로도 상을 주어야 한다. 화장품을 새로 산다거나 침실 테이블에 올려놓을 꽃을 산다. 그것을 볼 때마다 나는 나라는 존재만으로도 그들을 누릴 가치가 있다는 사실을 떠올린다.

이렇게 자기 자신을 돌봐야 한다. 나에게 더 잘해줄 방법을 선택하자. 과할 정도가 아니라 통제할 수 있을 정도라면 사탕과 젤리를 먹어도 좋다. 몸무게를 빼기 전에 예쁜 운동복을 자신에게 선물한다. 꽃을 보내줄 사람이 없다면 내가 나에게 선물하자.

자신을 좋아한다는 것은 건강한 음식을 섭취하는 것과 마찬가지다. 단백질, 탄수화물, 칼슘, 비타민 등을 건강하게 먹으면서도 그 선을 넘지 않도록 늘 조심해야 한다. 즐거움이 죄책감으로 바뀌고, 영양분이 심리적인 공허함을 채우는 데 이용되기 때문이다. 건강하고 긍정적인 식사를 하면 죄책감이 사라진다. 그렇게 시작해야 진정한 행복이 차오르게 된다. 그런 행복감이 생기면 자신을 좀더 잘 대하게 된다. 그럼 당신은 자기 자신에게 뭔가 해줄 수 있다. 자신의 성적 매력을 높일 수도 있고, 남들 덕분에 자기의 그런 매력을 깨달을 수도 있다. 그럼 남들을 대하는 태도도 바뀌고 유머 감각도 달라진다. 그게 무엇이든, 그것을 찾아 마음껏 발휘하게 한다.

외모를 중요하게 여기는 분야에 몸담고 있으면서도 아직 내 외모에 자신감을 갖지 못하다니 정말 아이러니하다. 왜 사람들은 연기자에게 끌리는 것일까? 인정받고 환호받고 싶어서라고들 한다. 배우란 자리는 주목받으면서도 한편으로는 심판받는 자리다. 그리고 그 심판이란 외모에서부터 시작된다.

가끔 나는 난도질당하는 듯한 부담감을 느낀다. 정기적으로 촬영을 하고, 심지어 사생활까지 촬영당한다. 파파라치에게 수영복을 입고 있는 모습을 찍히거나, 쓰레기를 버리러 나갔다가 찍히면 그 흉한 사진을 어찌할 수도 없다. 더욱 심각한 건 여배우에게 외모는 상당히 중요하기 때문에 어떤 시점이 되면 성형수술을 받으라는 소리까지 듣는다는 것이다. 법률 회사나 연구실에서 여직원에서 얼굴을 손보라는 이야기를 할까? 그럼 성희롱이라고 비난받겠지? 내가 몸담고 있는 분야가 특이해서 그렇다는 것은 안다.

성형수술을 받으라는 소리를 듣기 전에 돈을 아주 많이 벌어 배우 생활을 그만둘 수 있었으면 좋겠다. 나이가 들면 과감히 그렇게 하고 싶다. 몬태나에 카페를 열거나, 잘 팔릴 만한 젊고 탱탱한 여배우들을 고용해 가슴이 아닌 머리로 일할 수 있는 회사를 차리던가. 돈을 벌기 위해 사업을 해야 하나, 아니면 수술대 위에 올라가야 하나? 내 머리를 쓸 것인가, 내 몸에 칼을 댈 것인가? 나에게는 그리 어려운 선택같지 않다.

배우가 될 생각이 아니라면 이런 결정에 신경 쓸 필요도 없다. 〈사랑의 유람선〉에 출연할 당시 이런 생각은 하지 않았다. "음, 이제 사람들이 내 외모에 정신이 팔려 그 내면에 진짜 사람이 있다는 사실은 까맣게 잊을걸(사실 1980년대 내 헤어스타일은 촌스러웠지만 생각만큼은 제대로 했던 것 같다)."

사실 나는 잠깐 L.A로 이사해서, 공장에서 25년간 근무한 어머니의 한 달 월급보다 많은 돈을 일주일 만에 번 다음, 대학에 복학하여 수학과를 졸업하고 고등학교 동창과 결혼하여 고향에서 아이들을 기르며 살 생각은 애초부터 없었다. 물론 그렇게 되지도 않았겠지만. 대신 나는 그 남자친구와 헤어졌다. 그는 나와 가장 친한 친구와 결혼했다. 두 사람은 신문사에 내 얘기를 팔아 1만 달러를 챙겼다.

그 후 나는 바텐더와 댄서를 차례로 사귄 후 결국 트레이너와 결혼했다가 8개월 만에 이혼했다. 나는 다시 고향으로 돌아가려고 했지만 그러지 못했다. 영화와 드라마에 캐스팅되었기 때문이다. 나는 온 파리 시내를 헤집고 다니며 바람을 피던 나쁜 남자와 데이트하다 헤어졌다. 그때도 고향으로 내려갈 생각을 했지만 때마침 로이스 레인 역을 맡게 되었다. 그리고 나는 결혼해서 아이를 낳고 이혼했다. 다시 고향으로 내려갈 생각을 하며 힘든 시간을 보냈다. 그러다 〈위기의 주부들〉에 캐스팅되었다. 그리고 책을 내라는 제안도 받았다. 자, 이게 내 인생의 줄거리다.

이렇게 20년을 보낸 나는 지금 여성과 여성의 몸을 왜곡하는 잡지사에 항의 메일을 썼다. 하지만 그들은 묵묵부답이기에 다시 메일을 보냈다. 그러자 그 잡지사는 현대 의학의 기적으로 외모를 얼마든지 고칠 수 있다는 내용의 그 기사에서 내 얼굴을 빼버렸다.

내가 성공했냐고? 그렇지 않다. 그들은 그 기사에 사라 제시카 파커의 사진을 대신 넣었다. 나는 나에 관한 기사를 없애고 싶었던 게 아니라 그들이 하는 짓거리를 지적해주고 싶었다. 성공한, 아름답고 건강한 여배우가 보톡스 주사나 주름제거술로 더 아름답게 보여야 한다고 말하다니, 그건 슬픈 일이다. 언젠가 잡지 관계자들이 스스로를 위해, 또는 그들의 아내, 딸 그리고 세상의 미래를 위해 내 말에 귀 기울여주길 바란다. 아니면 그따위 기사를 금지하거나. 만약 그렇게 하지 않으면 지옥에서 따끔한 맛을 보기를 바란다.

유명인과 일반인의 공통점을 찾는 척하는 잡지에 대해서 생각해보았다. 유명인들도 우리와 똑같이 쇼핑한다. 그리고 우리처럼 아이를 데리고 산책도 한다. 우리처럼 호텔 종업원에게 전화기를 내던지기도 한다(음, 그런 사람들이라면 우리와 똑같다고는 할 수 없다).

지난주 에머슨과 함께 친구를 만나기 위해 말리부캐니언으로 가는 길이었다. 목적지까지 약 3분의 1쯤 갔을 때, 연료통이 텅 비었다는 사실을 알았다. 연료등이 깜빡이고 있었다. 이런. 기름이 떨어지다니. 누가 연료등이 깜빡일 때까지, 그것도 기름 넣을 때를 한참이나 넘겨가면서 운전을 한단 말인가? 기름을 넣지 않아도 차는 끝없이 달릴 수 있다는 착각을 한 적이 몇 번 있기에 죄책감을 느꼈다.

요즘 차에는 최고 성능의 컴퓨터가 부착되어 있으니까 최소한 그 불이 무슨 의미인지 더 자세히 설명해줘야 하지 않을까? "불이 들어오면, 앞으로 40킬로미터밖에 갈 수 없습니다. 불이 깜빡이기 시작하면 앞으로 6미터밖에 갈 수 없습니다"라고 설명해주면 누가 잡아먹나?

어쨌든, 내가 달리던 곳에서 해안 고속도로까지는 주유소가 없는데다가 거기까지 갈 상황도 아니어서 나는 유턴을 하려고 차를 세웠다. 차를 한쪽으로 대자, 어떤 차가 우리 차를 따라 서는 게 룸미러로 보였다. 그곳은 유턴을 하는 지점이 분명 아니었다. 누군가 따라오고 있었던 것이다.

누군가가 따라오는데 그게 바로 파파라치라는 걸 알면 기분이 오싹해진다. 파파라치가 쫓아오면 여자들은 몸을 사리며 위험을 느낀다. 그리고 그 오싹한 기분은 잘 떨쳐지지 않는다. 아무리 여러 번 경험했어도 익숙해지지 않고 본능적으로 그들에게서 벗어나려고 한다. 하지만 그들은 눈에 불을 켜고 쫓아온다. 위험을 느낀다. 그들이 들고 있는 건 카메라뿐이지만 사실 공격당하는 기분이 들어 겁이 덜컥 난다. 게다가 그 상황을 나만이 아니라 딸아이까지 겪어야 한다면 훨씬 더 겁난다.

고속도로 갓길에 차를 세운 다음 유턴을 하려고 했다. 교통량이 워낙 많아 교통흐름이 끊길 때까지 기다리려면 영원히 그 자리에 서 있어야만 할 것 같았다. 파파라치를 따돌리려는 게 아니라 오는 차들 사이에 끼어들어 그들이 사라지기를 바랐다. 하지만 그런 행운은 찾아오지 않았다. 결국 주유소에 도착하자 내 뒤를 무려 다섯 대의 차가 따라붙었다. SUV 세 대, 혼다 한 대, 익스커전 한 대였다. 차번호도 다들 알아볼 수 없었다(어떻게 그렇게 하고 다니는지 통 알 수가 없다). 나는 선글라스를 쓰고 비치백에서 야구 모자를 꺼내 썼다(다행히 바닷가에 가는 길이라 가방 안에 모자도 있었다).

그러고는 주유를 하려고 차에서 내렸다. 그들이 셔터를 눌렀다. 나는 기름통이 채워지는 동안 차 안으로 다시 들어갔다. 그리고 에머슨이 눈치 채지 못하도록 신경을 썼다. 일곱 살밖에 되지 않았지만 아이도 기분이 좋을 것 같지 않았다.

유명인으로 살다 보면 이런 일이 많다. 이게 다 유명인으로 사는 대가라고 생각한다. 하지만 에머슨의 사생활까지 침해하는 건 정말 싫다. 나의 직업을 선택한 건 아이가 아니지 않은가! 아이에게는 평범한 어린 시절을 보낼 권리가 있다. 사진이 찍힐까 봐 아무 데도 가지 못한다면 그건 평범한 삶이 아니다.

우리만의 시간을 보내고 있는데 누군가 와서 아는 척을 하는 경우, 나는 사진을 찍어주든지 사인을 해주면서 딸에게 이렇게 말한다. "엄마가 이분한테 뭐 좀 해주는 동안 너 혼자 잠깐만 있어."

정말 힘들다. 물론 팬들에게는 감사한다. 그리고 사람들이 아는 척해주면 기쁘다. 무뚝뚝하게 굴고 싶지는 않다. 그래서 나는 아직도 딸에게 그렇게 얘기한다. 아이에게 기다리라는 얘기를 하는 순간 내가 딸아이보다 중요한 사람이 된다. 그럼 우리의 균형은 깨진다. 나는 아이가 이런 상황을 싫어한다고 해도 아이 탓을 하지 않는다. 아이에게 나는 그저 평범한 엄마이지만 사실 엄마가 이런저런 사람이라고 밝히는 편이 마음 편하다.

그럼 어찌해야 할까? 그 대답은 육아지침서엔 나오지 않는다. 아무리 목차를 뒤져보아도 파파라치 대처법은 나오지 않는다. 나는 아이가 소중하다는 느낌을 주기 위해 설명을 한다. 우리는 유명세의 좋은 점에 대해서 얘기를 한다. 디즈니랜드에 특별 손님으로 초청받아 멋진 여행을 할 수 있다고 말이다. 아이는 이해하려고 하지만 이제 고작 일곱 살이다. 게다가 신문사들은 우리가 남들과 똑같다는 사실을 증명해 보이려고 에머슨의 평범한 어린 시절까지 침범하고 있다. 내가 이 일을 선택했기에 나는 그 어떤 책임이든 져야 한다. 그래서 나는 아이를 보호하기 위해 열심히 노력한다.

기름이 다 채워지자 나는 다시 차에서 내렸다. 사람들이 내 일거수일투족을 바라보고 있다고 생각하니 신경이 쓰였다. 재채기를 해도, 코를 후벼서도 안 된다. 옷이 엉덩이 사이에 껴서도 안 된다. 세상에나, 발톱 손질을 안 했는데, 샌들을 신고 있다니(이미 내 발이 못생겼다는 기사는 수도 없이 나왔다. 상상이 가는가? 내 발을 클로즈업으로 찍어놓은 기사도 있었다. 나는 그래도 내 발이 마음에 든다. 내 유두만큼은 아니지만, 그래도 꽤 괜찮은 편이라 누군가의 사랑을 받을 만하다).

나는 주유기를 빼다가 이리저리 기름을 흘리고 말았다. 약 5미터 정도 떨어져 있던 카메라들이 난리가 났다. 파파라치들은 돈을 벌기 위해 연신 셔터를 눌러댔다. 나는 차로 돌아가 에머슨에게 별것 아니라고 말했다. 에머슨은 이미 누군가가 뒤쫓고 있다는 걸 알고 있었다.

다음 주에 이런 사진이 찍힌 기사가 나올 것이다. 헤드라인이 어떻게 나올지 궁금했다. "소탈한 해처, 손수 주유하다"일지, 아니면 "기름 하나도 제대로 못 넣는 해처"일지. 나는 에머슨에게 물었다. "우리 내기하자, 기사가 좋게 나올까, 나쁘게 나올까?" 에머슨은 좋은 쪽을 택했다. 나는 그 반대였다. 나는 이미 못된 여자였기 때문이다(우리 둘 다 맞았다. 똑같은 사진을 올려놓고 2개의 상반된 헤드라인이 나왔다).

신문에 기사가 실리는 건 커피를 사거나 주유를 하는 등 누구나가 겪는 일이 아니다. 그럼에도 당신이나 나나 감정이 있는, 진실된 인간이라는 사실은 변함없다. 우리는 사랑하고, 스스로에게 그리고 이 세상 속에서 행복을 찾으려고 한다. 바로 이런 접점에서 우리가 서로 통하는 것이지, 밖으로 보이는 그 어떤 행위로 인해 서로 통하는 게 아니다.

산길을 뛰고 있다고 상상해보자. 시원한 아침이긴 하지만 하늘은 아직도 구름에 가려 있다. 산을 오르자 기분이 좋아지고 강해지는 느낌이 든다. 새, 강아지, 다람쥐, 방울뱀 소리를 들으려고 핸드폰은 가져오지 않았다(나는 산길을 오르다가 방울뱀을 몇 번 보았다. 뱀이 자주 출몰하는 여름에는 산을 오르면서 눈과 귀를 활짝 열어놓고 있다가 뱀의 모습과 소리를 즐기는 것도 그리 나쁘지 않다. 뱀에 물리면 분명히 파파라치에게 찍히겠지만, 어쨌든 그들이 날 구해주지 않을까?).

산행을 하다 보니 땀이 난다. 저 앞에 두 여인이 같은 방향으로 천천히 산을 오르고 있다. 한 여인은 펑펑 울고 있고 다른 여인은 이렇게 말한다. "남자라는 족속들이란 다 그 모양 그 꼴이지 뭐." 나는 속도를 늦추었다. 그 여자들을 앞서기가 싫었기 때문이다. 둘이 너무 진지해서 방해할 수가 없었다. 하지만 그런 상태도 오래 가지 못했다. 여자가 통곡을 하며 그 남자가 얼마나 못됐는지 한탄하는 바람에 나는 속도를 내 그들을 추월하기로 했다. 여러분이 나와 비슷한 부분이 있다면(이 책을 읽고 여러분이 나와 조금은 비슷해졌으면 한다) 분명히 그들의 목소리가 안 들리는 곳으로 멀어져갔을 것이다.

나는 앞으로 뛰어가면서 그들이 무슨 얘기를 하는지 들었다. 중년의 나이에 결혼생활이 깨진데다 애지중지하는 아이가 있어 어찌 해야 할지 모르는 상황에 대해 이야기하고 있었다. 잠깐, 그건 바로 내 얘기잖아!

나는 속도를 늦추었다. 귀를 쫑긋 세우고 천천히 걸으면서 두 여자가 나를 지나가기를 기다렸다. 그리고 두 사람 뒤를 바짝 뒤쫓으며 그들의 말에 귀를 기울였다(그렇다, 엿들은 것이다. 그게 최선이었으니까). 나는 이 대목에서 깜짝 놀랐다. 한 여자가 울면서 이렇게 말했다. "결혼 안 한 친구들이 있었으면 좋겠어. 같이 술 한잔하려고 해도 놀아줄 사람이 하나도 없다고. 내 주변엔 죄다 결혼한 사람들뿐이야." 나는 그 여자에게 소리칠 뻔했다. "이봐요, 나도 그렇거든요! 그거 정말 기분 더럽죠. 내 인생을 즐기지도 못하잖아요!"

그 여자에게 나도 그런 곤란을 겪고 있다고, 그리고 나도 당신과 같은 여자라고 말해주고 싶었다. 나이, 라이프스타일, 정치, 종교 등 우리를 갈라놓는 여러 가지 문제들은 사실 문제도 아니라고.

내면에서 우리는 여자로서 우리가 누구인지 그 균형을 잡으려고 노력하고 있었다. 란제리 차림일 때는 섹시한 사람이고 운동복 차림일 때는 후줄근한 사람인가? 우리가 어떤 사람이라고 정의 내릴 수 있을까? 아내이자 엄마이자 친구이자 애인이라고 정의 내릴 수 있을까? 우리는 바로 여기에서 공통점을 갖고 있다. 우리가 누구이고, 무엇을 원하며, 어떻게 그런 모습이 될 수 있을지 우리는 매일 힘겹게 싸우고 있다.

내 친구가 할로윈에 메두사 복장을 했던 얘기를 해주었다. 그녀는 머리에 뱀 문양이 수놓아진 가발을 쓰고 있었다. 메두사 복장을 보면 어떤 남자는 돌처럼 얼어붙고 또 어떤 남자는 후끈 달아오른다.

파티에서 어떤 남자가 밤새 내 친구에게 찝쩍댔다. 그는 가발을 벗은 모습이 보고 싶다고 친구를 졸라댔다. 너무 무겁기도 했고 덥기도 했던 터라 그녀는 기꺼이 가발을 벗었다. 친구가 화장실에서 나오자마자 그 남자는 이렇게 말했다. "아, 이제 누군지 알겠군. 우리 전에 만난 적이 있는데." 그리고 남자는 꽁무니를 뺐고 다시는 나타나지 않았다.

사실은 이렇다. 보이는 모습이 다가 아니다. 사람들은 잡지에 매력적으로 나온 내 모습을 보고 내가 만만할 거라고 상상한다. 하지만 그건 그저 사진일 뿐이다. 내 모습이 한껏 부풀려져 있는 사진 말이다.

화려한 조명 아래 협찬받은 옷을 입고 촬영한 사진을 포토샵으로 이리저리 보정해서 결점은 눈에 띄지 않게 감춘 모습만 보고는 실제 내 모습을 알 수 없다. 내가 잡지에 예쁘게 나온다고 해서 남자 앞에 알몸으로 서서도 자신감을 느끼는 건 아니다(특히 그 남자와 첫 번째 밤일 때는 더욱 그렇다). 신비로운 이미지를 갖게 되면—그게 당신 탓이든 아니든—현실이라는 적나라한 조명 아래에서 생길 수 있는 실망감까지도 감당해야 한다.

메두사처럼 나도 가발에 얽힌 일화가 좀 있긴 하다. 미용실에서 머리를 길게 이어 붙이지는 않았지만 촬영할 때는 섹시한 부분 가발을 붙인다. 그럼 머리숱이 많아 보인다. 사실 그런 모습으로 데이트를 한 적은 없고, 단지 행사 때만 그렇게 꾸민다.

혹시 어떤 남자가 다가와 내 머리를 쓸어내리려고 하면, "만지지 마세요!"라고 말하곤 한다. 그런 행사가 진짜 데이트로 이어진 적은 없었다. 행사가 끝나면 나는 화장실로 뛰어 들어가 머리의 4분의 1을 떼어버린다. 그럼 그 가발은 어쩌냐고? 가방 속에 넣어둔다. 그 작고 실용적인 주디스 리버(내가 정말 좋아하는 핸드백이다. 우연히 내가 쓰는 주디스 리버의 핸드백 모델명도 '에머슨 로즈'다) 가방은 신용카드, 열쇠, 립스틱만 겨우 들어갈 크기다. 그럼 어쩔 수 없이 립스틱을 꺼내려다가 그 가발까지 꺼내게 된다. 정말 흥분된다.

어느 날 밤에 있었던 얘기를 하겠다. 파티에 갔다가 정말 귀여우면서도 카리스마 넘치는 남자를 만났다. 간만에 처음으로 저런 남자라면 한번 사귀어보고 싶고, 어떤 사람인지 좀더 알고 싶다는 기분이 들었다. 그 남자는 다가와 내 머리카락을 만졌다. 나는 잡지 속 모습으로 파티에 참가한 덕분에 클립으로 부분가발을 붙여놓은 상태였고 머리카락도 풍성해 보였다. 남자가 가발의 클립을 알아채자 나는 정말 부끄러워서 몸을 휙 돌렸다. 남자가 말했다. "혹시 가발?"

나는 화장실로 뛰어 들어가 가발을 떼어냈다. 마침 그 주디스 리버 가방을 들고 있지 않아서 할 수 없이 그 비싼 가발을 쓰레기통에 버려야 했다. 나는 밖으로 나가 그에게 얼마나 창피했는지 털어놓았다. 그럼 여기서 문제를 내겠다. 그 다음날 친구에게서 그 남자가 나를 만난 사실을 전혀 기억하지 못한다는 얘기를 들었다면 그건 좋은 소식일까, 나쁜 소식일까? 이제 여러분은 내가 왜 남자친구가 없는지 알 것이다.

인간은 상처받기 쉬운 존재다. 자기 모습을 드러내고 남들이 그런 나를 악용하지 않기를 기도한다. 가끔 나는 부부가 그렇게 싸워야 한다고 생각한다. 알몸으로 말이다. 여자는 소리친다. "또 그 남자들과 어울렸다니 믿을 수가 없어." 그럼 남자는 맞받아친다.

"음, 구두를 300달러나 주고 사다니 정신 나갔군." 좋아. 이제 옷을 모두 벗어던지고 다시 소리쳐야 한다.

그래서 나는 그런 잡지들 때문에 무척 화가 난다. 그건 그냥 할리우드의 이모저모를 다루는 데서 그치지 않는다. 우리 사회는 남의 불행을 보고 기쁨을 느끼는 경향이 다분하다. 변덕스럽고 남의 말하기 좋아하고 경쟁적인데다, 세계 평화, 지구 온난화 같은 문제는 나 같은 사람이나 정부에게만 떠넘기는 경향 말이다. 실제로 만나보지도 잘 알지도 못하는 유명인에게 상처를 주는 가십 잡지를 읽는 게 문제가 아니다. 진짜 문제는 우리가 그런 경험으로 뭘 배우느냐다.

나는 에머슨에게 그런 잡지들에 대해 설명했다. "사람들은 우리에게서 자신들과 비슷한 모습을 보고 싶어 한단다." 나는 아이에게 유명인의 좀 이상해 보이는 모습을 포착하고 싶어 하는 파파라치에 대해서는 말하지 않았다. 뚱뚱해 보인다거나, 옷을 대충 입었다거나, 프렌치프라이를 먹다가 목이 멘다거나 하는 사진들. 이런 모습은 희망이나 영감을 주지도 않고, 우리와는 상관도 없는 이야기들이다. 그들에겐 어울리지 않는 옷을 입고 밖으로 나온 불쌍한 여인의 모습이 필요하다.

그런 쓰레기 기사를 읽으며 우리는 다른 사람을 속단해버리게 된다. 잡지에 나온 다른 사람의 울퉁불퉁한 셀룰라이트를 보면서, 우리 삶에서 그런 모습을 찾게 된다. 친구를 험담하고 그들을 판단

한다. 사람들이 그런 황색 잡지를 보는 한, 셀룰라이트가 확연히 드러난 엉덩이 사진을 실은 잡지를 편집자가 계속 만드는 한, 파파라치는 곳곳에서 활개를 칠 것이다.

사회의 그런 모습을 바꿀 재주가 나에게는 없지만… 할 수만 있다면 바꾸고 싶다. 그래서 귀찮더라도 잡지사에 이메일을 보내는 것이다. 나의 작은 노력으로 이런 엉터리 기사를 막을 수 있었으면 좋겠다. 다른 여성들에게 피해를 주지 않도록.

우리는 우리 몸에 대해 편안하게 받아들이려고 열심히 노력한다. 잡지는 자기를 끊임없이 의심하게 만든다. 피부 색, 가슴 크기를 확인해볼 잣대를 들이대면서. 나는 여러분이 제발 그런 잡지를 사지 말았으면 좋겠다. 나 혼자 그런 메일을 보내서 해결될 일이 아니다. 부정적인 기사를 막는 일은 마약 거래를 막는 것과 비슷하다. 소비자가 사지도 않고, 사고 싶지도 않아야만 성공을 거둘 수 있다. 남들의 불행이나 난관을 부풀린 기사를 읽다 보면 모르는 사이에 우리는 망가지게 된다(일부 사실이기도 하지만 대부분의 기사는 가짜다). '불쌍한' 연예인들을 위해서 그리고 당신과 당신의 딸을 위해서 그런 기사는 사보지 말자.

밖으로 보이는 외모에 대해 편견을 갖지 않기 위해 나름대로 노력을 했지만, 나조차도 남들처럼 부정적인 면에만 시선이 간다. 알몸이 되는 건 특히 겁이 난다.

한번은 한국식 사우나에 갔다. 그곳에는 모든 사람이 알몸이 되지만 나는 왠지 몸을 감추고 싶었다. 사우나 안에서 보니 오른쪽으로는 뜨거운 열탕이, 왼쪽으로는 스팀 사우나 통이 있었다. 여자들로 북적거리는 사우나 안에서 얄팍한 수건으로 몸을 가리고 있는 건 나뿐이었다.

나는 알몸으로 있으면 불편하다. 그러다 목욕탕 벽에 걸려 있는 글귀를 보았다. 테레사 수녀의 말씀이었다. "당신이 가는 곳마다 사랑을 뿌리세요. 우선 당신의 집에서부터. 아이들에게, 아내와 남편에게, 그리고 이웃에게 사랑을 뿌리세요……. 당신을 만난 사람이 기분이 좋아지고 행복해져서 갈 수 있도록. 하느님의 친절함을 실천하세요. 얼굴에 친절을, 눈에 친절을, 미소에 친절을, 당신의 따뜻한 인사에 친절을 담으세요."

나와 내 자의식을 받아들이는 것, 그것이면 충분하다. 한 사람을 받아들이는 과정은 여행과도 같다. 자신의 고민을 더 많이 내려놓을수록, 사랑, 친절, 자비를 베풀 시간이 더 길어진다. 예전에는 목욕 가운이 필요했지만 아마 다음번엔 필요 없을 것 같다. 아마 그 이후엔 이 책이 출간되었을 테고 그럼 나는 다른 누군가가 자기 몸을 편안하게 받아들이도록 도움을 줄 수 있을지 모른다.

나는 누군가 있는 그대로의 나를 사랑해주는 상상을 한다. 나의 회색 음모도, 처진 가슴도 사랑해주는 남자. 우리는 모두 그런 꿈을 꾼다. 우리 딸들은 우리가 시달리는 불안감에서 벗어날 수 있도록 도와주자. 우리 아들들은 여자들의 마음과 가슴을 사랑하도록 가르치자. 브라에 감사하되, 나이가 들어가는 우리의 몸을 흉하다고 생각하는 대신 있는 그대로 편안하게 받아들이자. 남들을 깎아내리며 우리가 더 낫다고 느끼지 말자. 대신, 모든 여성을 도울 수 있도록 힘을 모으자. 뚱뚱하거나 마르거나, 머리숱이 풍성하거나 빈약하거나, 키가 크거나 작거나, 늙어서 피부가 늘어지거나 화상을 입었거나…어떤 모습이든 말이다.

겉으로는 평안해 보여도 우리는 모두 세속적이며 인간적인 삶을 살고 있다. 우리네 인생은 모두 고달프다. 그렇기에 우리는 서로에게 친절해야 한다. 에머슨의 그 예쁜 물고기를 잡아먹은 일로 내가 언짢은 걸까? 사실은 그렇지 않다. 적어도 우리는 그 예쁜 물고기를 잡아먹은 덕분에 몸에 좋은 단백질과 오메가 3를 공급받았다. 하지만 한편으론 그 녀석의 기분을 충분히 알 것도 같다.

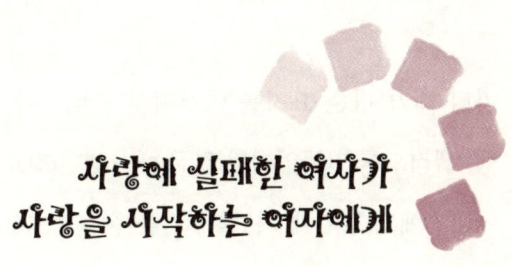

사랑에 실패한 여자가 사랑을 시작하는 여자에게

살면서 뭔가 이루고 싶다면 반드시 위험을 감수해야 한다. 꽃집에서 멋진 남자를 만났다면 그의 전화번호를 물어봐야 한다. 로또에 당첨되려면 로또를 사야 한다. 원하는 직업을 얻으려면 이력서를 보내야 한다. 도전하지 않으면 인생에서 아무 일도 일어나지 않는다.

20인분의 음식을 준비해야 했던 추수감사절 파티가 떠오른다. 코니시 게임 헨(작은 닭 요리-옮긴이), 비스킷, 그린빈, 아스파라거스, 햄, 샐러드 등 많은 메뉴를 준비했다. 나는 요리를 잘하는 아버지의 도움을 받기로 하고 에머슨을 어머니에게 맡겼다.

아버지는 어린 시절 남부 오클라호마에서 주로 먹던 얇게 저민 감자요리를 만들기로 했다. 하지만 생각보다 손이 많이 가는 요리라 내가 다른 요리를 이것저것 준비해야 했다. 아스파라거스, 햄, 샐러드를 만들었지만 결국 예상했던 것보다 훨씬 더 많은 일을 아버지에게 맡기게 되었다. 닭을 손질하고 그린빈을 잘게 썰어놓고 아버지는 느지막이 특제 감자 요리를 시작했다.

저민 감자 요리가 그렇게나 복잡한지 처음 알았다. 감자 껍질을 벗기고 다듬는 등 손이 정말 많이 갔다. 요리를 준비하는 동안 저녁이 다가왔다. 결국 아버지는 감자 요리를 마치지 못하고 두 손을 들고 말았다. 아버지는 "더는 못하겠다"고 선언하더니 그대로 집을 나가버리셨다.

갑자기 내가 믿고 있던 주방장이 사라지고 나 혼자 그 엄청난 저녁식사 준비를 떠맡게 되었다. 으악. 감자는 이미 우유에 담가뒀는데. 아버지가 어디에 레시피를 적어두었는지도 모르겠고, 그 감자를 어떻게 요리해야 할지 난감했다. 그래서 나는 마사 스튜어트의 방식과는 완전히 딴판으로 우유에 담가놓은 감자를 몽땅 물에 넣고 끓여버렸다. 그런 다음, 감자가 완전히 무르자 블렌더에 넣고 갈아버렸다.

대충 생각나는 대로 부산을 떨던 나는 오븐에 넣어두었던 코니시 게임 헨을 꺼내려고 팔을 뻗었다. 앗, 뜨거워! 이게 뭐야. 그만 오븐에 데고 말았다. 커다랗고 시뻘건 물집이 팔에 잡혔다. 이런, 멈출 수가 없었다. 화를 낼 시간도 없었다. 추수감사절이지 않은가. 속상해 할 시간도 없이 나는 계속 요리를 준비했다.

　다양한 기능을 갖춘 오븐이 매우 유용한 도구라는 것은 누구나 아는 사실이다. 열의 방향과 온도를 조절하면 맛과 영양분을 지킬 수 있다. 전자레인지와는 달리 오븐은 음식에 열을 골고루 전해 주는 아주 똑똑한 발명품이다. 하지만 여기서 주의할 점이 있다. 화상의 위험 말이다. 호랑이와 비슷하다고나 할까. 몇 년간 같이 살면서 아무 문제가 없다가 이제 완전히 길들여졌다고 생각하는 순간 갑자기 공격한다.

　그래도 오븐은 그 정도까지 예측할 수 없는 물건은 아니다. 문제는 바로 당신이다. 정신없이 이리저리 왔다 갔다 하는 순간 화상을 입는다. 부산을 떨면 데이게 되어 있다. 오븐을 켜면 화상의 위험이 따르므로 주의해야 한다. 그러면 화상을 입지 않고도 맛있는 음식을 완성할 수 있다. 삶과 사랑도 마찬가지다. 기꺼이 위험을 감수하면 그 대가를 얻을 수 있다.

　내 마음대로 오클라호마 식의 저민 감자 요리를 L.A 식으로 바꾸어 식탁에 올리자 다들 최고라고 감탄했다. 일이 꼬이거나, 화상을 입거나, 즉석에서 요리법을 바꾸어야 할 경우 예상했던 것보다 성공 확률이 높아진다. 물론 추수감사절에 생긴 화상 흉터는 평생 남을 것이다. 그러나 흉터는 언제나 교훈을 준다. 내 무릎에 남아 있는 흉터는 자전거에서 떨어지면 안 된다는 교훈을 주었다. 사실 이제는 자전거에서 떨어질 일도 없긴 하지만.

　만약 몸에 흉터가 많다거나, 모퉁이를 돌다가 주의하지 않아서 벽에 어깨를 자주 부딪힌다면 당신도 나와 비슷한 사람일 것이다. 부산을 떨며 서두르거나 집중하지 않으면 나는 자주 다치는 편이다. 당신의 몸은 당신에게 주의하라고 말한다. 그렇지 않으면 병이 나거나, 미끄러지거나 어딘가 부딪히게 된다. 메시지는 간단하다. 서두르지 말 것.

팔에 남은 화상 흉터를 볼 때마다 나는 천천히 조심스레 행동해야겠다고 생각하면서 한편으론 희망도 갖게 된다. 이혼을 한두 번 하게 되면(누가 횟수를 세고 있지?) 희망을 찾기가 힘들다. 다시 연애를 한다는 게 두렵다. 누군가와 인생을 나눈다는 상상을 하기 힘들고, 다른 사람을 믿기도 힘들다. 한 번 물리면 몸을 사리게 된다고나 할까. 오븐의 경험에 빗대어 표현한다면, 한 번 데이고 나니 몸을 사리는 것쯤 될 것 같다. 두 번 데이고 나면, 몸을 사리는 경향은 기하급수적으로 늘게 된다(내가 수학 전공이었다고 이미 밝히지 않았는가).

지난번 에머슨을 데리고 병원에 정기 검진을 갔다. 소아과의사는 진찰을 끝내고 에머슨의 건강은 양호하다면서 이렇게 물었다. "어머닌 어때요? 잘 지내십니까?" 나는 잘 지낸다고 했다. 그러자 혹시 사귀는 사람이 있느냐고 물었다. 나는 몇 달간 데이트 한 번 못했다고 솔직히 털어놓았다. 혹시 누구를 소개시켜주려나 하고 내심 기대했지만 의사는 이렇게 단호하게 말할 뿐이었다. "꼭 데이트하세요. 에머슨도 연애에 대해 긍정적으로 생각할 모델이 필요합니다." 맞다. 물론 내 친구도 그런 말을 하긴 한다. "너 좀 밖으로 나다녀. 괜찮은 남자들이 얼마나 많은데."

하지만 자기 자식의 소아과의사로부터 딸을 위해서라도 자기 인생을 찾으라는 처방을 들었다고 생각해보라. 물론 경종을 울리는 말이다. 그렇게 해서라도 에머슨에게 엄마가 당당히 살아가는 모습을 보여주면 정말 좋겠다. 나도 딸아이에게 내가 누군가를 만나 그 사람을 믿고 나 자신을 완전히 맡기는 모습을 보여주고 싶다. 내가 사랑하고 사랑받는 모습을 보여주고 싶다.

그렇다, 나의 연애사라. 이 책에 연애에 대해 쓰면 분명히 몇몇 잡지사는 어떤 한 부분만 잘라내서 이런 헤드라인을 달 것이다. "위기의 여인, 좌충우돌 연애사 공개". 나는 마흔 살의 싱글맘으로 딸아이의 소아과의사에게 데이트하라는 소리나 듣고 산다.

데이트를 하고 싶지만 너무 쑥스럽다. 사람들은 예쁘고 잘나가는 여자는 남자 문제에 있어서도 쉬울 거라고 생각한다. 잠깐, 쉬울 거라는 점에 주목하시길. 에머슨이 다니는 학교의 엄마들은 내가 남자와 어울려 다니지도 않고, 어디에 애인을 감춰둔 것도 아니며, 개교 50주년 기념 파티에 가져갈 쿠키 250개를 구울 시간도 없다는 사실을 잘 알고 있다(그렇다. 내가 숨겨둔 애인이란 바로… 키친에이드 믹서다!).

내가 데이트하지 않는다고 말하면 다들 남자들이 나를 버거워하는 줄 안다. 하지만 나의 연애에 있어서 문제는 내가 연예인이라는 게 아니다. 내가 남자를 어떻게 만나야 할지 모르는 여자라는 게 문제다. 어떤 남자가 내 짝인지도 모르겠다. 게다가 난 일에 치여 헉헉거리고 있다. 촬영부터 쓰레기 처리까지… 연애할 시간도 없다(사실 쓰레기 버리는 일은 전통적으로 남자가 할 일이라고 생각한다. 전구 갈기, 막힌 변기 뚫기도 마찬가지다. 사실 내가 못하는 일도 아니고 지금도 내가 하고 있지만… 이 글을 읽고 있을 내 남자여, 앞으로는 당신이 해야 할 일이다). 게다가 누가 나에게 관심을 보이는지도 모르겠다. 사실 나는 내가 그들을 어떻게 생각하는지보다 그들이 날 좋아하시 않으면 어쩌나를 고민하는 편이다.

나는 연애 상담을 해줄 만한 좋은 조언자가 못 된다. 내가 혼자가 된 건 사실 나에게도 어느 정도 책임이 있다. 대신 하지 말아야 할 일에 대해서는 말해줄 수 있다. 이제 그 리스트를 풀어놓겠다.

첫째, 마약쟁이 백만장자와는 절대로 데이트하지 말 것. 누군가와 사귀고 싶다면 자신을 노출시켜야 한다. 속살을 드러내라는 얘기가 아니다. 희망과 두려움을 인정하면 누군가가 자신을 이해해준다는 기분이 들고 바로 그럴 때 인간다운 느낌을 받는다. 데이트를 하다 보면 곧잘 상처를 받는다.

작년에 친구 소개로 백만장자를 만났다. 180센티미터가 넘는 훤칠한 키에 굽이치는 검은 머리카락, 거기에 결혼 경력도 없었다. 게다가 자가용 비행기까지! 프랑스어도 잘했다. 나에겐 최고의 데이트 상대였다. 이렇게 환상적인 남자는 처음 만나봤다. 우리는 저녁식사를 세 번 했지만 같이 잠자리까지 하지는 않았다. 사실 나는 남자를 잘 믿는 편이 아니라 그 남자와 그렇게까지 가까워지는 건 두려웠다.

나는 그 백만장자에게 내 두려움을 숨기지 않았다. 오히려 이렇게 털어놓기까지 했다. "나에게 섹시한 테리 해처를 기대하겠지만, 사실 난 이 옷을 벗으면 그냥 나일 뿐이에요. 아침이면 나도 머리가 부스스해지죠."

엄마로서 나는 〈위기의 주부들〉 속의 수전과 닮지 않았지만, 대신 공통점이 있긴 하다. 수전도 남자를 제대로 고를 줄 몰랐고 나도 마찬가지다. 물론 그 남자들이 괜찮은 사람들이라고 해도 나와는 잘 맞지 않았다. 내가 남자를 잘 믿지 못하는 게 문제인 것 같다.

행복한 연애가 결실을 맺으리라고 믿지 않는다. 그렇게 믿다 보니 정말 그렇게 됐다. 그건 당신이 불안한 사람이다, 아니다라는 식으로 흑백 논리로 나눌 수 있는 문제가 아니다. 우리에겐 다양한 모습이 층층이 감추어져 있어 그 모습들이 내면에서 서로 어울리기도 하고 충돌하기도 한다.

나는 절대로 굴복하지 않고 버텨내는 사람이지만 그런 겉모습은 어려서부터 들어온 불안한 얘기들로 겹겹이 싸여 있다. 겉으로는 완벽주의자이지만 그 완벽주의를 벗겨내면 뭔가 일이 틀어질까 봐 두려워하는 모습이 숨어 있다. 껍데기가 하나씩 벗겨지는 일상에서 본모습이 드러난다. 우리는 그렇게 불안감과 매 순간, 매 상황 속에서 조금씩 싸우며(다들 아마 양파 냄새를 떠올리고 있을 것 같다) 자기의심과 자기확신 사이를 오간다.

나는 완전히 겁쟁이는 아니지만 그렇다고 자신감으로 똘똘 뭉친 것도 아니다. 나는 남자를 믿지 못한다. 수전처럼 나도 남자를 믿고 싶지만 그게 힘들다. 아마 그래서 성공적인 연애를 하지 못하는 것 같다.

그렇게 그 백만장자는 아침에 부스스한 내 모습을 보지 못했다. 내가 조금씩 마음을 열자 그는 우리가 약속했던 데이트를 '잊어버렸다.' 그러고는 몸을 사렸다. 그러더니 내가 예민하게 군다며 내 탓을 했다. 여기에서 솔직히 털어놓았기에 여러분이 내 말을 믿어줄 거라 생각한다. 난 예민하게 굴지 않았다.

사실 그는 몹쓸 모습을 보였다. 무엇보다도 그는 이미 누군가와 깊은 관계를 맺고 있었다. 그 상대는 바로 코카인. 그런 조짐이 보이면 나는 곧장 관계를 정리한다. 그 사실을 알자마자 나는 결단을 내렸다. 나는 절대로 전화하지 않는 남자나 화가 나서 전화를 먼저 끊어버리는 남자에게는 무반응으로 대응한다. 하지만 이번에는 그렇게 하고 싶지 않아서 그에게 차분히 말했다. "우리 그만 만나요. 당신이 행복했으면 좋겠지만, 당신과 같이할 수는 없어요."

그는 깜짝 놀랐다. 자가용 비행기가 있는 백만장자는 차는 데

익숙하지, 차이는 데 익숙하지 않다. 그 다음날 그 남자는 세상에서 가장 비열한 이메일을 보냈다. 그중에는 "당신 말이 맞아. 아마 당신은 아침에 일어나면 추할 거야"라는 말도 있었다. 가끔 솔직한 모습을 보이면 엉덩이를 물어 뜯긴다는 사실을 명심할 것.

둘째, 동거하는 애인을 둔 작가와는 얽히지 말 것. 처음 데이트를 할 때 그 남자에게 대놓고 사귀는 사람이 있느냐고 물어볼 권리는 없다. 그가 유부남인지, 아니면 깊이 사귀는 애인이 있는지 물어볼 수는 있겠지만, 그렇다고 이렇게 물어보는 사람은 없다. "혹시 양다리세요?" 간혹 다른 사람을 만날 수는 있지만 뭐 그 정도는 괜찮다. 왜냐하면 아직은 정식으로 사귀는 게 아니니까. 그래서 그 작가가 "조금 만나는 사람"이 있다고 할 때 나는 그에게도 다른 연애사가 있거니 했다.

그날 밤 우리는 클럽에서 나왔고 그 다음날 신문에 대문짝만하게 내 기사가 실렸다. 기분이 언짢았다. 밖에 파파라치가 있을 거라고 미처 생각하지 못했던 것이다. 사과 전화를 했더니 그 남자는 자기 여자친구가 단단히 화가 나서 집을 나가버렸다고 했다. 알고 보니 그는 여자친구와 2년째 동거 중이었다. 그는 난감해했고 나는 나 때문에 이 난리가 나서 기분이 찝찝했다. 그에게 속았다는 생각이 들었다. 여자친구와 동거하면서 나와 데이트를 하다니. 다 내 잘못이었다. 그러니 혹시 남자에게 사귀는 사람이 있느냐고 물었는데 그가 "조금"이라고 말한다면, 거기에다가 곱하기 10을 하

자. 이제는 그런 사람을 가려낼 수 있다.

셋째, 매춘부에게 관심을 보이는 남자는 피하라. 어느 날 밤 한 남자를 만나 3시간 동안 얘기를 나눈 일이 있는데(얼마나 짜릿한 대화였던가!) 알고 보니 뭐랄까… 그는 돈을 주고 여자를 사는 사람이었다. 내가 편견을 가지고 있어서라기보다, 상대방의 잘못이 눈에 뜨이면 더 이상 옆에서 지켜보고 싶지 않아서이다.

넷째, 자기 씨를 뿌릴 대상을 물색하는 일을 지상 최대의 목표로 삼는 남자도 피하도록. 나이가 들면 여자들은 생체 시계에 신경을 쓴다고들 하지만 그건 남자들도 마찬가지다.

한번은 파티의 분위기가 무르익어 손님들에게 인사하면서 다들 술잔을 들고 있는지, 화장실에 휴지가 떨어지지 않았는지 확인하며 다닌 적이 있다. 그때 한 남자가 나를 붙들더니 자기 아이를 낳아달라고 애원했다.

너무 뜬금없었다. 데이트를 시작하고, 진지한 관계가 되어 사랑에 빠지고, 희망과 기대에 부풀어 잠 못 이루는 밤을 보내고, 강아지를 좋아하는 그가 늙은 내 고양이에게 알레르기가 있는지 확인하는 그 모든 과정을 건너뛴 채 밑도 끝도 없이 아이를 낳아달란다. 목표가 나를 쓰러뜨리는 것이었다면 그는 실패한 것이다. 덕분에 그는 나의 연애 실패담에 이름을 올렸다.

아이 아빠와 결혼하기 전 나는 구속받는 걸 싫어하는 한 남자와 꽤 오랫동안 연애했다. 그는 한 여자에게 얽매이길 원치 않았다. 우리는 서로 밀고 당기며 한동안 실랑이를 하다가 결국엔 내가 나가떨어지고 말았다. 나는 그에게 이런 심심풀이 관계는 싫으니 됐다고 했다. 몇 달이 지나고 나는 다른 남자를 만났다.

내가 다른 사람을 만나자마자 그는 자주 전화를 걸었다. 이미 너무 많이 늦었기에 나는 그 전화를 받지 않았다. 그는 점점 심각하게 메시지를 남겼다. 간신히 나와 통화가 되자 그는 이렇게 말했다. "난 내가 믿을 수 있고 내 아이를 낳아줄 누군가와 함께하고 싶어." 나는 대답했다. "방금 말 잘했네. 누군가와 함께하고 싶다고? 그건 '누군가'지, '내'가 아니잖아."

그는 나를 믿었다. 그렇다. 나는 여자이므로 그의 아이를 가질 수 있다. 그렇다. 나는 아주 간단한 객관적인 기준을 적어 내려갔다. 남자들은 마흔이 되면 아이를 갖고 싶어 하는 것 같다. 하지만 그 나이까지 아내 없이 혼자 오래 산 터라 딱히 누군가가 필요하지도 않다. 그러니 아마 종족 번식의 본능 때문에 갑자기 여자를 찾는 것이겠지. 사실 그런 남자들은 여자들이 '난자기증자'보다 약간 나은 대우 정도면 만족할 거라 믿는다.

재미있는 이야기를 해주겠다. 내 친구 발레리 집에 남편의 친구의 친구가 몇 년 전 우연히 묵게 되었다. 그는 오일 갑부의 상속자로 영화에 투자하기 위해 L.A를 방문한 것이었다. 나는 발레리의 집에서 그를 몇 번 보았고, 우리는 함께 사업 구상을 하게 되었다. 그는 내가 일하고 있는 몇몇 분야에 관심을 보였고 저녁을 먹으면서 얘기를 계속해보자고 했다.

나는 그게 데이트라고는 생각하지 않았지만 발레리와 나는 손해 볼 게 없다는 데 합의를 보았다. 이혼한 지 얼마 되지 않아 어딘가 벗어날 곳이 필요했다. 그리고 어쩌면 이 남자가 진짜로 영화에 투자할지도 모르잖아. 나쁠 게 뭐 있어? 하지만 데이트를 하기로 한 날 저녁 발레리가 전화를 했다. "좋은 소식, 나쁜 소식, 둘 중 뭐 먼저 들을래?" 물론 나는 나쁜 소식부터 듣겠다고 했다. 발레리가 말했다. "나쁜 소식은 네 데이트 약속이 깨졌다는 거야."

미래의 애인감이자 투자자가 아니라 왜 발레리가 전화를 했지? 데이트할 시간이 다가오면서, 그는 좀 어색하게 행동했다. 그는 공공장소는 싫으니 레스토랑을 통째로 빌리고 싶다고도 했었다. 발레리는 나중에 설명해주었다. 그가 부엌에서 장소를 물색하며 요리사에게 전화를 하고 있는데 초인종이 울렸다. 소포가 온 것이었다. 마침 아이를 안고 있던 발레리는 그에게 대신 물건을 받아달라고 부탁했다.

대문 쪽으로 나간 그는 10분이 지나도 돌아오지 않았다. 친구가 아래층에 내려가보니 집 앞 대로에 L.A 경찰이 북적이고 있었다. 발레리는 혹시 자기가 무슨 잘못을 저질렀나 하고 생각했지만 그건 아니었다. 나와 데이트하기로 한 그 남자가 체포되었다. 그는 사람들의 등을 쳐서 돈을 갈취하는 사기꾼이었다. 세상에.

내가 물었다. "알았어. 그럼 좋은 소식은 뭐야?" "좋은 소식은 그가 감옥에 있어서 다신 만나달라고 널 괴롭히지 못할 거란 사실이지." 그는 나와 데이트 약속을 해놓고 체포당했다.

지금 생각하면 정말 웃긴 얘기지만, 당시엔 하나도 웃기지 않았다. 이혼 후 처음부터 내 연애사는 꼬였다. 이혼 후 처음으로 데이트를 신청한 남자가 사기꾼이라니! 그리고 얼마 후 코카인에 중독된 백만장자를 소개시켜준 바로 그 친구가 이상한 변호사를 소개시켜주었다(그래도 우리 둘은 아직까지 친구다).

나는 그 변호사와 한 시간 만에 헤어졌다. 서로 잘 맞지 않았으니 뭐 괜찮다. 우리는 공손히 작별인사를 했고 그것으로 끝이었다. 나는 그렇게 생각했다. 몇 주 후 그가 우리 집에 전화를 했다. 내 비서가 전화를 받았다. 그는 비서에게 혹시 5만 달러를 주면 모임에 같이 가겠느냐고 나에게 물어봐달라고 했다(잠깐, '섹스의 대가로 돈을 주는 남자를 피하라'가 세 번째 법칙이었나? 내가 이런 일로 고민을 하게 되다니……).

그는 모임에 데려가는 조건으로 나에게 큰돈을 주고 싶어 했다. 그런 짓을 하는 사람이 어디 있나? 여자와 저녁을 먹으면서 '이런, 불꽃이 튀지 않는군. 하지만 5만 달러면 저 여자가 내 품에 안기겠지'라고 생각했다니. 비서는 그 제안을 단번에 자르며 이렇게 말했다. "거절합니다. 테리에게 물어보나 마나예요." 내 주변에 똑똑한 사람이 많은 것만은 확실하다.

데이트 대가로 5만 달러를 거절했지만 사실 난 돈에 무척 예민한 편이다. 그렇다고 그런 얄팍한 이유 때문만은 아니다. 친구들과 말리부 해안가에 앉아 있을 때 아주 매력적인 남자가 지나갔다. 내 친구들은 그 남자 이야기로 꽃을 피웠다. 친구의 남편도 보더니만 그가 정말 잘생겼다고 했다. 또 다른 친구의 남편은 저 남자를 안다며 정말 괜찮은 사람이라고 말했다.

그러자 친구 타라(가명)가 말했다. "게다가 돈도 많아." 눈이 번쩍 뜨였다. "돈도 많아?" 갑자기 머리에서 안테나가 솟았다. 친구들이 놀리기 시작했다. 나는 아니라고 변명했다. 나는 잘생기고 멋진 남자가 돈까지 많다는 말에 반응을 보였던 것이다. 나는 돈만 밝히는 사람은 아니다! 하지만 부자—다시 말하면 경제적으로 안정된 사람—라는 소리가 귀에 남았다. 그 이유를 지금부터 말하겠다.

나는 로맨틱한 편이다. 10대 소녀 시절부터 남학생들과 데이트를 단 한번만 해도 그들의 성을 내 이름에 붙여 불러보곤 했다. "테리 윙클스미스 부인"이라고. 나는 결혼을 꿈꾸었지만, 앞에서 말했던 오븐처럼 너무 빨리 서두르다 보면 다치게 된다. 나는 천천히 상대방을 파악하고 어떤 상황인지 느긋이 알아보지 않았다. 백설 공주 같은 환상을 가지고 있어서 매번 데이트를 할 때마다 의미를 부여했다. 내가 꿈꾸던 왕자님이 아니었어도 그가 나만의 왕자님이라고 상상하고 만족스러워했다. 연애를 하면서 힘든 점을 애써 외면하고 시간이 흐르면 다 잘될 거라고 막연히 생각했다. 그 결과 나의 연애는 현실이라기보다 환상에 가까웠다. 모든 로맨스는 허공에 붕 뜬 채 내 삶의 많은 부분을 이런 환상에 잃어버렸다.

그렇다고 첫 번째 만난 남자와 결혼한 건 아니었다. 그 남자가 프랑스 여자들을 후리고 다녔다는 사실을 알게 된 후 나는 오로지 상처받지 않기 위해 신경 썼다. 잠자리, 그 남자의 경제 상태엔 신경 쓰지도 않았다. 나는 멋진 남자들을 만났다. 마흔 살이 되고 보니, 나에게 상처 주지 않는 남자라는 기준은 그리 까다로운 기준이 아니었다. 평생을 같이할 사이라면 그보다 더한 잣대를 들이대야 한다. 멋지기만 해서는 안 된다.

나는 평생 주변 사람들을 챙겼다. 어려서는 마음으로, 커서는 경제적으로 도움을 주었다. 나는 외조해주는 남자를 만난 적이 없었다. 단 한번도. 그리고 남자의 집에 들어가 산 적도 없었다. 내가 늘 방세를 내고, 고지서를 챙기고, 친구의 결혼 선물을 고르고, 저녁식사 후 지갑에서 신용카드를 빼들었다. 나는 남들에게 정성이 깃들거나 비싼 생일 선물, 크리스마스 선물, 밸런타인데이 선물을 했다. 이제 누가 나를 좀 챙겨줬으면 좋겠다. 여자로서 남자한테 대우 좀 받아봤으면 좋겠다. 내가 그를 챙기면 그가 나에게도 선물을 해주었으면 좋겠다(그리고 그이는 쓰레기도 버리고 전구도 갈아주었으면 좋겠다).

얘기하다 보니 보석 생각이 났다. 보석을 놓고 봤을 때 두 종류의 여성이 있다. 남자로부터 보석을 선물받는 여성과 그렇지 못한 여성. 사실 다른 사람도 이런지, 다른 나라에서도 이러는지는 잘 모르겠다. 그냥 대충 나눠본 것이다. 하지만 내가 경험한 좁은 세계에는 이런 경향이 있는 것 같다. 왜냐고? 사실 우리 일상 속에는 남녀관계의 역학이 작용하고 있기 때문이다. 나는 자질구레한 액세서리 하나 선물받지 못하는 여자다. 왜 항상 그런 것인지 궁금하다. 사실 보석류는 많이들 선물하는 품목이다. 연애 중인 여자들은 애인에게서 가끔 보석 선물을 받는다. 나는 이렇게 물어야 했다. "혹시 누가 이러던가요? '테리한테는 보석을 사주지 말라'고?"

20대 초에 난 이런 말을 자주했다. "난 다이아몬드는 별로더라." 상상이 가는가? 하지만 그런 말을 하는 데는 복잡한 이유가 있었다. 남자에게 값비싼 선물을 바라는 건 잘못된 것처럼 보였다. 꽃과는 달리 보석은 너무 어른스럽고 심각하며 성차별적인 것 같았다. 목걸이는 무슨 의미일까? 너무 비싸잖아? 이 목걸이 하나로 너무 심각한 관계가 되는 건 아닐까? 애인이 당신을 찜했다는 일종의 소유 표시는 아닐까? 여자로서 대우받으며 저녁식사를 하고 싶다는 마음도 있지만, 한편으로는 기념품처럼 돈으로 살 수 있는 존재가 되고 싶지 않고, 남자가 나 때문에 돈을 쓰는 게 왠지 부담스럽다는 복잡한 두 가지 마음이 내 안에서 팽팽하게 줄다리기를 하고 있었다.

지구 저편에 사는 남자가 나에게 비행기표를 사주며 런던에서 데이트하자고 했다(장거리 연애라 중간 지점에서 만나면 좋으련만 10시간 비행의 중간 지점이 대체 어디란 말인가?). 그의 제안에 마음이 흔들렸다. 그가 나를 만나려고 그렇게 많은 시간과 돈을 투자한다는 생각이 마음에 들었다. 하지만 한편으론 겁도 났다. 매번 비행을 할 때마다 죽을지도 모른다는 생각이 들어서는 아니었다(인간이 만든 비행 물체는 사고가 날 수 있다. 비행기가 뜨는 원리를 정말로 이해하는 사람이 몇이나 될까? 나는 엔진이 세게 돌아가고 비행기가 속력을 내면 날개가 뜨는 걸로 알고 있었다. 그런데 그게 아니라 흡인력으로 진공 상태가 만들어져서 비행기가 뜬다고 하는데… 무슨 소리인지 잘 모르겠다. 내가 아는 거라곤 비행기를 타면 서비스 땅콩이 나오고, 그걸 먹으며 한참 앉아 있으면 자세가 구부정해서 목이 아파온다는 점이다. 그럼 스멀스멀 올라오는 걱정을 누르기 위해 기도를 하며 몇 시간을 버티거나, 운이 좋으면 귀여운 남자와 대화를 나눌 수 있다).

대륙을 오가는 연애 얘길 다시 해야겠다. 비행기 사고에 대한 두려움 말고 정말 겁이 났던 이유는 그가 돈을 너무 쓴다는 점이었다. 이 남자(여자에게 2만 달러짜리 드레스를 사주는 남자)에게 돈은 별로 중요하지 않았다. 아니, 그는 그렇다고 자기 입으로 말했다. 그럼 나는 그에게 그 대신 뭘 돌려줘야 할까? 런던 왕복 1등석 항공권을 받았으니 뺨에 뽀뽀나 해주는 것 이상의 것을 줘야 하는 건 아닐까? 혹시 같이 자달라고 하면 어쩌지? 난 그럴 마음이 전혀 없는데.

친구에게 이걸 어떻게 해석해야 할지 상담했다. "절대로 안 돼. 방 따로 잡아. 네가 런던까지 갔으면 같이 저녁식사하는 것으로 만족해야지. 만약 너와 자고 싶다면 그깟 비행기표로 되겠냐?" 농담이었다.

사실 데이트 환율이나 섹스 시세는 없다. 하지만 선물이란 게 참 묘해서 조심해야 한다. 차라리 내 돈 내고 내가 가는 편이 속 편하다. 그럼 그에게 내가 스스로 뭔가를 할 수 있다는 모습을 보여줄 수 있다. 그가 없이도 혼자서도 잘 살고, 혼자 저녁을 먹으러도 가고, 나에게 선물을 할 수 있다는 걸 보여줄 수 있다. 두 명의 성인이 만난다고 해서 다른 한 쪽의 애정을 증명해 보일 물질적인 징표가 필요한 건 아니다. 아무렴.

그럼 왜 나는 "고맙지만 사양하겠어요"라는 메시지를 보내야 하는 걸까? 주는 것보다 받는 것이 어려워서일까? 연애를 하는 대다수 여성들은 이런 기분에 휩쓸린다. 남편이나 남자친구가 당신을 도와줬으면 하고 바라지만 혼자 하는 편이 훨씬 쉽고 빠르다. 아파트를 구하는 것과 비슷하다고 할까. 청소를 하거나, 여행 준비를 하거나, 아이를 재우는 등의 일과도 비슷하다. 남자가 기꺼이 도우려 해도 당신이 바라는 대로 움직여줄 가능성이 얼마나 될까?

아파트에 식기세척기는 있는지 깜빡 잊고 물어보지 않을지도 모르고, 애들 수영복을 빼놓고 짐을 챙길 수도 있다. 차라리 내가 하고 만다.

빨리 하는 게 목표라면 당신 말이 맞다. 하지만 그게 유일한 목표일까? 남녀관계의 균형은 어떻게 될까? 당신 혼자서 하게 되면 무엇이 희생되는 것일까(당신의 자유 시간도 희생된다)? 남편에게 참여할 기회를 준다 해도 큰 문제는 없을 것이다. 당신이 할 때와는 약간 다르게 될 뿐이다. 어쩌면 아이들의 수영복을 새로 사야할지 모르지만 남편은 자신이 쓸모 있는 사람이라고 느낄 것이다. 이런 마음에서 나는 딸에게 구두끈을 혼자서 매게 한다(그렇다고 남자들이 모조리 일곱 살짜리 꼬마라는 소리는 아니다. 하지만 솔직히 그렇기도 하다).

적극적으로 남자를 끌어들이는 것이 일을 빨리, 제대로 끝내는 것보다 훨씬 더 중요하다. 다시 상처 얘기를 하겠다. 같이 살면서 모든 일을 자신이 다 처리하려는 생각을 버려야 한다. 나도 누군가의 도움이 필요하다는 것을 인정해야 하고 남편 또는 애인이 스스로 필요한 존재라고 느낄 기회를 주어야 한다.

사실 난 결혼생활을 하면서 이 점에서 실패했다. 나는 남들이 나를 돕는 꼴을 절대로 두고 보지 못했다. 전 남편 존과 뉴욕에 살 때 산책을 가게 되면 나는 9킬로그램이나 되는 유모차를 끌고 기저귀 가방에 우유병과 과자를 챙겨 넣고 한쪽 팔로 낑낑거리며 에머슨을 안았다.

존이 "내가 좀 도와줄게"라고 말해도, 나는 "아냐, 내가 할 수 있어"라고 했다. 나는 그 없이도 잘하는 걸 보여주고 싶었다. 그를 믿을 수 없었기 때문이다. 혹시나 아이를 떨어뜨리기라도 할까 봐 겁이 났다. 오만한 태도였다. 내가 하는 것만 옳으니 아무도 날 방해하지 말라는 얘기지 않은가. 그가 필요한 사람이라는 기분을 좀 더 느끼게 해줄 걸······.

하지만 너무 겁이 났다. 남을 믿기가 정말 힘들었다. 남자나 결혼이나 그래서 좋을 건 하나도 없다. 그래서 나는 내 친구들이 가방을 어떻게 하는지 두고 보았다. 최근에 같이 런던을 갔다 온 내 친구는 이렇게 말했다. "테리, 네 짐은 네가 들지 마. 그러면 호텔에서 아무도 널 도와주지 않아." 친구의 말이 옳았다. 하지만 나도 나를 말릴 수 없었다. 나는 대서양 건너편에서도 내 짐은 혼자 드는 여자가 되었다.

자기 의존적인 태도엔 분명히 좋은 점이 있다. 나는 백마 탄 왕자님을 기다리느라 가만히 누워 잠만 자다가 구원받는 공주는 못 되었다. 책에서처럼 늙지도 않고 10년을 가만히 누워 있어야 했기 때문이다. 독립적인 태도 덕분에 나는 좋은 보석을 선물받을 기회는 놓쳤다. 내 자립심을 증명하느라 너무 바빴기 때문이다. 좋아, 내가 얼마나 독립적인지 잘 보라고.

내 목표는 완벽한 균형을 찾는 것이다. 나는 다이아몬드나 밝히

며 남편과 집을 나설 때마다 일부러 티파니 쇼윈도를 지나치는 여자
가 되고 싶진 않다. 하지만 다이아몬드를 갖고 싶다는 의사 표시는
해야 한다. 욕망을 드러내고 자신을 꾸며야 한다. 나에게도 보석이
어울린다고 생각하고 남편의 취향을 믿는다고 말하며 그에게도 배
울 점이 있다는 사실을 일깨워주자.

　　말은 이렇게 해도 사실 난 아직까지 성공하지 못했다. 하지만
다음번에 연애할 때는 꼭 이렇게 할 것이다. 여러분이 조금 더 노
력한다면, 나도 분명히 그럴 수 있다. 아마 다음번에는 시계가 거
꾸로 돌아갈지도 모르겠다. 이젠 식사 후에 신용카드를 빼어드는
오랜 습관을 버릴 생각이다. 이제 저녁식사 값을 더는 내지 말아야
지. 아, 나는 정말 남자들을 너무 챙긴다. 이제는 소파에 누워서 포
도를 받아먹으며 다리나 주물러달라고 해야지. 잠깐. 지금 무슨 소
리지? 그건 좀 과한 것 같군.

　　아참, 까먹을 뻔했다. 만약 보석을 선물받고 싶다면 내 말을 잘
듣도록. 내 친구 로리의 조언을 들려주겠다. 그녀의 남편은 보석 같
은 선물을 잘해주는 편이다. 내가 무슨 신호를 보냈던 건지, 어떤
용감한 남자가 마음먹고 내게 아름다운 팔찌를 선물했다. 나는 감
동을 받았고 친구 로리에게 이 사실을 털어놓았다. 나중에 만난 자
리에서 로리는 내 팔목을 보고 말했다. "팔찌 어딨어?"

　　"응, 그냥 안 찼어. 나 원래 보석 잘 안 하잖아." 친구는 고개를
저으며 절망했다.

"잘 들어. 보석 선물을 자주 받으려면 남자가 선물해준 걸 차고 다녀야지."

엄마가 되면 이런 실패를 인정하기가 훨씬 쉬워진다. 아이를 낳게 되면 아이가 앞으로 어떤 인간관계를 맺었으면 하는지, 어떤 대우를 받았으면 하는지 생각하게 된다. 엄마로서 이 세상을 바라보다 보니 내가 정말 많이 바뀐 것 같다. 나는 더 이상 '영웅'이 되려고 하지 않았다. 여기서 영웅이란 뭐든지 혼자 다하고, 언제나 지나치게 조심스럽고, 남의 도움은 거절하고, 실망하지 않으려는 모습을 말한다.

하지만 이제는 실망할 수 있다는 사실에 당당하게 맞서고, 실망해도 버텨낼 수 있을 만큼 강해졌다. 실패를 해도 몸을 사리지 않고 나 자신을 열어두었다. 이건 머리로 생각해서가 아니라 가슴으로 느끼기 때문이다. 누군가를 필요로 하는 건 영원히 계속될 사랑, 신뢰, 관계를 키워 나가는 일이다.

일할 때도 나는 변했다. 감독이 촬영 중에 다른 식으로 연기를 해보라고 주문하면 난 그 말에 수긍하지 않아도 감독의 의견에 따라 연기를 하고 내 고집을 꺾는다. 그건 감독에 대한 존중이며, 내가 틀릴 수도 있기 때문이다. 내가 틀렸다고 해도 전처럼 상처받지 않는다. 그런다고 나의 '완벽한' 모습이 아주 망가지는 것은 아니니까. 오히려 내가 틀렸다는 것을 알고 도움을 청하면서, 내가 한갓 인간일 뿐이라는 사실을 깨닫게 된다.

남자를 볼 때 어떤 면을 따지든, 제짝을 찾는 과정에서는 늘 상처를 받게 되어 있다. 오븐을 켜면 델 위험이 있는 것처럼. 자기 육감에 귀를 기울여 믿는 법을 배워야 한다.

내가 욕실 선반을 정리하겠다고 어질러놓았다가 만사를 제쳐놓고 에머슨과 놀아준 일을 기억하는가? 나는 하던 일을 멈추고 에머슨이 가져온 밤하늘의 별에 대한 책을 읽었다. 우리는 에머슨 침대에 배를 깔고 엎드려 책을 보았다. 책에는 남쪽 하늘의 별자리가 그려져 있었다. 우리는 그 별자리가 뭔지 알아맞혀 보았다. 북두칠성이라든가, 오리온자리라고 말하는 대신, 별을 이리저리 연결시켜서 왕이나 집을 그리기도 하고, 프랑스 화가 뒤샹의 〈독신남들에 의해 발가벗겨진 신부〉를 그려보기도 했다.

그러다 보니 9개의 별이 보였다. 마치 죽어가는 소처럼 보였다. 나는 아무 말 하지 않고 에머슨더러 맞춰보라고 했다. 에머슨은 고개를 저었다. 뭔지 모르겠다고 했다. 나는 아이에게 정답은 없다고 말했다. 옛날 그리스의 천문학자가 자기 생각대로 이름을 지어놓은 것이니 너도 그렇게 하라고.

아이는 한참 동안 말이 없었다. 그러더니 어깨를 으쓱하며 말했다. "음, 남자가 물동이를 들고 있는 모습 같아요." 깜짝 놀랐다. 에머슨의 말이 맞았기 때문이다. 바로 물병자리였다. 에머슨은 "농담인데. 사실 안 그런 것 같기도 하고." 나는 아이에게 자기 생각을 말할 때 우물거려서는 안 된다고 말했다. "너는 아는 게 많아. 그러니까 틀릴까 봐 걱정하지 마." 나는 아이에게 자신의 감을 믿으라고 말했다. 우리도 그래야 한다.

그럼 거짓말쟁이 작가와 마약쟁이 백만장자와 데이트할 때 나는 육감을 어디다 두었을까? 사실 그건 그렇게 미묘한 문제는 아니었다. 그들은 생각보다 빨리 본색을 드러냈고, 굳이 변명을 하면 나는 그들의 본모습을 보자마자 관계를 정리했고, 내 실패도 싹둑 잘라냈다. 사실 오븐에 살짝 데는 경우엔 상처도 쉽게 가라앉고 흉터도 거의 남지 않는다.

하지만 나의 괜찮은 육감이 나쁜 선택에 가려져버렸다는 사실을 알았다. 한번은 신호등이 파란불일 때 차를 세운 적이 있었다. SUV에 타고 있는 남자가 신호등이 빨간불인데도 그냥 달릴 것 같았기 때문이다. 아니나 다를까, 정말 그 남자는 빨간불을 보고도 질주했다.

가빈 드 베커의 《범죄 신호》라는 책을 보면 위험에 빠졌을 때 본능을 믿어야 하는 이유에 대해 나온다. 내가 강도를 당했을 때의 일이었다. 그를 보며 뭔가 느낌이 이상하다고 느끼는 순간, 그는 내 얼굴에 총구를 들이댔다. 나는 범죄 신호라는 예감을 믿는 편이다. 그건 믿음이 주는 선물이기 때문이다. 본능에 좀더 충실하게 되면, 우리는 믿음을 주는 사람을 만나게 된다.

연애나 그 밖의 모든 인간관계에서—친구, 가족, 동료, 직원 등—사람을 제대로 볼 줄 알아야 한다. 누가 당신 편이고 믿을 만한 사람인지 알아볼 수 있어야 한다. 친구 중에도 관계를 정리해야 할 친구가 있다. 마치 정원의 잡초를 솎아내는 것처럼 말이다. 정말 힘든 일이다.

나에게는 오래 사귄 좋은 친구가 있다. 그녀가 좋은 사람이고, 좋은 의도에서 그러는 건 알겠지만, 나와는 잘 맞지 않는다. 비판적이고, 편견이 심하고, 고집도 세다. 그런 성격은 가볍고 비현실적인 사람에게 어울리겠지만, 나는 지나칠 정도로 현실적이라 나 자신에게 충분히 비판적이다. 안 그래도 스스로를 들들 볶아대는 나에게 "좀더! 좀더 해봐!"라고 외치는 친구는 필요 없다. 친구를 정리하는 건 힘들지만 가끔 그래야 할 때가 있다.

불안감과 두려움 때문에 잘못된 사람들을 만나기도 하지만 우리는 사람을 믿어야 한다. 오븐을 켜고 요리를 해야 하는 것처럼 말이다. 인간관계라는 요리를 만드는 법이 적혀 있는 레시피는 없다. 일단 시작하면 조심스럽게 움직이면서 자신의 한계를 알고 그때그때 즉석에서 풀어나가야 한다(나는 감자를 블렌더에 갈아버렸다). 그리고 육감에 따라야 한다(양념도 좀 하고!). 무엇보다도 상처받을 준비를 해야 한다. 진정한 관계를 찾기 위해서는 겹겹이 쌓여 있는 불안감을 들춰내며 자신의 진솔한 모습을 보여주는 길밖에 없다.

그러다 보면 데기도 쉽다. 전에 한 남자와 대여섯 번 데이트를 한 적이 있다. 그렇다고 그 남자를 애인이라 하기에도, 남자친구라고 하기에도 좀 애매했다. 앞에서 말했듯이 나는 좀 늦된 편이다. 하지만 나는 성인이고 처녀도 아니다(내게 딸이 있다는 건 내가 처녀가 아니라는 확실한 증거다). 우리는 조용한 이탈리안 레스토랑에서 저녁을 먹으며 진지한 대화를 나눴다.

대담하게도 그는 나에게 성적으로 접근했다. 나도 누군가를 믿고 따르며 그렇게 하고 싶었다. 디저트를 먹다 말고 그가 물었다. "저녁 먹고 뭐하고 싶어요?"

난 이 남자 앞에서 섹시한 여자이고 싶었다. 그래서 나는 몸을 던졌다. 망설임 없이 단도직입적으로 말했다. 위험을 무릅쓰고 두려움과 불신을 떨치며 말했다. "같이 속옷 가게에 가서 예쁜 란제리를 사주세요. 그리고 당신 집에 가서 그걸 입은 모습을 보여주고 싶어요."

내 입에서 그 말이 떨어지는 순간 나는 너무나 자랑스러워서 의자에서 벌떡 일어나 절이라도 하고 싶었다. 물론 그러지는 못했지만 공공장소에서 그런 말을 했다는 건 내게 대단한 일이었다. 그래도 내가 할 수 있는 건 하룻밤의 단 한번뿐인 모험이었다.

놀랍게도 그 남자는 나의 제안을 좋아했다. 그 시간에 문을 연상점은 선셋 블러바드에 있는 허슬러 한 곳뿐이었다. 다행히도 들어가보니 예쁘고 쓸 만한 란제리가 있었다. 우리는 몇 가지를 사서 그의 집으로 갔다.

나는 심플한 검정 란제리를 입었다. 솔직히 기분이 좋았다. 나는 예쁘고 섹시해 보였다. 내가 왜 그랬을까 지금 생각해보니, 적어도 그날 밤 그렇게 개방적일 수 있었던 건 성적 자신감이 있었기 때문이었다.

우리는 사랑을 나누기 시작했다. 점점 달아오르면서 분위기가 무르익었지만… 결국에는 시작도 못해보고 끝이 났다. 서두르다가 일을 그르친 것이다. 덜 익은 와인을 내다 판 모양새랄까. 다 끝나버렸다. 무슨 말인지 알겠는가?

그는 그날 있었던 작은 사고에 대해 한마디도 하지 않았다. 나는 괜찮다고 위로해주었다. 나중에라도 다시 시도하면 된다고 생각했다. 하지만 그의 몸은 기운이 다 빠져버렸다. "너무 피곤하군요. 당신은 가는 게 좋겠어요." 남자가 창피해하기에 나는 다시 말도 못 꺼내보고 그 집을 나왔다.

일주일 후 나는 독감에 걸려 집에 누워 있었다. 그의 전화가 걸려왔다. "안녕하세요, 톰 윙클스미스라고 합니다(성기능장애를 보인 남자를 보호하기 위해서 이름을 바꾸었다)." 그는 성까지 붙여서 자신을 소개했다. 혹시 일주일 전 내가 어느 톰 앞에서 섹시한 속옷을 입고 설쳤는지 모를까 봐 그러는 것처럼.

나는 장난을 쳤다. "당신 성, 나도 아는데요." 하지만 그는 간단히 내 말을 잘랐다. "예전 여자친구와 다시 만나기로 했습니다." 와우. 너무 뜬금없었다. 나는 그에게 재회를 다짐할 정도로 깊은 사이였던 여자친구가 있는 줄도 몰랐다. 전화를 끊고 울음을 터뜨렸다. 나쁜 녀석. 내 속마음을 보인 대가가 고작 이거야? 속이 까맣게 타버렸다.

　나는 상처를 치유하고자 친구 둘을 불러 모았다. 리사는 이렇게 말했다. "그 남자가 옛날 여자친구에게 돌아간 이유는 그 여자가 너보다 덜 섹시해서야. 너하고 그러다 무리라도 할까 봐 그랬겠지." 다른 친구는 좀더 넓은 시각을 갖게 해주었다. 마야는 "그건 쪼다 같은 그 남자 문제가 아니라 네 문제야. 네가 어떻게 하느냐에 달렸어. 네가 어떤 사람인지 알고 그 벽을 깨도록 해야지. 넌 속마음을 솔직히 보였고, 감정을 숨기지 않았어. 그건 정말 잘한 거야. 그렇게 해야 그걸 고맙게 생각해주는 남자를 만날 수 있어. 그 남자 생각은 잊어. 대단해, 발전했는걸." 마야의 말이 옳았다. 나는 상처받을 것을 감수하고 도전했고 그래서 절반의 성공을 거두었다. 차이기는 했지만 그래도 그 점은 뿌듯하게 생각한다.

　리사는 그 분석을 그저 듣고만 있지 않았다. 그녀는 나를 위해 티셔츠 선물을 준비했다. 그 셔츠에는 이렇게 쓰여 있었다. "나는 조루 톰 윙클스미스와 데이트했다." 내게는 멋진 친구 둘이 있다. 한 명은 나의 노력이 헛되지 않았다고 얘기해주고, 또 한 명은 낄낄대는 10대 소녀처럼 나를 웃겨준다. 그 남자 집에 침이라도 뱉어주는 건데.

사실 난 그렇게 모험을 해본 적이 없다. 할리우드 북쪽에 살던 당시 냉장고가 없다던 옆집 남자 네드와도 데이트 비슷한 것을 했던 때가 있다. 워싱턴 대통령 탄생일이 끼어 있던 주말에 아버지가 내게 지프 체로키를 맡기셨다. 네드는 나에게 영화를 보러 가자고 했는데, 이제와 얘기지만 그는 대단한 용기를 낸 거였다.

우리는 영화를 보기 전에 미리 만났다. 나는 그리피스 파크로 드라이브를 가자고 했다. 정상 전망대까지 반쯤 올라갔는데 차가 그만 멈춰 섰다. 그때는 핸드폰도 없어서 도움을 요청할 수도 없었다. 핸드폰 무게가 무려 5킬로그램 가까이 나가던 시절이었다(내 나이를 따져보니 벌써 마흔이 넘었다).

저 언덕 아래에 주유소가 있었다는 기억을 더듬어 우리는 그곳까지 걸어 내려갔다. 하지만 거기엔 견인차가 없었다. 금요일 오후 5시 반. L.A까지 아무 차나 집어타고 내려가기에도 적당한 시간이 아니었다. 그래서 우리는 친구들 집에 전화를 돌렸다. 하지만 모두 자동응답기만 돌아가고 있었다(게다가 밸런타인데이라 다들 외출 중이었다).

집까지 그리 먼 거리가 아니었기에 우리는 걷기 시작했다. 가다 보니 너무 힘들어 아무 차나 잡아타고 싶었다. 차로는 그리 멀어 보이지 않던 길도 막상 걷자니 길고 지루하고 더운데다가, 인도가 중간에 끊기기도 하고, 경치도 별로였다. 그렇게 계속 서쪽을 향해 걸어갔다. 우리는 강행군을 계속했다.

그런데 저쪽에서 버스가 한 대 오고 있었다. "L.A에서 못 타본 버스, 이번에 한번 타보자." 우리는 제대로 가고 있다고 생각했다. 하지만 버스가 고속도로로 접어드는 순간 비상사태라는 예감이 번뜩 스쳤다. 이러다가 L.A 북쪽 베이커스필드까지 가는 건 아닌지 겁이 덜컥 났다. 당시만 해도 그곳은 캘리포니아의 오지였다. 다행히 버스는 교외인 버뱅크에서 멈춰 섰다.

덥고 치진데다가 집에서도 멀어졌지만 우린 게임을 하며 기운을 냈다. 나중에 우리 아이들에게 이 얘기를 해주면 좋겠다고 생각하며 상점에 들어가 맥주를 몇 병 사서 구석에 서서 마셨다. 그렇게 술을 마시다 보니 집보다 버뱅크 공항이 가깝다는 걸 알게 되었고 우리는 택시를 탔다.

공항에 도착하니 라스베이거스 왕복 항공권이 60달러가 채 안 되었다. 단돈 60달러면 라스베이거스에 갈 수 있다니! 네드와 나는 늘 모험을 즐겼다. 이번에는 라스베이거스 도전이다. 누가 거부할 수 있을까? 우리가 물러날 사람들인가?

네드는 네브래스카 주민이면 라스베이거스에서 공짜로 묵을 수 있는 호텔을 안다고 했다. 다행히 그가 네브래스카 주 출신이라니, 그럼 얘기는 끝난 거다. 우리는 2차 대전 때나 다녔을 법한 시끄럽고 털털거리는 프로펠러 비행기에 몸을 실었다. 만약 라스베이거스에서 대박을 터뜨리면 집에 돌아오는 길에는 내 비행기를 타게 될 것이다.

라스베이거스에 도착하자 컨벤션이 열리고 있었다(오토바이 컨벤션, 라스베이거스 컨벤션. 방을 잡을 수가 없다). 덕분에 라스베이거스 전역에 빈 방이 없었다. 이런 우연의 일치가. 호텔마다 전화를 걸고, 여행자 센터에도 전화를 걸었다. 우리는 무일푼에 정처 없이 몇 시간을 걸어 다녔다. 너무나 샤워를 하고 싶었다.

재미를 즐기는 여자라면 이럴 때 어떻게 해야 하는지 알고 있을 것이다. 두 팔을 번쩍 들어올리며 "뭐 어때, 여긴 라스베이거스야! 밤새 놀아보자!"라고 외치는 거다. 하지만 나는 그런 타입이 아니었다. 무릎이 부어올랐다. 하트 모양의 침대 위에서 키스를 하겠다는 나의 꿈은 모두 날아가버렸기에 실망이 이만저만이 아니었다.

당시 나는 실망감을 다스릴 줄 몰랐다. 우리는 다음날 오전 6시 반 첫 비행기를 타고 집으로 돌아가기로 했다. 너무 지친데다가 이런 고약한 모험에 날 끌어들인 네드에게 화가 났다. 네드 입장에서 보면 내가 너무 까탈스럽고 예민하게 굴어서 짜증이 났을 것이다.

아무 할 일이 없어 우리는 블랙잭 테이블에 밤새 앉아 있었다. 나는 게임을 할 줄도 몰랐다. 아침 비행기를 탈 때까지 우린 한마디도 하지 않았고, 공항에 도착해서도 서로 아무 말 없이 헤어졌다. 즉흥적으로 살아보려고 했지만 결국 그렇게 끝나고 말았다.

그래도 라스베이거스 여행은 행복한 결말을 가져다주었다. 네드와 나는 연인이 될 운명이 아니라 평생 친구로 남을 인연이었다. 그런 라스베이거스 여행을 하고 나서도 우리가 쌓은 의미 있는 우정은 내게 매우 중요했다. 지금은 그의 가족하고도 친하게 지낸다. 혹시 나에게 무슨 일이 생길 경우 그는 에머슨의 지정후견인이다. 라스베이거스에서의 힘든 기억은 상처처럼 우리 우정에 그 깊이를 더해주었다.

가끔 실패하긴 하지만 위험을 감수할 필요는 있다. 그리고 기꺼이 남들의 도움을 받아야 한다. 언젠가는 입에 딱 맞는 조리법을 찾을 수 있다는 희망을 가져야 한다. 원하는 결과를 얻지 못해도 발전했다는 사실을 인정해야 한다. 나는 정말 많이 발전했다.

마흔 살 생일에 누군가 나에게 특별한 선물을 주었다. 티파니에서 산 은 하모니카였다. 내가 받아본 선물 중 최고였다. 내 취향에 꼭 맞았다. 클래식하면서도 심플하고, 꿈에서 본 것 같은 매력적인 선물이었다. 가지고 다니기에도 가볍다. 하모니카를 불 줄 몰라서 더 좋았다.

마흔 살 생일에 그 선물은 새로운 시작을 의미했다. 나를 잘 아는 사람이나 오래전부터 알고 지내던 사람이 준 선물이 아니라는 점도 좋았다. 〈위기의 주부들〉 촬영팀 중 한 명이 선물한 것이다. 이 사람은 시즌 1을 찍을 때 촬영장에서 나를 본 게 다였다. 그는 촬영장에서 나를 보고 친근감을 느껴서 이 선물이 나에게 어울린다고 생각한 것이다. 그건 나에게 굉장히 중요한 의미가 있었다. 내가 나를 보는 것처럼 남들도 나를 그렇게 봐주는 것 같았다. 나는 내가 생각하는 내 모습이자, 되고 싶은 모습이 되어가는 중이었다. 새로운 시대를 위한 아주 좋은 출발이었다.

c. Rose

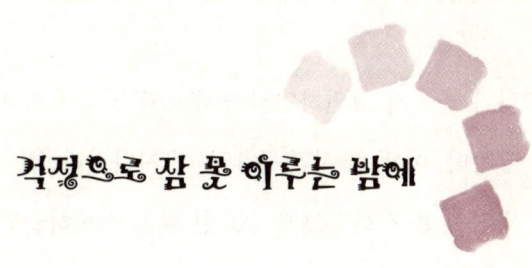

걱정으로 잠 못 이루는 밤에

친구에게 바람맞은 당신. 남편은 포커를 치러 나갔고, 아이들은 친구집에 놀러 갔다. 이렇게 갑자기 당신에게 여유 시간이 생긴다면 뭘 할 것인가? 나는 종종 이렇게 한다.

전화를 걸어 촬영장 스케줄을 확인한다. 앞으로 한 시간 여유가 있다. 에머슨은 아직 학교에 있다. 그럼 뭘 할까? 목욕이 좋을 것 같다. 그럼 뭉친 어깨도 풀 수 있고, 기분도 상쾌해지니까. 목욕하기 싫어하는 사람이 있을까? 아니면 역기를 드는 것도 좋겠다. 그럼 좀더 건강해지고 덤으로 탄력 있는 엉덩이와 납작한 복근을 가질 수 있을 테니. 목욕이냐 역기냐, 목욕이냐 역기냐. 결정하기 힘들군.

뭘 할지 망설이며 나는 컴퓨터 앞에 앉아 이메일을 확인한다.

뭐가 좋을지 고민하면서 침대보를 정리하고 팩스에 종이를 채워 넣는다. 이제 한 시간 중 15분이 지나갔다. 뭐 하러 팩스에 종이를 채워 넣은 걸까? 그게 중요한 일인지는 하늘만이 안다. 혹시라도 로또에 당첨되었는데 나에게 연락할 길이 오로지 팩스밖에 없을지도 모르잖아?

좋아. 결정했다. 목욕이 좋겠어. 이젠 한 시간이 아니라 45분 남았다. 나는 욕조 안에 물을 받으며 뜯지 않은 우편물을 한 무더기 손에 쥐었다. 정원 손질 비용 청구서, 자선단체 초대장, 캘리포니아 유권자 안내서, 쿠폰 북.

됐다. 이제 물은 채워졌고 나는 유권자 안내서를 들고 욕조에 들어간다. 몸을 푹 담그고 정책을 살핀다. 시간을 낭비하지 않으면서 몸도 푼다(언제부터 자기 자신을 돌보는 일이 시간 낭비가 되었던가?). 그러다 보니 주 예산 집행과 학교 기금 제한에 대한 기사를 읽게 되었다.

캘리포니아는 예산이 부족한데도 1년에 9,000억 달러가 넘는 돈을 교육비로 지출해야 하나? 그 이유를 도무지 모르겠다. 그 정도 액수는 정말 큰돈이라 집행 시 큰 결정이 필요하다. 나는 꾹 참고 그 조항을 읽어 내려간다. 이건 내가 원했던 느긋한 목욕이 아니다. 캘리포니아의 교육 정책 때문에 화가 난다.

마음을 비워야지. 나에겐 목욕이 필요해. 나 자신을 위해서. 나는 뜨거운 물을 좀더 틀고 몸을 더 깊숙이 담근다. 욕조 옆에 차

가운 물 한잔을 갖다놓고, 양초를 켜고, 목욕 소금을 녹인다. 이제
야 목욕을 제대로 즐기겠군… 하는 찰나. 초인종이 울린다. 누가
왔나 후딱 뛰어나간다. 시간이 다 됐다. 일하러 가야 한다.

　우리는 늘 선택의 기로에 선다. 때론 머뭇거리다 결정을 내리
기도 하고, 때론 너무 서둘러 결정하기도 한다. 때론 그 기회를 최
대한 살리지 못한다. 욕조 속에서 몸의 긴장을 푸는 것도 잊는다.
풀장 옆에 누워서 이렇게 생각한다. '수영을 해야 하는데'. 우리는
침묵이 필요할 때 음악을 듣는다. 조금 전에 확인한 이메일을 다시
확인한다. TV 앞에서 멍하니 시간을 갉아먹는다.

　우리는 날마다 이런 사소한 선택을 한다. 별것 아닌 것 같아
보여도 사실 매우 중요하다. 이제부터 그 이유를 설명하겠다. 중요
한 결정, 이를테면, 결혼, 전직, 주택 구입, 자녀의 학교 선택 등을
할 때 우리는 이들이 중요하다는 사실을 알기에 스트레스를 받으
며 미리미리 계획을 짠다. 이리저리 알아보고 꼼꼼히 확인하며 마
음을 정하느라 밤잠도 설친다. 쉽지 않은 결정이지만 이런 결정이
중요하다는 것만큼은 확실히 알고 있다.

　하지만 사소한 결정을 내려야 하는 순간은 슬금슬금 다가온
다. 있는지 없는지도 모르게 욕실 창문 너머로 슬쩍 기어 들어와,
우리는 우리가 결정을 내려야 하는지조차 모른다. 너무나 사소하
기 때문에 우린 그런 결정을 못 보고 놓친다.

　사소한 결정. 목욕이냐, 운동이냐? 잘까, 청소할까? 과자를

먹을까, 당근을 먹을까? 야근할까, 퇴근할까? 남편한테 화났다고 말할까, 웃는 얼굴로 대할까? 전화를 받을까, 말까? TV 앞에서 저녁을 먹을까, 식탁에서 먹을까? 우리는 수백 가지의 선택을 하며 마치 처음인 것처럼 결정을 하고 또 한다. 이런 결정은 우리의 삶을 조각하며 나를 만들어간다. 평생 이런 결정이 조금씩 쌓여간다.

다이어트도 마찬가지다. 아이스크림을 딱 한 숟가락만 먹겠다고 하지만 매일 그렇게 하면 몸속의 콜레스테롤 수치가 높아진다. 집을 사는 일은 중요한 결정이지만 하수관 쪽으로 지저분하게 뿌리를 뻗는 정원수를 못 본 척하다가는 하수관이 터져서 더러운 물이 마룻바닥을 뒤덮게 된다(이건 실제로 우리 집에서 일어났던 일이다). 일도 마찬가지다. 〈사랑의 유람선〉의 인어 역 오디션을 받겠다고 결심하면서 나는 대학 중퇴라는 중요한 결정을 내렸다. 20년 후, 나는 숙제를 내주는 대신 파파라치를 피해 다닌다.

지금 무슨 말이냐고? 사소한 일이 큰 차이를 만든다는 말인가? 꼭 그런 것도 아니다. 죽음에 대해 얘기해보자. 나는 여러분이 끝을 상상하길 바란다. 이 책의 끝이 아니라 우리 삶의 끝 말이다.

당신과 내가 병원 2인실에 나란히 누워 있다. 나는 산소마스크를 쓰고 있고 당신은 골반 골절로 입원 중이다. 우리 둘 다 길고 탐스런 머리카락을 갖고 있다(미래의 일이니 상상은 자유다!). 임종을 앞둔 우리는 그랬더라면 좋았을 일에 대해 얘기를 나눈다.

　후회하지 않는 죽음이라면 좋겠다. 아니, 좋다기보다 자연스럽다는 얘기다. 죽으면서 '그때 그럴걸'이란 말을 하지 않고 죽을 수 있다면 그건 성공한 인생이다. 가끔 나는 임종을 앞둔 내 모습을 상상한다. 내 삶이 얼마 남지 않았다는 것을 알았을 때, 나는 "오, 신이시여, 좀더 일할 수 있었으면"이라든가, "조금 더 가졌더라면"이란 말을 하지 않을 것이다.

　나는 당신 옆에 누워(우리가 그렇게까지 친해질지도 모르는 일이다) 단 한마디 후회도 늘어놓지 않았으면 좋겠다. 내 인생이 완벽하지는 않겠지만(특히 1인실에 입원할 형편이 안 된다면 말이다) 나는 정신을 똑바로 차리고 열심히 결정을 내렸고, 그 결과가 그다지 좋지 않아도 최선을 다했다고 느끼고 싶다.

　나는 '임종에서의 결정'을 늘 생각한다. 임종에서의 결정이란 이런 것이다. 매 순간 자신에게 묻는다. "임종을 앞두고 나는 내가 어떻게 행동했기를 바랄까?" 미쳤다고? 우울증이냐고? 하지만 우리네 인생은 그런 작은 순간들이 모여 만들어진다. 아버지는 절대로 야근을 하거나, 가족과의 저녁식사를 놓치는 법이 없었다. 아버지는 매일 밤 그 작은 결정을 수년간 지키셨다. 우리가 매일 별 것 아니라고 치부하는 사소한 결정이 우리의 모습을 정의하고, 아름다움을 찾고, 우리 주변의 세상을 채우고, 추억을 만든다.

　좋다. 아이들을 씻기고 먹이고 입히느라 정신없는 당신. 너무 지친다. 그런 와중에 무슨 '추억을 만들' 시간이나 있단 말인가. 대체 테리 해처가 지금 뭐라고 지껄이는 건가? 그저 오늘 하루 버텨내는 게 전부다. 생각할 시간도 없고, 게다가 창의적으로 마음을 열어놓을 시간은 더더욱 없다. 얼마나 많은 시간을 후회로 보내며, 또 앞으로도 얼마나 더 많이 후회하게 될 것인가? '그때 그럴걸' 또는 '그때 저럴걸' 하는 생각으로 얼마나 많은 시간을 허비할 것인가?

나이가 들어서 몸이 바뀌는 게 아니라, 당신의 삶이 몸에 반영되는 것이다. 앞에서 말했지만, 나는 전기 기술자가 되라는 아버지의 기대 때문에 줄리아드 음대에 가지 못했다. 말할 필요도 없지만 커서 하수구 시설을 디자인하는 게 내 꿈은 아니었다("분사 조절 기준에 관해 회의를 할 겁니다"라고 말하는 내 모습이 상상이 가는가?).

수학시간에 남학생들보다 더 좋은 점수를 받으려고 노력하긴 했다. 그렇다고 내가 진심으로 배우가 되어야겠다고 마음먹은 것도 아니었다. 솔직히 나는 배우가 될 결심을 한 적이 없다. 내가 원했던 건 아니지만 그냥 우연히 그렇게 되었다.

하지만 〈사랑의 유람선〉에서 인어 역을 맡은 후 나는 전문 배우가 되기 위해 열심히 노력했다. 무슨 일이든 해야겠다고 마음먹으면 열심히 해야 한다. 나는 A학점 학생이기에 뭐든지 열심히 하려고 한다(알았다, 그럼 B학점 학생이라고 해두자). 아직도 난 내가 적어도 처음부터 배우의 길을 선택하지 않았다는 사실을 잊지 못한다.

그럼 어쩌다 여기까지 오게 되었을까? 대체 '여기'란 어디인가? 마흔 살의 이혼녀. 열심히 일함. 정기적으로 데이트하는 상대 없음. 가끔 불안함. 이 세상을 좀더 살기 좋은 곳으로 만들려고 애씀. 딸을 키움. 배우 말고 다른 일을 했을 수도 있다. 아니면 캐스팅되지 않는 배우로 남았을 수도 있다(사실 얼마 전까지 내 모습이 그랬다). 선생님, 여성 사업가, 아니면 자녀 몇을 둔 현모양처가 되었을지도 모른다. 몬태나, 나파, 텍사스, 펜실베이니아에 살았을지도 모르는 일이다. 지금 살고 있는 60년대 모던 스타일의 집이 아니라 장인이 손수 깎아서 지은 집에 살 수도 있다.

하지만 그렇지 않다. 사실 내가 다른 삶을 원한다는 게 믿기 힘든 얘기일지도 모르겠다. 허튼소리처럼 들리겠지만, 〈위기의 주부들〉을 찍기 전 몇 년간 나는 다른 직업을 골랐어야 했다는 생각을 했다. 하지만 나만 이렇다고 생각하지 않는다. 많은 사람들도 끝없이 선택을 하면서 마음속으로 토킹 헤즈의 노래를 떠올릴지도 모르는 일이다.

๛

어쩌면 당신은 초라한 판잣집에서 살지도 몰라
어쩌면 당신은 지구 반대편에서 살지도 몰라

어쩌면 당신은 고급차를 굴릴지도 몰라

어쩌면 당신은 예쁜 집에서 아름다운 아내와 살지도 몰라

어쩌면 당신은 이렇게 자문할지도 몰라. 내가 어쩌다 이렇게 됐지?

어쩌다 이렇게 됐을까. 당신은 다른 사람에게 상처주지 않고, 아리따운 아내와 예쁜 집도 놓치지 않고 진로를 바꾸는 법은 모른다. 살다 보면 우연히 어떤 일이 일어나고, 그런 와중에 자기 자리에서 우연히 자신의 모습을 찾게 된다. 15년 후 이렇게 되물을지도 모른다. "파일럿이 되고 싶었던 내가 어쩌다 회계사가 되었을까?"

어쩌면 우리는 '그렇게 할 수 있었는데' 또는 '그렇게 해야 했는데'라는 생각에서 벗어나지 못하고 생을 마감할지도 모른다. "그때 그럴걸"은 그중에서 최악이다.

지금 막 어떤 얘기가 떠오른다. 한밤중에 잠에서 깨면 무려 20년 전 아버지와 싸우던 때가 생각난다. 그때 아버지가 "그게 돈이 얼마나 들어가는 줄 알아?"라고 하셨을 때 내가 맞받아쳤어야 할 말이 떠오른다.

아버지는 내가 20대 내내 병원에 다니느라 돈을 많이 써댔다며 비난하셨다. 나는 부모님과의 껄끄러운 관계에 선을 그으려고 했다. 나는 화가 나서 두 분에게 당장 내 집에서 나가 다신 오지 말

라고 고래고래 소리 질렀다.

나는 두 분이 나와 내 공간을 존중해주었으면 했다. 내가 잘했다는 얘기는 아니다. 하지만 그 순간이 불쑥 떠오른다. 두 분이 얼마나 가슴 아프셨을까. 그때 그 일을 지워버리고 싶다. 만약 두 분이 내 집을 나서서 집으로 가시는 길에 차 사고라도 나서 즉사했다면 어떻게 됐을까?

만약 내가 욕조 안에 씩씩거리고 앉아 머리를 쥐어뜯으며 부모님이 피투성이가 되어 돌아가셨기에 이제 내 집에 다시는 올 일이 없다고 생각하면 그 기분이 어땠을까? 그때 아버지가 "네가 뭘 하면 행복해질 수 있는지 열심히 찾고 있다니 정말 기쁘구나"라고 말해주었다면 어땠을까? 그렇게 말씀하실 분이 아니지만 나는 밤새 뜬눈으로 그런 상상을 했다.

한밤중에 나는 '그때 그럴걸'이라는 생각을 누르기 위해 스스로에게 말을 건다. 아버지를 용서해야 했는데. 아버지는 날 사랑하셨고 당신이 할 수 있는 최선을 다하셨다는 걸 알면서도 나는 용서하지 못했다.

성인이 되어서도 침해당하는 것 같은 기분이 들어 화가 치밀었다. 내가 존중받아야 하는 내 집에서 아버지는 날 조롱하셨다. 그게 싫었다. 아무리 아버지가 최선을 다하신다 해도 아버지는 문제를 만들고 다니고 그래서 진짜…….

아, 벌써 새벽 2시다. 한 시간도 넘게 이런 생각을 하고 있다.

이제 다시 잠을 청해야 한다. 잠을 충분히 자지 못하면 화면에 예쁘게 나오지 않는다. 슈퍼맨이 악당에게서 당신을 구출한 후 구름을 헤치고 나가는 장면에서 예쁘게 나와봐야 얼마나 예쁘게 나오겠는가?

나쁜 놈. 그래도 잠을 충분히 자야 한다. 그 나쁜 놈에 대해 생각하지 말아야 한다. 그때 빨리 주차를 했어야 하는데 꾸물거리는 바람에 그놈이 갑자기 튀어나와 내 얼굴에 총을 들이대고 말했다. "지갑 내놔, 안 그러면 죽이겠어." 당연히 슈퍼맨은 나타나지 않았다. 내가 지갑을 건네주자 녀석은 냅다 뛰었다. 경찰이 왔다. 범인의 인상착의를 설명하느라 정신없는 내게 경찰은 사인을 해달라고 했다.

너무 화가 나서 귀까지 빨개졌다. 이젠 잠이고 뭐고 모르겠고 기분이 영 별로다. 알람은 켜놨나? 어디 보자. 그렇지. 한번도 깜빡한 적이 없지만 난 두세 번씩 꼭 확인한다. 이제 보자, 도둑이라도 들면 어쩌지? 혹시 불이라도 나면? 그럼 우리 집 앵무새를 풀어줘야 하나, 아니면 새장째 들고 나와야 하나? 강아지 밥 주러 집에 잠깐 들릴 때 에머슨더러 밖에서 혼자 기다리라고 할까? 만약 지진이 나면 어떡하지? 그럼 지하대피소가 필요한데. 대피소가 없는 이 집에 살면서 이런 생각만 하면 뭐 하나?

이런저런 시나리오를 머릿속에 그리다 보니 내 마음은 정처 없이 떠돌아다녔고, 오래된 내 옷과 에머슨의 옷과 장난감을 모아지역의 여성과 어린이 쉼터에 보내던 때로 생각이 내려앉았다. 딸 아이에게 나눔의 미덕을 가르쳐줄 수 있어서 매우 뿌듯했다.

우리는 1년간 에머슨이 생일이나 명절에 받은 선물을 모았다 가 크리스마스가 되면 필요한 아이들에게 주었다. 올해도 에머슨 이 내 방에 와서 말했다. "엄마, 이건 나보다 다른 아이들한테 더 필요할 것 같아요." 아이는 자랑스럽게 인형이 가득 담긴 바구니 를 내놓았다.

아이가 방에서 나가자 나는 바구니 안을 살펴보았다. 그중 3 분의 1은 빈티지 인형들로 값이 꽤 나가는 것들이었다. 내가 이 인 형들을 사려고 얼마나 많은 돈과 노력을 들였던가. 혹시 나중에 에 머슨이 다시 이 인형들을 갖고 싶다고 하면 정말 구하기 힘든 것들 이었다. 그래서 에머슨은 이 녀석들을 쉼터에 갖다주자고 하지만 나는 사실 남에게 주기가 아까웠다.

지금 내가 하는 이야기의 첫 번째 교훈은 아이가 어떤 물건을 남에게 주려고 하면 그냥 주기만 할 것이 아니라 마음속으로도 기꺼이 떠나보내야 한다는 사실이다. 이 교훈은 이번에 배운 게 아니다.

나는 인형을 분류하는 척하면서 너무 특별한 인형이라 남에게 주기 아까운 것들을 골라내 다른 봉지에 따로 담았다. 혹시나 어느 날 아침, 에머슨이 괜히 남한테 줘버렸다고 후회하면 그때 "짜잔!" 하고 보여줄 생각이었다. 그럼 나는 에머슨을 위해 인형을 챙겨둔 영웅이 되는 거야(아니면 가게에 가서 그 인형과 에머슨이 진짜로 갖고 싶어 하는 인형을 바꿔줘야지). 그렇다. 이미 내가 한 실수에 대해서 인정하고 있으니 나에 대한 오해는 삼가길 바란다.

어쨌든 쉼터에 갖다줄 물건을 챙기면서 특별한 인형들을 따로 담아둔 봉지까지 그 안에 휩쓸린 것 같다(에머슨의 의도대로 되고 말았다). 며칠 후 봉지를 찾아보았지만 보이지 않았다. 봉지가 없어졌다는 것을 아는 순간 계획대로 일이 잘 풀리지 않아 심히 걱정이 되었다. 이제는 에머슨이 갖고 싶어도 그 인형들을 다시 줄 수 없게 되었다.

일이 틀어져버렸다. 몇 시간 동안 화가 났었는데, 아마 창피해서 그랬던 것 같다. 나에게는 큰일이었다. 일을 되돌릴 수 없다는 생각이 들었다. 나는 계획대로 일을 처리하고 바로잡으려고 했지만 계획대로 되지 않아 힘들었다. 결국 나는 이렇게 말했다. "좋아, 어쩔 수 없지 뭐. 에머슨도 이렇게 되길 바랐을 거야. 그런데 내가 왜 이러고 있지? 왜 집착하는 걸까?"

그리고 지금 이 순간은 에머슨의 생각이 중요하다는 사실을 깨달았다. 에머슨이 어떤 인형을 갖고 싶어 하면 자식을 위해 그 인형을 구해주는 엄마로서의 즐거움. 그건 인형이 아니라 그 인형과 나누는 총체적인 감정이었다.

그 사실을 깨닫는 순간, 진짜로 집착을 놓을 수 있었다. 몇 시간이 걸리긴 했지만 나는 결국 모두 놓아버렸다. 이제는 괜찮다.

진작 이렇게 했어야 하는데. 화재나 허리케인으로 집을 몽땅 잃어 버린 사람들에 비하면 이건 정말 사소한 일이지만 대부분의 사람들은 다행히도 그런 큰 재앙을 겪지 않는다. 작은 일에 고민하고 이런 작은 사건을 완벽하게 제압하지 못할 때 우리는 내려놓는 교훈을 얻어야 한다.

음… 이런 새벽 3시다. 내가 하고 싶은 말은 이것이다. 우리는 모두 죽음을 맞이한다. 그러니 이젠 그러지 말자. 지금 당장 실행에 옮기자. '이렇게 할걸'이라는 덫에 빠지지 말자. 사실 그러기는 너무 쉽다. 대신 지금 우리의 삶을 들여다보고 내가 살고 싶은 삶을 만들어가자. 만약 실수를 하고, 같이 살아야 할 사람과 이혼을 하고, 일이 잘 풀리지 않고, 너무 살이 찌고, 너무 스트레스를 받았다면, 그냥 지금 당신의 모습을 용서하고 다른 모습으로 바꾸어가면 된다. 자신의 유두에 대해 어떻게 생각하느냐와 마찬가지의 문제다(이런! 편집자가 또 유두 얘기를 했다고 날 죽일지도 모르겠다).

내가 자정에 하고 있는 짓을 보면 나도 성공했다고는 말 못하겠다. 정답은 언제나 없다. 하지만 이 질문이 옳다는 것만은 안다. "임종을 앞둔 순간에 지금 이것을 되돌아볼 것인가?" 죽음을 앞두고 아이가 바라지도 않는 인형을 숨겨놓는 일에 정말 신경이 쓰일까? 그건 절대로 아니다.

"나는 열심히 일했지만 쉬는 시간도 가졌다. 나는 내 몸과 마음을 돌보았다. 그리고 이메일이나 신용카드 청구서가 나의 소중한 시간을 빼앗지 못하게 했다. 나는 여행했고, 공부했으며, 남들에게 친절했고 베풀었다"라는 말을 정말 하고 싶다. 듣기 좋으라고 하는 소리가 아니다. 결국 옆 침대에 누워서 불평을 해대는 당신의 말에 귀 기울여줄 사람은 바로 나다. 나는 우리가 누워서 이렇게 말했으면 좋겠다. "내가 전에 이랬다는 걸 기억해줘……." 지나간 삶을 후회하는 대신, 평안하게 죽음을 맞이하면서 삶을 반추할 수 있기를 바란다.

우리는 한꺼번에 여러 가지를 하느라 정신이 없다. 길을 가면서 먹거나 부엌에 서서 먹고, 휴대폰으로 통화하면서 심부름을 가고, 주방을 치우면서 아이들과 대화를 하고, 샤워를 하면서 대사 연습을 한다(이건 다들 하는 건 아니겠지?). 쉬어야 할 시간을 정해놓는 건 중요하다. 언제나 모든 일을 급하게 할 수는 없다. 그건 불가능하다. 하지만 살면서 천천히 일할 수 있다.

며칠 전 나는 말 그대로 초콜릿을 나비 모양 롤리팝 틀 10개에 부어 냉장고에 집어넣었다. 그리고 초콜릿이 굳기를 기다리면서 이 글을 썼다. 나는 일하러 가야 했고, 광고 멘트를 녹음했고, 아동학대에 관한 캠페인 촬영을 했고, 〈위기의 주부들〉도 찍었고, 이 책의 초고를 끝냈고, 밤새 에머슨이 학교에 가져갈 롤리팝 300개 중 그 나머지를 만들었다. 그렇다. 요즘은 느긋하게 살아갈 시간이 없다.

〈위기의 주부들〉 세트장을 찾은 내 친구들은 내가 벌려놓은 일이 몇 개인지 들으면 다들 "당장 집어치워"라고 말할 것이다. 친구들 말이 맞다. 나도 영원히 이런 식으로는 살 수 없으며 나 자신을 계속 이런 식으로 밀어붙일 수는 없다는 걸 안다. 하지만 그게 바로 나다. 나는 많은 것을 하려고 노력하고, 남들에게 많은 것을 주려고 노력한다. 임종을 앞두고 남들을 위해 노력했다고 말할 수 있도록. 그럼 괜찮지 않는가?

앞에서 말했듯이 나는 하수구물로 물바다가 된 집에서 걸어나왔다. 그 와중에도 5시간 동안 집을 떠나 아이에게 처음으로 승마쇼를 보여주었다. 지저분한 집은 나중에 뒷수습을 해도 된다는 것을 알았기 때문이다. 그건 내가 임종을 앞두고 이야기할 수 있는 멋진 사건이었다.

내가 늘 전화를 받지 않아 많은 문제가 생긴다. 사실 많이 순화해서 표현하는 거지만 연락이 잘 안 되어 사람들이 싫어한다는 걸 잘 알고 있다. 남자친구 후보였던 한 남자는 내가 부시 대통령보다 통화하기 힘들다고 말했다(아무리 그래도 부시는 어디 있는지 알 수 있으니까). 예전엔 통화 중이라는 신호가 있었다면 지금은 수신 대기, 휴대폰, 이메일, 인스턴트 메시지, 문자, 블랙베리(인터넷, 이메일, 휴대폰, 일정관리 등의 기능을 갖춘 개인 휴대용 복합 단말기-옮긴이)가 있어서 다들 어떻게든 연락이 될 거라고 추측한다. 나는 하루 종일 나를 찾지 못하도록 피해 다녔다. 그렇지 않으면 평생 전화기를 붙들고 살아야 할지도 모르니까.

　우리는 전자파 사회에 살고 있다. 몇 초 만에 조리되는 뜨거운 음식, 벨크로 신발, VOD… 뭐든지 순식간이다. 그럼 이런 생활이 우리에게 어떤 영향을 줄까? 그리고 우리 아이들에게 어떤 영향을 줄까? 우리는 아이들을 기다리지 못하는 상황으로 몰아간다. 살면서 아이들을 재촉하면 그 결과는 어떻게 될까? 아이들은 만족을 미뤄두는 게 뭔지 모른다. 만족을 후일로 미뤄두는 것을 모른 채 성장하면, 인생에서 절대로 성공할 수 없다. 좋은 열매는 오랜 시간과 인내를 투자해야 거둘 수 있다. 내 일처럼 말이다. 나는 무려 20년이나 걸렸다.

　나파 밸리에 갔을 때의 일이다. 나는 나파 밸리와 와인을 좋아한다. 하지만 스물다섯 살이던 나는 경제적으로 여유롭지 못했다. 나는 친구와 함께 에어컨도 없는 수동 포드 프로브를 운전해서 그 곳까지 갔다. 하루는 자전거를 타고 나파 트레일을 지나가며 하루 종일 와인을 맛보았다. 해가 지자 우리는 다시 호텔로 향했다. 그 때 저 아래쪽을 보니 자전거를 타는 나보다 개구리가 더 빨리 폴짝거리는 모습이 보였다. 내 기억으론 술을 너무 많이 마셔서 자전거에서 내려 끌고 가고 있었던 것 같다. 고마운 개구리.

　돌아오는 길에 와인 상이 10년 간 출시된 와인 중 가장 마시기 좋다고 추천한 카르베네 한 병을 샀다. 스물다섯 살이라. 아주 옛날 일 같다. 사실 진짜 그렇기도 하다. 하여튼 그 와인을 샀고 매년 와인병을 뚫어져라 바라보면서 L.A에서 뉴욕까지 가지고 갔다가 다시 L.A로 가져왔다.

10년이 지난 후 친구와 나는 결국 그 와인을 따기로 했다. 어땠을까? 내가 마셔본 와인 중 최고였다. 우리는 와인을 커다란 잔에 따라 아껴가며 먹었다. 부드러운 레드 와인은 만족을 뒤로 미뤄 놓은 것이었고, 이 추억은 아마 10년 넘게 우리의 기억에 남을 것이다. 나는 마흔 살 생일에 와인을 한 병 사두었고 쉰 살 생일에 마실 예정이다. 와인과 같은 명품을 즐기는 기쁨을 뒤로 미루는 연습을 하다 보면, 뉴욕에서 흔치 않은 쌍무지개가 뜨는 걸 기다리기도 훨씬 쉬울 것이다.

에머슨을 낳자 영양사는 나에게 매일 한 시간씩 걸으라고 했다. 나는 "이제 운동을 시작해야 해요?"라고 물었다. 영양사는 이렇게 말했다. "아뇨, 운동하란 얘기가 아니에요. 그건 나중에 해도 되요. 내 말은 아무 생각 없이 걸으란 말이에요. 걸으면서 새소리도 듣고, 나무도 보고, 생각을 정리하는 시간을 갖도록 하세요."

하지만 엄마라면 진짜 문제가 있다. 우리는 아이들, 휴대폰, 책임감 때문에 얼마나 방해를 받는지 모른다. 사실 딱 한 시간 동안 '나 자신'이 되는 것, 그리고 한 시간 동안 생각을 하는 모습을 상상해보자. 이때는 칼로리를 연소시켜야 한다는 부가적인 목적에 대해서는 생각하지 말아야 한다.

나는 오랫동안 한 시간씩 산책을 했고, 그러다 운동을 해야겠다는 결심을 했다. 운동이야말로 만족을 뒤로 미뤄놓는 일이다. 매번 운동을 할 때마다 즉각적인 효과가 나타난다고 생각하는 것은 아니지 않는가? 윗몸 일으키기를 스무 번 했다고 당장 뚱배가 들어가나? 그건 아니다. 분명히 장기간의 시간을 투자해야 하기 때문에 어떤 사람들은 효과를 보기도 하고 또 어떤 사람들은 아직 효과가 나타나지 않는다고 한다.

하지만 살면서 경험을 즐길 방법은 많다. 하이킹과 달리기를 하면 튼튼해지는 기분이 들고 심장에도 도움이 된다. 마음 가는 대로 내 생각에 귀를 기울이는 게 좋다. 그리고 헤드폰을 끼지 말고 운동하도록. 가끔은 1980년대 디스코 음악을 들으며 엉덩이를 들썩거릴 필요가 있지만 음악을 듣지 않으면 자기 자신과 만날 기회를 가질 수 있어서 좋다. 몸에 그 효과가 당장 나타나는 건 아니지만 영혼은 그 효과를 느낄 것이다. 그럼 임종을 앞두고 당신은 그 결과에 감사할 수 있을 것이다. 운동을 어느 정도 한 덕분에 죽음을 좀 나중에 만나게 된다.

영양사는 나에게 영혼을 운동시키라고 귀띔했을 뿐만 아니라 나만의 공간을 만들라고도 조언해주었다. 영양사는 내가 유권자 가이드를 보지 않고서는 목욕을 할 수 없다는 사실을 조금 알고 있었던 것 같다. 당장 일이 잘 풀리지 않아 스트레스를 받는다면, 한 번에 하나씩 집중하는 게 도움이 된다. 아기처럼 걸음마를 내딛자. 당신이 있는 바로 그곳에서. 그리고 그것을 마무리하고, 해야 할 일에 지나치게 짓눌리는 대신 그다음 도전으로 넘어가는 것이다.

운동하러 갈 때 무슨 옷을 입을지 한동안 신경 써본 적이 없다. 금방 땀에 젖어 지저분해질 텐데, 누가 뭐라고 그러겠어? 그러나 상황이 바뀌었다. 요즘엔 집밖을 나서면, 파파라치에게 사진이 찍힐 위험이 많아졌다. 내 삶의 작은 부분이 내 태도에 영향을 끼친다. 적어도 가끔은 소박하게 살면서 그런 생활이 나를 지배하도록 내버려둔다. 운동복은 임종을 앞둔 순간에 돌이켜보면 아주 작은 선택 중 하나일지도 모른다.

얼마 전 우리 집 뒷산을 오르려는데, 파파라치가 숨어 있는 게 느껴졌다. 나는 지저분한 옷을 벗고 귀엽고 깜찍한 하의에 오렌지색 탑으로 갈아입었다. 전국의 뉴스 가판대에 꽂힐 잡지에 지저분한 모습으로 실리고 싶지 않았다. 만약 내가 그렇게 보였다면 나를 고소해도 좋다. 어쨌든 복장에 조금 신경을 쓴 덕분에 달리는 내내 힘이 났다. 파파라치가 따라붙어서가 아니다. 진짜다. 나는 먼지를 폴폴 날리며 그들을 따돌렸다. 내 말은 나 자신에 대한 느낌이 좋아졌다는 말이다. 적어도 난 펑퍼짐한 낡은 추리닝을 입은 아줌마가 아니라 귀엽고 깜찍한 소녀가 된 것 같았다.

나는 옷이 인간의 정신을 완전히 지배한다는 생각에 반대한다. 나는 파자마를 입고 에머슨을 등교시키는 걸로 유명했다. 낡은 플란넬 셔츠를 입는 건 찬성이지만 그렇다고 옷이 사람을 규정지을 수 있다는 생각엔 반대다. 내가 어떻게 보일까가 중요한 건 아니다. 예쁘게 갖춰 입고 달리기를 하면 진짜 내가 예쁜 것같이 느껴진다. 남들이 그렇게 봐서도 아니고, 나와 다른 여자를 비교해서도 아니다. 그건 내가 스스로 아름답다고 느끼기 때문이다. 내 기분이 좌우되기 때문에 외모에 신경을 써야 한다. 펑퍼짐한 옷을 입고 운동을 하러 가면 몸을 숨기게 된다.

내가 자신감을 느꼈다면 그건 운동을 나선 내 모습이 멋지고 섹시하다고 느껴서일 것이다. 아이러니한 것은 기분을 좋아지게 하고 섹시하다는 느낌을 주는 옷을 입고 한 시간 동안 운동을 하면 자신감이 붙는다는 점이다. 멋지게 옷을 입고 나 자신에게 신경을 쓰면 행복의 지수도 치솟는다. 외모를 바꾸면 나 자신을 다시 돌아보는 데 도움이 된다. 어떤 사람이 되고 싶은가? 거울 속 내 모습이 어떻게 보이나? 내 삶에 만족하나? 외모가 바뀌면 마음도 바뀐다.

어쨌든 나에게 이런 뜻하지 않은 교훈을 일러준 파파라치에게 감사해야겠다. 하지만 그 귀엽고 깜찍한 운동복을 입고 찍힌 사진이 어떻게 되었는지 얘기해주겠다. 그 사진은 영국의 한 신문사에 실렸다. 내가 몸매와 배역을 지키기 위해 운동 중이라는 헤드라인을 뽑고 그 밑에 내가 너무 깡말라서 혹시 거식증에 걸린 것은 아닌지 의심스럽다는 기사를 실었다. 그러자 미국의 신문사들은 그 사진을 빌려와 실었다.

그들은 기사를 싣기 전에 내게 다음과 같은 이메일을 보냈다. "소문으로 듣기에는 너무 말라서 건강에 이상이 있다더군요. 하실

말씀 있으신가요?" 내 변호사는 늘 하던 대로 받아쳤다. 내 건강에
는 아무 이상이 없으며 만약 다른 사람들의 말처럼 병이 있다면 우
리를 고소하라고. 그리고 나는 다음과 같이 답장을 보냈다. "이런,
저는 7년째 몸무게가 그대로입니다. 건강하니까 언덕을 오르지요."

　뭐 어쩔 수 없다. 조깅을 하면 몸이 너무 깡말랐다고들 난리
다. 비키니 수영복을 입고 해변에 누우면 너무 뚱뚱하다고 떠들어
댄다. 파파라치에게 잘 보이려고 옷을 입었는데도 전혀 도움이 안
된다. 그러니 나 자신을 믿고 남들의 시선에 신경 쓰지 말자.

　만약 외모도, 기분도 후줄근한 상태로 운동을 꾸준히 하면 자
신에게 두 가지 상반된 메시지를 주게 된다. 첫째, 나는 건강하고
강해지려고 노력 중이다. 둘째, 나는 가꿀 가치도, 시간을 들일 가
치도 없는 사람이다. 이제 여러분이 이렇게 해보길 바란다. 스스로
에게 보상을 해주자. 지금 당신이 있는 곳에서 박수를 보내자. 오
늘 자신을 친절하게 대하자. 왜냐하면 지금 체육관에 가는 것도 그
만한 가치가 있기 때문이다. 바로 오늘이 모여 우리네 삶이 이뤄지
니까.

　임종을 앞두고 내리는 결정은 부모 역할을 할 때에도 적용된
다. 아이와 시간을 보낼 때 우리는 수많은 것들을 뒤로 미뤄두고,
큰 의미를 찾기 위해 작은 선택을 하고 추억을 만든다. 그렇다고
매일 학교에 데려다줄 때마다 진솔한 대화를 나누라는 얘기는 아
니다. 가끔은 마음속의 대화를 나누기도 하고, 책을 읽기도 하며,

거리에서 표지판 그리는 사람들을 보며 이야기를 나누기도 하고, 아무 말 없이 운전만 하기도 한다. 가끔 기회가 있으면 아이와 그 순간을 나누기 위해 에너지를 긁어모아야 한다.

아이들은 사물을 매우 섬세하게 바라보기 때문에 우리는 아이들을 통해 새로운 교훈들을 얻는다. 에머슨이 세 살이었을 때, 우리는 9번가로 가는 시내버스에 올랐다. 노인들이 우리 뒤를 따라 버스에 오르고 있어서 나는 에머슨에게 뒤쪽으로 가자고 했다. 에머슨은 왜 우리가 뒤로 가야 하는지 물었고, 나는 집으로 돌아오는 내내 노인을 공경하는 법에 대해 한참 얘기를 했다. 나는 기회가 있을 때마다 다른 사람들을 편하게 해주기 위해 노력해야 한다고 말해줬다. 뉴욕은 바로 그런 곳이었다. 예상하지 못한 기회가 가득한 곳.

주로 자가용으로 움직이는 L.A 같은 곳에서는 그런 대화를 나눌 기회가 별로 없을지도 모른다. 자동차는 인간을 메마르게 하고 고립시킨다. 자동차는 인간을 차가운 기계의 연장으로 만들어버린다. 아이들에게 방어 운전을 가르치거나, 뒷좌석에서 DVD 넣는 법을 일러줌으로써 당신이 GPS에 귀를 기울이는 동안 〈인크레더블〉을 볼 수 있게 해주는 동시에 그런 교훈들을 찾으려면 더 많은 노력을 기울여야 한다.

L.A에서 운전할 때면 에머슨이 여러 가지 질문을 던진다. 그럼 나는 이렇게 말한다. "내가 문어였으면 좋겠어……." 그럼 나는 8

개의 다리로 뭘 할 것인지 늘어놓는다. 에머슨에게 과자를 먹이고, 라디오 주파수를 맞추고, 창문을 내리고, 에머슨의 코를 닦아주고, 운전을 하고, 아이가 떨어뜨린 장난감을 주워주고. 처음에는 그러지 못했지만 나중에는 아이에게 엄마도 사람이란 사실을 재미있게 일러주는 법을 터득했다. 나에겐 오로지 손이 2개뿐이라 운전할 때는 10시와 2시 방향으로 운전대를 잡아야 한다. 교본대로 말이다.

가끔 에머슨과 산책하는 대신 사냥 놀이를 하기도 한다. 우리는 산책 나가서 꼭 찾아야 할 것들의 목록을 각자 적는다. 갈색 나뭇잎, 병뚜껑, 빨간 우편함, 나비, 점박이 강아지 등등… 한번은 에머슨이 나더러 '빨간 머리 소녀'를 찾으라고 적어 넣었다. 한 시간 동안 동네를 돌아다니다가 나는 "포기야. 금발, 갈색 머리, 회색 머리는 봤지만 인어 공주 에리엘은 우리 동네에 안 사나 봐. 빨간 머리를 못 찾겠어."

그런데 30초도 채 못 되어 에머슨이 소리쳤다. "저기 통화하면서 걸어가는 빨간 머리가 있다(아이는 휴대폰도 목록에 적어 넣었다)." 에머슨은 휴대폰으로 통화 중인 빨간 머리의 여인을 발견했다. 에머슨이 경쟁심에 눈이 멀어 보고도 못 본 척하지 않아서 정말 다행이었다. 만약 내가 빨간 머리를 찾기 위해 기다렸다면, 한참을 더 산책해야 했을 것이다.

우리의 사냥 놀이는 건강하다. 사냥 놀이를 하려면 말하고, 읽고, 써야 한다. 그러다 보면 에머슨은 자기 주변을 돌아보고 감사하게 된다. 한번은 무턱대고 동네 친구 집에 들른 적도 있다. 누가 갑자기 들이닥치겠는가! 좀더 자주 그렇게 해야겠다는 생각이 든다. 사람들과 소통하고 특별한 관계를 맺기 위해 이보다 좋은 방법은 없다. 다같이 저녁을 먹으려고 부산을 떨다 보면 우리는 친구들이 우리를 얼마나 아끼는지, 얼마나 생각해주는지 알 수 있고, 서로 만나 레모네이드나 차를 한잔 마시다 보면 다른 일을 하면서 전화를 받을 때보다 훨씬 즐겁다는 사실을 알게 된다. 이것도 서두르지 않는 또 하나의 방법이다.

나는 이렇게 친구나 아이와 시간을 보내기 위해 최선을 다한다. 아무도 매일 이렇게 할 수는 없다. 하지만 휴대폰을 귀에 딱 붙이고 살거나 적어도 휴대폰을 목에 끼고 받느라 어깨가 뭉쳤다는 걸 알아채기도 전에, 이런 날들이 쌓이고 쌓여 하나로 어우러진다. 당신은 어쩌면 줄이 너무 길면 중간에 새치기할지 모른다. 당신이 원하는 모습은 지금의 당신이 아니다. 자녀에게 질문을 하고 아이의 대답을 듣고 생각해볼 수 있는 기회를 당신에게 줘야 한다. 당신은 언제나 선택할 수 있다.

아이들은 그 어떤 곳에서도 재미를 찾는다. 커다란 상자를 주면 순식간에 성을 만든다. 입던 옷도 멋진 의상으로 바뀐다. 강바닥과도 친구가 된다. 아이들은 재미를 찾는 놀라운 능력을 가지고 있다. 부모가 되면 이런 모습을 보며 배우게 되고 이를 지켜주기 위해서 힘이 닿는 한 뭐든 다해주려고 한다. 앞에서도 여러 번 말했지만, 에머슨과 나는 스쿠비두 밴을 타고 태평양 해안가로 종종 캠핑을 떠난다. 세상을 구경하며 그렇게 여행을 떠난다. 한번은 걷다 보니 꽤나 지저분한 캠브리아의 문스톤 비치에 도착했다. 그때 우리는 머릿속, 손톱 밑에까지 모래 범벅이었다. 게다가 발바닥까지 새카맸다. 샤워를 하지 않으면 안 될 지경이었다.

우리는 캠프를 차리고 잠옷을 집어 든 채 컴컴한 어둠을 가르며 샤워장까지 걸어갔다. 삶이 편하면 편할수록 더 많은 요구가 생기는 법이다. 여러분도 캠프장에서 샤워장까지 가서 동전을 넣고 뜨거운 물에 샤워를 한 경험이 있을 것이다. 그게 당연한 줄 알았다. 샤워장에 뜨거운 물이 나오지 않을 거란 생각은 미처 하지 못했다. 그 작은 기계에 아무리 동전을 쑤셔 넣어도 차가운 물만 뿜어져 나왔다. 샤워장 밖이나 안이나 꽁꽁 얼어붙었다(그렇다고 78년식 밴에 히터가 나오는 것도 아니다). 우리는 오랜 운전으로 지칠 대로 지쳤고, 겨우 해변에 도착했다. 하지만 밴이 워낙 작은데다가 온몸이 모래투성이라 샤워를 꼭 해야만 했다.

좋아, 나는 퍼질러 앉아서 울 수도 있고 호탕하게 웃을 수도 있다. 둘 중 하나를 선택해야 한다. 나는 아이를 먹이고 입히려고 거기까지 간 게 아니었다. 아이가 최고로 멋진 사람이 될 수 있도록 도와주려고 여행을 갔다. 분명 상황은 아주 나쁘지만 내가 울면서 속상해하면, 두 가지 일을 저지르게 된다. 단기적으로는 상황이

훨씬 끔찍해진다(그렇다고 샤워할 물이 따뜻해지는 것도 아니다). 장
기적으로는 예상하지 못했던 곤경에 빠지면 에머슨에게 질질 짜
고 속상해하라고 가르치는 꼴이 된다. 그래서 에머슨과 나는 그 얼
음물에 샤워를 하기로 했다. 나는 아이에게 이렇게 말했다. "좋아,
이제부터 이 세상에서 가장 차가운 샤워를 하는 거야, 그럼 어떤
기분이냐면……. 웃, 차가워!"

우리는 샤워기에서 뿜어 나오는 물줄기 속으로 뛰어들었다.
웃고 소리 지르며 인류 역사상 가장 차가운 샤워를 순식간에 끝냈
다. 그런 다음 타월을 집어 들고 밴으로 있는 힘껏 내달렸다. 우리
는 차 안에 있던 옷이란 옷은 죄다 꺼내 입고 낄낄거리며 누구 발
가락이 더 차가운지 알아보았다. 그러자 한파를 이겨낸 남극 탐험
가만큼이나 자랑스러웠다. 영웅은 바로 우리였다.

남극점을 밟고 귀환하다가 사망한 영국의 탐험가 로버트 스콧
이나 작은 보트를 타고 남극을 탐험한 새클턴과 비슷하지만 대신
우리는 목숨을 잃지는 않았다. 해냈다. 에머슨은 우리가 정말 즐거
운 시간을 보냈다고 생각했다. 나는 내심 몇 가지 성과를 거둔 점
에서 자축했다. 나는 쿨한 모습을 잃지 않았고(쿨은 무슨 쿨!), 우
리가 처했던 상황에서 따스함을 찾았고, 에머슨이 따스한 마음을
간직할 수 있게 했다.

오해하지는 말았으면 좋겠다. 내가 완벽한 인간이라는 소리
가 아니라 내가 자랑스럽게 생각하는 순간을 몇 개 끄집어낸 것뿐

이다. 왜냐하면 나는 그런 경험을 기억하고 그 속에서 배워 나가려고 노력하기 때문이다. 에머슨을 학교에 데려다주는데 길이 막히면, 나는 질색을 한다. 내 딸이 단 1분이라도 늦어서 그만큼 덜 배우게 될까 봐 그러는 게 아니다.

사실 전남편은 가끔 에머슨을 학교에 늦게 데려다주곤 했다. 그래서 난 보란듯이 시간을 지키려는 것이다. 아이를 제시간에 등교시켜야 그이보다 내가 더 나은 부모라는 걸 증명할 수 있다는 생각이 내 불안감 속에 자리 잡고 있다. 물론 우습고 잘못된 생각이란 걸 안다(사실 그이는 참 좋은 아빠다).

차가 점점 막히고 등교 시간이 다가오면 나의 초조함을 에머슨까지 느낄 정도다. 그럼 아이는 "엄마, 왜 그래요?"라고 묻는다. 나는 속으로 '젠장, 들켜버렸군. 내가 스트레스 받는 걸 아이가 몰라야 하는데'라고 생각한다. 그럼 나는 초조함을 내던지고 속으로 이렇게 생각한다. '늦으면 늦는 거지 뭐, 그런다고 내가 못난 엄마가 되는 건가'라고.

꼭 완벽할 필요는 없다는 사실을 재확인해야 하나? 아니면 순진한 딸에게 늦었다고 투덜대고 운전대를 주먹으로 쾅쾅 내리치며 길이 막힌다고 욕하고 불안해해야 하나? 후자의 경우, 아이도 나처럼 스트레스를 받을 것이다. 아이가 나의 심리를 이해해서가 아니라, 내가 불안해하는 모습을 보고 당연히 걱정하는 것이다.

그날 그날 기분에 따라 성공할 때도 있다는 사실을 받아들여야 한다. 가끔은 두 가지 모습이 15분씩 번갈아 왔다 갔다 하기도 한다. 또 가끔은 추하게 이마에 핏대를 세우기도 한다. 어떤 때는 차분하고 더 성숙한 모습으로 스트레스 받은 아이의 긴장을 풀어 주기도 하는데, 이런 일들은 모두 차 안에서 벌어질 수 있는 상황들이다. 게다가 대부분의 경우 늦지 않게 학교에 도착한다.

싱글맘이다 보니 벌레가 나타나도 "으악, 벌레야!"라고 비명을 지르며 연약한 척하는 대신 그런 심리와 싸워 나가는 법을 배워야 했다. 뒤뜰에 벌이 나타나거나 풀장에 상상의 상어가 나타나도 (벌레는 아니지만 다같이 "으악" 하고 소리를 지를 상황이다) 내가 느끼는 공포심을 아이에게 물려주고 싶지 않다. 난 이것도 선택의 상황으로 보려고 한다.

가장 끔찍했던 것은 침실에 기어 들어온 도마뱀이었다. 도마뱀이 창가에서 어슬렁거리는 모습을 보니 100만 가지 생각이 머리를 스쳤다. '세상에, 도마뱀이다! 살아 있잖아! 저 긴 꼬리 좀 봐. 옷장에 들어가면 옷하고 신발을 다신 꺼내지 못할 거야. 아무튼 절대로 에머슨 앞에서 소리 지르지 말자. 어떻게 저 녀석이 고양이 세 마리를 통과해서 3층까지 올라온 거지? 저 뱃속에 새끼 도마뱀이 잔뜩 들어 있어서 우리 집을 보금자리로 삼기라도 하면 어쩌지?'

속으로 벌벌 떨면서도 에머슨 앞에서는 차분한 척 완벽하게 위장했다. "이것 봐, 도마뱀이야. 정말 귀엽지 않니? 죽이고 싶진 않지만, 그냥 죽여버릴까?(그래 죽이자, 죽여. 프라이팬으로 내리치는 거야!)" "아니, 잡아서 밖에 놓아주자."

나는 구두 상자를 들고 녀석을 잡으려고 난리를 피웠다. 하지만 녀석은 도망쳐 침대 밑으로 기어 들어가버렸다. 나는 타이거 우즈가 자선 이벤트 때 선물한 골프채를 가져와 도마뱀을 끄집어내려고 했다(그 골프채를 들고 연습장에 나갈 시간은 없었지만, 최소한 그것을 유용하게 썼다).

도마뱀은 내 침대 쪽을 바라보더니 신발장을 노려보았다. 신발장 안으론 절대로 못 들어가! 나는 용기를 내서 녀석을 상자에 가두고는 상자 아래쪽을 잡지로 받쳐 휙 뒤집었다. 그리고 조용히 계단을 내려가면서 '제발 나오지 마라'고 빌었다. 그동안 에머슨은 이 녀석에게 남자 이름을 지어줄지, 여자 이름을 지어줄지 고민하고 있었다. 성공이다! 두려움이 반쯤은 사라졌다.

이성적인(그리고 비이성적인) 두려움이 찾아오면 온몸에 기운이 쫙 빠졌다. 에머슨은 세 살 때부터 저녁상 차리는 걸 도왔다. 접시를 깨먹긴 해도 아이가 가족의 일원이고, 가정에서 서로를 위해 도움을 줄 일이 있으며, 집에서 가장 어리다는 핑계로 특별대우를 받을 수는 없다는 사실을 일깨워주어야 한다. 나는 아이에게 용돈으로 그 대가를 지불하지 않는다.

아이가 '잡다한 일'을 하는 게 아니다. '잡다한 일'이란 별로 내키지 않는 부담스러운 일이라는 의미다. 사실 별로 내키지 않는 일이긴 해도 아이가 원하는 결과를 얻으려면 노력해야 한다는 사실을 일러주고 싶다. 저녁을 먹으려면 접시가 꼭 있어야 한다. 생일 케이크도 마찬가지다. 이것도 접시에 담아내야 한다. 옷이 저절로 옷걸이에 걸려 있는 게 아니다. 강아지도 먹이지 않으면 죽는다. 그래서 나는 이렇게 현실적인 교훈을 주는 걸 좋아한다.

그리고 가족을 돕는 건 재미있다. 그럼 가족 구성원 모두를 소중히 여기게 되어 기분이 좋아진다. 서로에게 필요한 존재가 되고자 하는 노력이 중요하다. 내가 필요하다는 건 내가 중요한 존재란 의미이며, 중요한 존재가 됨으로써 자존감을 키울 수 있다. 이런 것들이 인간관계에 모두 적용되므로 우리는 늘 다른 사람들에게 도움을 줘야 한다(나는 남자들과 있을 때보다 에머슨과 있을 때 훨씬 기분이 좋다).

사실 나는 자존감을 망치는 데도 선수다. 이런 일이 있었다. 얼마 전 에머슨이 저녁식사를 돕겠다고 했다. 나는 촬영을 마치고 집에 돌아온 터라 힘들고 마음이 급했다. 나 혼자 하는 편이 훨씬 빠르기에 이번엔 혼자 후딱 저녁을 차리고 싶었다. 그래서 에머슨을 부엌에 얼쩡거리지 못하게 했다.

하지만 5초 후(아마) 아이는 다시 부엌에 들어와 요리를 돕겠다고 졸랐다. 결국 나는 쿠스쿠스를 만들라고 시켰다. 쿠스쿠스는 포장에 담겨 있고 아이가 전에 조리해본 적도 있었다. 아이는 냄비에 물을 부었고, 나는 스토브를 켰다. 그러자 아이가 냄비에 쿠스쿠스를 부은 다음 뚜껑을 덮었다(쿠스쿠스 요리를 여덟 살짜리 꼬마와 분담해서 만드는 법은 이렇다).

하지만 에머슨이 쿠스쿠스 봉지를 털어 넣으면서 덜렁댔는지, 봉지 안에는 쿠스쿠스가 반이나 남아 있었다. 그리고 남아 있던 내용물은 온통 바닥으로 쏟아졌다. 스토브 뒤, 바닥 여기저기, 강아지 물그릇 속… 모래알 같은 쿠스쿠스 부스러기가 쏟아져 걸을 때마다 발바닥이 버적거렸다. 나는 너무 지쳤다. 새벽 5시부터 시작된 촬영이 무려 14시간 동안 계속되다 겨우 끝나 집으로 왔는데도, 아이에게 밥을 차려주겠다고 이렇게 버둥거리고 있었다.

그런데 보람도 없이 발바닥이 엉망이 되자 화가 머리끝까지 치밀어 올랐다. 아직 식사 준비도 다 못했는데 이젠 청소까지 하라고? 머리에서 김이 났다. "잘했네, 에머슨. 이렇게 난장판을 만들어놓다니."

그리고는 아이를 부엌에서 내쫓았다. 아이는 식탁 의자에 가만히 앉아서 자신을 원망하고 있었다. 5분 동안 청소를 끝내고, 나는 화를 가라앉혔다. 쿠스쿠스를 쏟았다고 아이의 기분을 상하게 할 필요가 있었을까? 처음으로 쿠스쿠스를 쏟은 건데. 아이는 실수하면 안 되나? 내가 고쳐야 했다.

나는 에머슨에게 다가가 말했다. "정말 미안해. 그래서는 안 되는 건데. 엄마 얘기 잘 들으렴. 너는 지금까지 열아홉 번은 쿠스쿠스를 쏟지 않았는데 그만 스무 번째에 쏟은 거야. 넌 대단한 아이야, 친절하고 정직하고 똑똑하고. 네가 부엌일을 얼마나 잘 돕는다고. 누구나 가끔 실수할 수 있어. 엄마가 너무 예민하게 굴었다. 엄마가 정말 잘못했어. 네 기분보다 쿠스쿠스 치우는 일이 더 중요한 것처럼 굴었어. 그건 아닌데."

아이에게 퍼붓고 나면 다신 되돌릴 수 없다. 주워 담고 싶어도 담을 수가 없다. 아마 다들 '그때 그럴걸…' 하면서 나중에야 제정신이 들 것이다. 하지만 이런 때 어른이 어떻게 실수를 해결해 가는지 보여줄 수 있다. 나는 에머슨에게 이 일로 우리가 얼마나 많은 것을 배우게 됐는지 말해주었다. 첫째, 엄마는 완벽하지 않다. 엄마도 실수를 한다. 둘째, 엄마는 실수하면 사과한다. 셋째, 엄마는 쿠스쿠스 가루를 치우는 데 도사다. 넷째, 에머슨은 쿠스쿠스를 잘 만든다.

우리는 부엌에 가서 쿠스쿠스 봉지를 새로 뜯었다. 에머슨이 혹시 이번에도 부엌을 엉망으로 만든다 해도 괜찮았다. 이런 상황은 부모로서는 가장 힘든 도전 중 하나다. 남자친구, 배우자, 친구와 싸운다면 그건 공평한 싸움이 된다. 상대방이 자기변호를 할 수 있기 때문이다. 하지만 아이가 나를 화나게 하면 아이가 뭘 잘못했는지 내가 뭘 잘못했는지 따져 물은 다음, 한발 물러서서 평가해야 한다. 그리고 자기 잘못을 인정해야 한다. 힘들지만 자녀 앞에서 자신의 잘못을 못 본 척 넘기고 싶지는 않을 것이다.

쿠스쿠스 사건을 얘기하다 보니 얼굴이 화끈거린다. 정말 창피하다. 너무 창피해서 이 책에 쓰고 싶지 않다는 유혹도 받는다 (내 책을 쓰면서 왜 나를 괴롭히는 걸까?). 그렇다, 차라리 못된 엄마 였던 순간을 인정하느니 조루증 환자에게 쫓겨난 사건을 털어놓 는 편이 훨씬 쉽다.

나는 완벽한 엄마가 되고 싶었지만 솔직히 실패했다. 아마 다른 엄마들도 마찬가지일 것이다. 우리는 완벽한 엄마가 되려고 고 군분투하지만, 자녀들에게 엄마가 완벽하다는 메시지를 전달하는 게 정말 중요한 건 아니다. 그건 너무 부담스럽다. 차라리 아이들 에게 엄마가 부족한 점을 극복해가는 모습을 보여주는 편이 훨씬 낫다.

며칠씩 괴로워하는가? 사과를 하는가? 그냥 은근슬쩍 넘어가 는가? 그 순간을 웃음으로 모면하는가? 실수했을 때 어떻게 하느 냐가 완벽해지려고 노력하는 것보다 훨씬 중요하다. 세상은 완벽 하지 않다. 아이들도 이런 세상에 맞설 채비를 해야 한다. 대신 자 신도 불완전하다는 사실을 너무 자주 강조하지는 말자. 그것을 잘 못에 대한 변명으로 사용해서는 안 된다. 그건 반칙이다.

부모 역할을 하다 보면 두 번째 기회를 얻을 수 있어서 좋다. 얼마 전 에머슨이 우유가 가득 든 빈티지 유리잔을 부엌 바닥에 떨 어뜨려 박살 냈다. 하지만 이번에 나는 예민하게 굴지 않았다. 우 선 아이에게 다치지 않았느냐고 물었다(아이는 다치지 않았다). 그 러고는 누구나 가끔 그럴 수 있다며 조심하라고 했다.

아이는 지난번 쿠스쿠스 사건을 또렷이 기억하고 있었기 때문에 혹시 엄마가 약간 이상한 게 아닐까 의아해하고 있었다. 사실 그때 나는 죄책감을 느꼈다. 하지만 아이를 꼭 안아준 다음 엄마는 널 혼내거나 공격하는 사람이 아니니 실수를 해도 괜찮다는 사실을 알게 해주었다. 이 정도면 괜찮게 균형을 잡은 셈이다.

자녀에게 조심성과 책임감을 가르치고 싶다면 이런 교훈과 더불어 자신감, 자존감, 실수 털어버리기 등의 심리적 교훈 사이에서 적당한 균형을 찾아주어야 한다. 그 누구도 이런 순간을 중요하지 않게 생각해서는 안 된다. 이번에 아이는 자기가 사랑받고 있고, 침착하게 행동한 덕분에 다치지 않았고, 그래서 용서받았다는 사실을 깨달았다. 만약 내가 그렇게 느꼈다면, 아이도 자신을 용서했을 것이다. 정말 기쁜 순간이었다.

매일, 매 순간 선택으로 가득하다. 내 시간을 어떻게 쓸 것인가에 대한 선택, 아이를 어떻게 키울 것인가에 대한 선택, 힘든 상황에 어떻게 대처할 것인가에 대한 선택, 자신이 한 실수를 어떻게 받아들일 것인가에 대한 선택, 한꺼번에 여러 가지 일을 할 것인지, 아니면 서두르지 않고 한 가지씩 할 것인지에 대한 선택 등등.

친구는 늘 나에게 밀어붙이는 삶에서 벗어나라고 말한다. 이 말은 아이들에게도 적용된다. 우리가 아이들 삶에 쏟아 부은 에너지와 관심은 아이들의 장성한 모습으로 보답받는다. 그건 당신에게도, 그리고 당신이 살아갈 날에도 마찬가지다. 일과 사랑, 행복과 만족도 그렇다. 그럼 이런 것들이 어떻게 어우러지는 걸까? 아마 병원 침대에 누워 우리의 삶을 정리할 때 그 대답을 해야 할 것 같다. 그때까진 아직 시간이 있다.

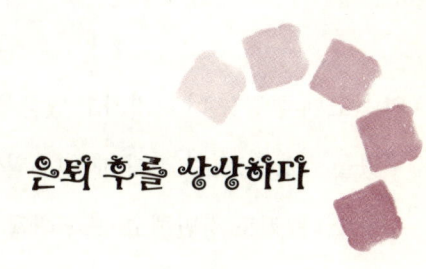

은퇴 후를 상상하다

야망은 더 나은 미래와 성공을 향해 앞으로 나아가는 힘이다. 어린 시절 인생에서 이루고 싶은 게 뭔지 깨닫기 시작할 때 야망은 건강한 원동력이 된다. 야망이 있어야 자극을 받는다. 미국의 제36대 대통령이었던 린든 존슨은 야망을 "불편한 친구"라고 불렀다. 야망이 그렇게 완벽하지 않다는 건가? 침대에 누워 생각해보니 가슴이 아팠다. 내 말은 린든 존슨이 아니라 야망이 그렇다는 말이다.

야망을 갖는다는 건 불만의 씨앗을 품고 있다는 말이다. 뭔가 더 원한다는 건 현재 가진 것에 불만을 느낀다는 뜻이다. 20대라면 자신이 어떤 삶을 원하는지 파악할 때 그런 불만이 매우 유용한 역할을 한다.

우리는 나이를 먹는다. 인생이 잘 풀린다면 나이 듦이란 인생의 목표에 한걸음 더 다가가고 있음을 의미한다. 꿈꾸던 가정을 일구었을지도 모르고, 20대 때보다 훨씬 더 좋은 직업을 갖고 있을수도 있다. 집도 장만했고, 노후대책까지 세워놓았을지도 모른다. 게다가 사회보장까지(이건 사실 언제까지 보장될지 장담할 수 없다). 그리고 은퇴 후 할 일까지도 생각해두었다. 이렇게 어른이 되면 내가 꿈꾸던 미래를 향해 나아간다. 성공 여부에 따라 야망도 바꾸어야 할까? 스스로를 더욱 채찍질하는 대신 이젠 여유를 갖고 해변을 거닐고 요가를 하며 하와이에 콘도를 사야 할 때다.

나이가 들었다고 야망이 가볍게 목례를 하고 즐겁게 사라지는건 아니다. 아직도 더 큰 집을 꿈꾸고, 더 많은 돈을 벌고 싶어 하며, 더 좋은 직장으로 옮기기를 바라고, 벽걸이 TV를 사고 싶어 한다. 한번은 우리 드라마에 게스트로 출연했던 전설적인 스타와 얘기를 나눈 적이 있다. 그와 같이 일하게 된 것이 얼마나 행운인지우선 그것부터 밝혀야 될 것 같다. 나는 배우라는 직업을 갖게 되어 정말 좋다. 나는 그에게 한꺼번에 여러 가지 일을 하려니 힘들다고 말했다.

나는 열심히 일하는 모습이 좋다. 싱글맘으로서 사탕을 만들고, 〈위기의 주부들〉을 촬영하고, 클레롤 광고를 찍고, 책을 쓰고, 영화를 촬영하고, 허리케인 이재민을 위한 기금을 조성하고, 여러자선 이벤트에 얼굴을 보이고, 잡지 표지를 촬영하고, 생일 파티를계획하고, 할로윈 장식을 하느라 완전히 녹초가 된다.

그는 할 수 있을 때 열심히 하겠다는 생각에 전적으로 공감한다고 했다. 그 나이가 되어 그런 대성공을 거둔 그는 아직도 일하고 있다. 그는 자기가 꼭 이걸 해야 하나 궁금해하면서도 그 일을 하고 있다. 그게 바로 야망이다. 어쩌면 나이 든 배우의 불안감일지도 모른다. 지금 하고 있는 이 일이 나의 마지막 배역이 될지도 모른다는 생각. 사람들이 좋아해주니 거절할 수도 없다. 그렇다고 나 편하자고 겹치기 출연을 하지 않고 스케줄을 조절하다가는 이 드라마가 끝난 후 다른 일감이 있을 거라는 확신도 없다.

내가 〈위기의 주부들〉에서 하차해 영화를 찍는다는 소문이 파다하게 퍼졌다. 하지만 그건 사실이 아니다. 잘못된 소문은 늘 나기 마련이지만, 가끔은 안면도 없는 남자들과 엮이기도 한다.

분명히 말해두겠다. 첫째, 촬영장에 갈등은 없다. 둘째, 나는 재계약이나 출연료 인상을 요구한 적이 없다. 내가 회당 28만 5,000 달러를 요구했다고 하는데, 절대로 그런 적이 없다. 내가 다른 출연자보다 돈을 더 받는지 덜 받는지도 모르고, 신경 쓰지도 않는다. 셋째, 나는 거식증에 걸리지도, 걸린 적도 없다. 임신했을 때를 빼고는 몸무게가 눈에 띄게 줄거나 늘어난 적도 없다. 고등학교 때부터 줄곧 이 몸무게다. 넷째, 이혼한 후 만나는 남자도 없고, 데이트한 적도 거의 없다. 다섯째, 나는 영화나 다른 것 때문에 〈위기의 주부들〉을 그만두지 않을 것이다.

지금 여기저기 나가고 있는 기사는 모두 거짓이다. 내가 예전부터 하던 일을 아직도 계속하니까 사람들이 너무 지루했나 보다. 하루는《피플》지의 기자가 이메일을 보냈다. "제발 창고 세일 같은 데 가지 말고 다른 일 좀 해봐요"라고.

　다섯 번째 소문을 살펴보면 내가 〈위기의 주부들〉을 더 나은 배역을 위한 디딤돌로 삼고 있다는 오해를 사는 것 같다. 그저 웃음만 나온다. 나에게 〈위기의 주부들〉은 최고의 일감이다. 이렇게 나에게 딱 맞는 배역은 처음이다. 내가 존경하고 좋아하는 사람들과 같이 작업을 하는데다 집에서 촬영장까지 7분밖에 걸리지 않는다. 아이와 같이 보낼 시간도 충분하다. 그리고 할리우드 배역 중 가장 꾸준히 출연할 수 있는 배역이다. 내가 왜 이런 기회를 날려버리겠는가?

　솔직히 내 야망을 통제하기가 쉽지 않다. 미국의 시인 랠프 월도 에머슨은 이렇게 노래했다. "근심은 내일의 슬픔을 비워내지 못하며, 대신 오늘의 강인함을 비워버린다." 이 구절을 내 엉덩이에 문신으로 새겨놨어야 했다. 엉덩이에 새겼더라면 잘 읽지 못했을 것이다. 거울로 비춰보아도 거꾸로라 제대로 읽기 힘들 것이다.

　언제쯤에야 이젠 됐다고 느낄까? 나는 내 일을 사랑하지만 캐스팅되려고 얼굴에 손을 대고 싶지는 않다. 앞으로 뭘 해야 할지 계획을 짜야 하는 것 아닌가? 딸아이를 키우려면 돈이 얼마나 들어갈까? 별일이 없다면 이제 나는 내 삶의 중간 지점에 와 있다. 노

후에 안정감을 느끼려면 얼마나 더 저축해야 할까?

잠깐, 재수 없다고 책을 내던지지는 말도록. 그렇다, 나도 내가 할리우드에서 성공한 배우이며 사실 별 걱정거리가 없다는 것을 안다. 난 충분한 재산을 가지고 있다. 나는 현재 "이 정도면 됐다"고 말할 정도의 위치가 되었다.

하지만 이렇게 생각해보자. 나에겐 믿고 의지할 사람이 없다. 혹시나 독자들 중에는 가진 것 하나 없지만 사랑하는 사람이 곁에 있어서 그 사람의 사랑을 받으며 안정감을 느끼는 사람이 있을 것이다. 사랑하는 사람과 같이 있으면 안정감이 든다. 만약 그런 사람이 없다면, 그리고 같이 지낼 사람이 없다면, 믿을 건 딱 두 가지뿐이다. 나 자신과 돈. 그러다 보니 나는 안정과 돈을 연관시켜 생각하게 되었다.

내가 실패하면, 그건 내 책임이다. 나의 노력과 실력이 부족해서 그런 거니까 어린 시절 곧잘 그랬던 것처럼 그저 내 탓만 하면 된다. 돈은 나를 지켜준다. 돈만 있다면 누군가를 믿고 의지할 필요가 없을 것 같은 기분도 든다.

하지만 그렇지 않다. 나는 사람들이 필요하다. 돈도 중요하지만 그건 전부가 아니다. 이 세상 돈을 모두 움켜쥐고 있다 해도 인간에게서 받는 위로만은 못하다. 돈을 사랑의 대용품이라 하기에는 부족하지만 그래도 아예 없는 것보다는 낫다. 내 나이 마흔에 같이 저녁을 먹으러 나갈 남자도, 내가 믿고 사랑받을 남자도 없을 줄은 몰랐다. 하지만 지금 난 이 모양이 꼴이다.

슬프지만 사실이다. 나도 사람이라 일감을 잃을까 봐 걱정하고 아이를 돌보느라 정신이 없다. 인간이란 존재는 어디서 멈추어야 할지를 모르고, 늘 "더! 더!"를 외친다. 인간이란 존재는 사회의 힘에 맞서 싸우며 지금 뭘 하든 그것으로는 부족하다고, 언제라도 가진 것을 모두 잃을 수 있다고 말한다. 보안 회사에서 더 안전한(그러니까 더 비싼) 집으로 이사 가라고 권하고, 바버라 월터스가 나의 낡은 밴을 최신 밴으로 바꾸라고 하는 마당에 야망과 작별하기란 어렵다.

친구들과 주변 사람들은 야망을 칭찬한다. 그들은 나에게 천천히 하라는 말을 거의 하지 않는다. 게으름은 아주 질 나쁜 죄라고들 한다. 하지만 게으름과 야망은 서로 대척점에 서 있는 동전의 양면과 같은 존재다.

너무 야망에 차 있으면 하루 종일 일하고, 경쟁하고, 더 많은 것을 원한다. 반면, 너무 게으르면 하루 종일 일을 미루고, TV만 보고(TV 시청이 나쁘다는 말은 아니다. 제발 시청률을 높여주시길!), 책임을 회피하고, 패배감을 느낀다. 둘 다 뭐가 중요한지 모르는 인생이다. 더 많은 것을 원하는 것과 가진 것에 만족하는 것 사이의 균형 잡기에 실패한 것이다. 야망과 만족이라는 외줄타기에서 균형을 잃은 것이다.

나는 선글라스가 잘 어울리지 않는다. 얼굴도 워낙 작고 골격도 작아서 왜소한 편이기 때문이다. 나를 직접 보면 알 수 있다. 그렇다고 해서 평범하지 않은 것도, 건강하지 않은 것도 아니다. 다만 눈이 크고 얼굴이 작아서 어울리는 선글라스를 찾기가 힘든 것뿐이다(걱정하지 마시라. 어딘가에 있을 것이다. 마흔이 되고 보니 이젠 여유가 생겼다).

미국 토크쇼의 거물 머브 그리핀은 빅 스타가 되려면 얼굴이 커야 한다고 했다. 줄리아 로버츠? 그렇다. 짐 캐리? 그렇다. 말론 브란도? 그렇다. 다들 대단한 배우들이다. 그들이 얼굴 크기 때문에 성공했다는 얘기가 아니다.

나는 얼굴이 크지 않지만 그렇다고 그의 말이 사실이란 생각도 별로 하지 않는다. 내가 2005년에 거둔 성공을 보면 그의 말이 맞는 건 아니다. 선글라스 얘기를 하다 보니 2005년 에미상 시상식이 떠오른다(이제는 천천히 말하겠다. 이제 쓸 얘기도 얼마 남지 않았으니 서두를 필요도 없다).

에미상이라. 20년간 때론 밥벌이로, 때론 재미로 연기를 하면서 내가 에미상 후보에 오를 거란 상상은 단 한번도 하지 않았다. 물론 수상 소감을 상상해본 적은 있다. 2005년 마흔 살이 된 나의 연기 생활은 놀라운 일들로 가득했다.

선풍적인 인기를 누린 드라마에 출연했고, 잡지 표지 모델이 되었고, 자랑스럽게도 TV 코미디 부문에서 골든글로브 여우주연상과 미국 배우 협회에서 수여하는 여우주연상을 거머쥐었다(동료 배우들의 투표로 선정되는 미국 배우 협회상이 훨씬 값지게 느껴진다). 게다가 〈위기의 주부들〉 시즌 2에 출연한 다섯 배우 중 한 명으로 에미상 여우주연상 후보에 올랐다.

평생 처음으로 내가 뒤가 아닌 앞이라는 생각이 들었다. 사람들은 나의 수상에 돈을 걸었다. 하지만 내가 아무런 힘도 발휘할 수 없는 경쟁에서 나를 응원해주는 사람들 때문에 약간 마음이 불편했다. 내가 상을 타기 위해 말을 더 빨리 달리게 할 수도, 그렇다고 공격적인 전략을 짤 수도 없는 노릇이었다. 그저 시상식에 참석해서 다른 사람들처럼 투표 결과를 기다릴 수밖에. 롱테이크샷을 찍는 게 차라리 낫지. 내가 우세하다고 생각했는데, 결과는 실망이었다. 젠장. 내가 하는 게 뭐 그렇지. 상은 나의 것이 아니었다.

골든글로브상을 수상한 후라 실망감을 감추려고 갖은 애를 썼다. 내가 그 누구보다 상을 받을 자격이 있다고 생각하고 희망을 걸었는데 겁이 나긴 했지만 탐이 났다. 수상자가 발표되자 이런저런 감정이 밀려왔다. 나는 수상자에게 진심 어린 축하를 보냈다.

내가 골든글로브상을 받을 때 그랬던 것처럼 그녀의 얼굴엔 놀라움과 감사의 빛이 역력했다. 친구이자 동료가 내가 느꼈던 전율을 고스란히 느끼는 모습을 보니 나도 행복했다.

한편으로는, 나를 응원해주던 사람들에게 실망감을 안겨주었다는 생각도 들었다. 팬들, 나를 도와주는 스태프, 그리고 돈을 건 친구들(내 잘못은 아니지만 나에게 돈을 걸었다가 잃은 사람들 때문에 마음이 편하지 않았다. 나는 돈을 거는 일은 하지 않기 때문에 더욱 그랬다). 내가 느낀 감정은 실망감 이상의 것이었다. 너무 창피했다. 나를 응원해주던 사람들과 눈도 마주치지 못했다. 내가 무슨 잘못이라도 한 것 같았다. 정말 힘든 저녁이었다.

친구는 마치 쇼나 드라마에서 연기하는 것처럼 고개를 들고 사랑스런 표정을 지으라고 했다. 나는 정신을 똑바로 차리고 마가리타를 몇 잔 마셨다. 친구들이 짓궂은 농을 던져도 묵묵히 참아냈다.

그 다음날 아침 눈을 뜨니 마음이 편안하고 가뿐했다. 테이블 위를 보니 스타일리스트가 전날 갖다놓고 간 선물이 보였다. 선글라스였다(바로 이 얘기를 하려고 이렇게 장황하게 떠든 것이다). 장밋빛이 도는 선글라스. 나에게 이 선글라스는 쓰린 경험을 어떻게 바라볼 것인지, 그리고 내가 어떤 사람이 되고 싶은지 선택할 수 있는 또 하나의 기회였다.

나는 이 멋진 장밋빛 선글라스를 끼고 인생을 장밋빛으로 보기로 했다. 수상 실패는 딸아이에게 언제나 일이 잘 풀리는 것이 아니고, 힘든 일도 기회가 된다는 사실을 알려줄 절호의 찬스였다.

어려움을 버텨내면 성장한다. 가진 것에 만족하고, 감사하게 생각해야 한다. 실패가 꼭 내 것을 빼앗아가는 것도 아니다. 수상했다면 일생일대 최고의 순간이 되겠지만 실패했다고 손해를 보는 것은 아니다. 그건 나와 내 아이가 얻은 교훈이다.

엉덩이를 딱 붙이고 앉아 내 삶을 위해 아무것도 하지 않으면 수상도, 탈락도 하지 못한다. 아무것도 하지 않는 게 바로 패자다. 시도하지 않은 것이 패자다. 세상 밖으로 몸을 던져야 배우고 성장하고 변화할 수 있고, 언젠가 승리할 수 있다. 다른 사람들의 눈이 아닌 내 눈에 그렇게 보여야 한다.

나는 승자에게 꽃을 보냈다. 나는 내 일처럼 동료 배우에게 애정을 느꼈다. 그러자 친구는 전화로 이렇게 말했다. "상을 탈 욕심을 낸 네가 자랑스럽다." 이런 말을 하면 내가 꼭 상을 탈 것으로 예상한 것처럼 들리겠지만, 친구의 말은 그런 뜻이 아니다. 그는 가족들이 모두 대성공을 거둔 사업가 집안 출신이다. 그는 어머니와 형제들이 그 시상식처럼 중대한 일을 놓쳤을 때 해주던 말을 들려준 것이었다.

나는 그 말을 듣고 생각에 잠겼다. 상을 탈 욕심을 냈다는 건 그동안 열심히 노력했고, 최선을 다했으며, 최고가 되기 위해서 노력했다는 의미다. 그러니 그게 뭐 나쁜가? 한 초특급 스포츠 스타는 이기고 싶지는 않았지만 모두를 꺾고 싶었다고 말했다. 처음엔 그 얘길 듣고 무슨 지독한 소린가 했지만, 곰곰이 생각해보니 그건 지독함과 오만함의 반대말이었다. 그 말은 나는 책임질 준비가 되었고 잘하기 위해서 열심히 했다는 의미였다.

내가 상을 탔다는 말을 하기 위해 상을 타고 싶지는 않다. 나는 최선을 다한 대가를 찾고 싶어서 기꺼이 내 몸을 움직일 의향이 있다. 그랬다고 꼭 뭐라도 얻어야 한다는 게 아니라 노력과 그 대가 사이에는 직접적인 상관관계가 있다는 의미다. 물론 연예계는 재계나 스포츠계에 비해 주관적이긴 하지만 나는 이런 분위기가 마음에 든다. "아니, 상 따윈 신경 쓰지 않아. 상 타고 싶은 생각 없어"라고 말하는 내 천성을 인정해주면서도 그런 모습을 지적해주는 친구가 주변에 있어서 정말 다행이다.

성공이란 힘든 시절을 겪어낸 나를 믿고 사랑해주는 친구들이 내 전성기를 진정으로 축하해주는 것이다. 성공이란 정직하게 살고, 최선을 다하며, 자신을 돌아볼 수 있는 곳에서 내가 진정으로 원하는 삶이 무엇인지 살펴보고 거울 속의 내 모습을 매일 아침 들여다보는 것이다. 스스로 실패를 점치며 상을 타고 싶다는 생각에 창피해하던, 그 오래된 몹쓸 습관에 아직도 시달리긴 하지만, 나는 이들을 이겨내고 나 자신을 바로 세워 낡은 습관을 버리고 진정으로 내가 가치 있고 사랑받을 만한 사람이라는 사실을 깨달아야 했다.

혹시 궁금해할까 봐 말하는 건데, 그 장밋빛 선글라스는 내게 어울리지 않았다. 내 얼굴에 너무 컸고 다른 사람들 의견도 마찬가지였다. 하지만 그 아름다운 렌즈 너머로 본 세상은 완벽 그 자체였다.

〈로이스&클라크〉를 찍던 10년 전의 나는 얼마나 야심 찼던가. 하지만 지금 이 나이가 되면서 많은 경험을 하고 엄마가 되고 보니 성공에 대한 시각이 완전히 바뀌었다. 난 나에게 꼭 맞은 역할을 하고 있다. 그리고 나는 편안함과 느긋함이란 최고의 순간을 맛보며, 이 드라마가 끝나면 다른 일을 찾을 것이다. 그렇다고 내 머릿속이 걱정과 부담과 기대로 뒤죽박죽되어 내 야망과 타협하는 건 아니다. 나는 아직도 내 모습이 못마땅하다. 나는 하루하루 나 자신을 받아들이기 위해서 노력한다. 하지만 일적인 면에서는 충분하다. 나는 영화배우가 되고 싶은 마음은 더는 없다. 만약 영화를 찍는다 해도, 그건 내가 인정받고자 하는 절실한 마음에서 우러나온 건 아닐 것이다. 그건 순전히 예술적인 성장과 의리 때문일 것이다.

나는 지금 루이스의 소설 《나니아 연대기》를 딸과 읽고 있다. 3탄 〈말과 소년〉은 샤스타란 소년과 말하는 말 브리가 나니아 왕국에 이르기까지의 모험담을 담고 있다. 둘은 우연히 말하는 말을 갖고 있는 공주를 만나게 된다(말하는 말은 나니아에는 꽤 흔한가 보다. 내가 말하는 말을 본 건 〈미스터 에드〉라는 TV 시트콤에서가 전부다). 이들은 사자 아슬란에게 공격을 당하는데, 작가는 이 사건을 통해 주인공들이 꼭 알아둬야 할 교훈을 가르쳐준다.

아슬란이 공격하자 샤스타의 말, 브리는 도망간다. 하지만 샤스타는 용감하게 공주를 구한다. 끔찍한 사자의 공격을 당한 후, 두 사람과 두 마리의 말은 근처 수행자의 집에서 건강을 회복한다. 몸이 다 낫고 나니아 왕국으로 떠날 채비를 끝내자 브리가 뒷걸음 질치면서 나니아에 가지 않겠다고 말한다. "나에겐 노예의 몸이 어울려. 내가 어떻게 나니아에 있는 자유로운 말들 사이에 얼굴을 내밀 수 있겠어? 나는 암말과 아이들이 사자에게 잡아먹힐 그 순간에 이 가증스런 몸뚱이를 살리겠다고 혼자 내뺐다고!" 하지만 그 수행자는 이렇게 말한다. "착한 말이구나. 너는 자기기만만 빼고는 모든 것을 갖추고 있구나. 네가 별로 특별할 게 없다는 사실을 알고 있다면 넌 참 괜찮은 말이 될 거야."

〈로이스&클라크〉를 통해 처음으로 대성공을 거둔 후 내가 특별한 줄 알았다. 난 그 말과 같았다. 내 경험이 얼마나 독특하고 환상적인지 해줄 이야기가 무궁무진했다. 내가 그 역에 적격이라는 생각에 빠져 나만이 그 역할을 할 수 있다고 확대 해석했다. 다 나 때문에 성공한 거다. 아니, 내가 맡은 로이스 때문이라고.

하지만 인기가 떨어져서 몇 년간 초라한 세월을 보낸 후에 두 번째 성공을 맛보게 되자, 나는 내가 바로 그 말하는 말, 브리라는 사실을 깨닫게 되었다. 나는 그렇게 특별하지 않다.

또한 인생과 일에는 굴곡이 있다. 기회는 왔다가도 사라지는 것이다. 결국 성공은 전적으로 나의 재능과 능력에 따라오는 게 아니라는 사실을 알게 되었다. 내가 모든 걸 다 주관할 수 없다. 그 누가 수전 역을 하더라도 〈위기의 주부들〉은 성공을 거두었을 것이다. 그래도 내가 나만의 수전 역을 만들어냈다는 자부심은 있다. 나는 다른 사람이 수전 역을 했어도 잘했을 것이라는 사실을 알고, 내가 얼마나 운이 좋은지도 안다(아마 열심히 노력한 덕분이기도 하겠지만, 그래도 운이 좋았던 것 같다). 그렇게 카드패가 펼쳐졌고, 이번엔 나에게 좋은 패가 들어왔다. 나는 나보다 훨씬 더 큰 그 무언가의 한 부분일 뿐이다. 우리는 세상에서 중요한 존재이긴 하지만 그렇다고 세상의 중심은 아니다(거대한 용암 덩어리와 비슷하다. 어떤 사람들은 내가 뜨겁다고 하지만 그렇다고 그렇게까지 뜨거운 건 아니다).

내가 중심이 아니다. 내가 중심이라는 생각은 일곱 살이 되면 버려야 한다. 그때까지 좋든 싫든, 우리는 내가 뭐든지 할 수 있다고 생각하며 또 그렇다고 배운다. 우리가 첫 걸음마를 떼다가 넘어지면, 다들 우리를 보고 웃는다. 그럼 우리는 우리가 뭔가 대단한 일을 했다고 생각한다. 이는 자존감을 키우는 데 도움이 된다.

반면 내가 남을 때리지 않는데, 왜 남이 나를 때리는지도 생각하게 된다. 그렇게 어릴 때는 혼란스러운 생각을 하게 된다. 외동딸인 나는 좋든 나쁘든 내가 모든 일에 중심이란 생각을 하는 편이었다. 마흔 살이 되어서야, 내가 모든 일의 원인이 아니라는 걸 알게 되었다. 그 사실을 알게 되자 〈위기의 주부들〉이 성공한 이유가 전적으로 나 때문도 아니고, 나쁜 일이 일어난 이유도 내 탓만은 아니라는 사실을 알게 되었다. 이 세상에서 벌어지는 일 모두에 우리의 노력이 반영되는 것은 아니다. 그러니 이제 여유를 갖자.

연기자로서 힘든 길을 걸으며 나는 그 말하는 말이 현자로부터 배운 교훈을 깨닫게 되었다. 어쩌면 여러분의 커리어는 다른 길을 걸었을지도 모른다. 곧장 뻗은 길, 좀처럼 나아지지 않는 길, 더 이상 나빠질 것도 없는 길을 걸으며, 삶이 얼마나 지리멸렬한지 좌절한다. 어떤 때는 조금 나아지다가 갑자기 바닥으로 곤두박질치기도 한다. 그럼 한걸음 물러서 '충분하다'는 말이 나에게 어떤 의미인지 따져봐야 한다.

이성적으로 목표를 세우고 거기에 도달하면 이를 인정하고 만족감을 누리며 한껏 즐겨야 한다. 목표 지점에 머물면서 흔치 않은 만족감을 느껴야 한다. 더 큰 집, 더 큰 차를 갖고 싶다는 생각을 버리자. 방금 도착한 성공 지점을 넘어 또 다른 인생 목표를 세우지 말자. 볼보를 타고 다닌다면 벤츠를 욕심내지 말자. 가끔 청동 미술품을 보러 다니며 만족감을 찾자. 그렇다고 야망을 버리면 안 된다.

이제 은퇴를 하면 가족들과 시간을 보내면서 정원을 손질하거나 여행을 할 생각이다. 균형감 있는 생활을 찾지만 그렇다고 무관심해져서 '에고ego' 덩어리가 되어서는 안 된다. 성공은 행복을 보장해주지 않는다. 행복이란 일하는 것이다. 우리는 행복을 누릴 여유를 만들어주는 야망을 다스릴 줄 알아야 한다.

나는 야망을 품은 덕분에 지금의 내가 될 수 있었고, 이제는 야망을 서서히 내려놓으려고 한다. 충분함이 어떤 것인지 나 자신에게 솔직해지려고 한다. 그렇다고 페라리나 새 옷 한 아름이 갖고 싶은 건 아니다. 그건 내가 아니다. 하지만 나는 아직 충분함을 느낄 정도는 못 되었다. 왜냐하면 혹시나 에머슨의 미래를 보장해주지 못하면 어쩌나 걱정되기 때문이다. 대학도 보내야 하고, 손자들도 돌봐줘야 한다. 나는 에머슨에게 더 많이 주고 싶다.

나에게 바라는 게 있다면 여행을 좀더 많이 다니고, 나보다 불행한 사람들에게 시간과 돈을 나눠주는 것이다. 나는 내가 더 많이 베풀 수 있도록 가진 게 더 많았으면 좋겠다. 한동안 연예계에서 잊혀졌던 나는 혹시 지금 이 일이 내 마지막 배역일 경우 뭘 해야 할지 계획도 짜놓았다.

나는 곱게 늙을 것이다. 그리고 쉰 살, 예순 살이 되어도 캐스팅되길 원할 것이다. 그때도 연기하고 싶어 할 것이다. 하지만 그건 그리 흔치 않은 케이스다. 나는 꽤 보수적이기 때문에 〈위기의 주부들〉이 내가 돈을 벌 수 있는 마지막이자 가장 큰 기회라고 생각한다. 계산이 빠른 편이라면 이 기회를 잘 이용해 좀더 많은 기회를 만들어냈겠지만, 나는 연기만을 염두에 두고 있지 않았다. 만약 다시 부엌 바닥에 퍼질러 앉게 된다면, 아마 그건 부엌 바닥을 대청소하는 날일 것이다.

이 일을 하면서 가장 좋은 점은 내가 갑자기 남들을 도울 수 있는 위치에 올라섰다는 점이다. 나는 디너쇼를 겸한 자선 경매 행사에 기꺼이 참석한다. 여성의 쉼터, 노숙자의 쉼터, 빈곤층을 위한 의료 지원 같은 것 말이다. 심장병, 암, 에이즈 등을 앓는 수백만 명의 환자를 위해서 세상을 바꿀 수 있는 대규모 자선기금 모금 행사가 많이 열린다. 하지만 가끔은 소규모로 열리는 작은 자선 행사에 참가해도 좋다. 나는 '페전트 오브 더 마스터Pageant of the Master'를 위한 기금 조성 행사를 주최했다. 라구나 비치 축제의 일환으로 열리는 이 행사는 일종의 '살아 있는 그림'을 만드는 작업이다. 다시 말하면 사람들이 명화 속 의상을 입고 포즈를 취함으로써 에드워드 호퍼나 노먼 록웰의 그림 등을 재현해내는 것이다. 20년대 초 현실주의자들의 활인화tableaux vivant(움직이는 그림-옮긴이)와 같은 것이라고 할 수 있다.

에머슨과 나는 그중에서 장 베로의 〈파킨의 집 밖에서Outside the House of Paquin〉를 재현하기로 했다. 우리는 매년 이 행사를 주최하는 지방 비영리 예술 단체가 30만 달러를 모금할 수 있도록 도왔다. 그 그림은 19세기의 로맨틱하고 고풍스러운 분위기를 담고 있었다. 가장 기억에 남는 건 가만히 정지 자세로 서 있는 것이었다. 90초 동안 꼼짝하지 않고 가만히 서 있는 게 제일 기억에 남는다.

90초면 별로 긴 시간 같지 않지만, 가만히 있으려니 너무 힘들었다. 뭐랄까 한 손으로 쓰레기통을 들고 뒤집었는데, 내 머릿속 어딘가에 숨어 있는 파괴적인 성향이 내 의지와는 상관없이 튀어나와, 다른 손에 칼을 들고 쓰레기통 안을 마구 휘젓는 상상이 떠오른다고 할까.

아니면 운전을 하며 다리 위를 지나다가 이런 독백을 하는 것과 같다고 할까. "조금만 핸들을 틀면 차가 저 아래로 떨어질지도 몰라. 나를 막을 사람은 아무도 없어. 핸들을 휙 하고 틀었다간 다시 이렇게 멀쩡하게 운전할 수 없을 테니, 그걸로 끝이야. 그럼 나는 죽을 텐데, 그럼 기분이 어떨까?" 물론 나는 아무 짓도 하지 않고 그 다리를 건넌다. 그림 속에 있는 기분이 바로 그랬다. 뭔가 사고를 칠 수 있지만 혹시 그랬다가 일을 망치면 어떻게 될지 궁금해하는 것.

우리는 무대에 섰다. 나는 에머슨이 제자리에 꼼짝 않고 서서 잘해낼 거라고 확신했다. 의상을 너무나 마음에 들어 한 딸아이는 당장 이 행사에 참여하고 싶어 했다. 나도 내 자리를 잡고 섰다. 내가 취할 포즈는 관객 쪽을 바라보는 것이었다. 잠시 후 조명이 켜지고 관객들이 박수를 쳤다.

해설자가 화가와 그림에 대해 설명을 하자 이런 생각이 들었다. "관객들이 앞에서 나를 바라본다. 혹시 내 손이 바들바들 떨리는 게 보일까? 이 그림이 어떻게 보일까? 좋아, 숨을 쉬자. 테리, 숨을 쉬자고. 다리를 딱 고정시켜, 안 그러면 기절할지도 몰라. 대체 몇 초나 지난 거야? 내가 그림의 일부가 되다니! 지나가는 사람들이 미술관 유리벽 안에 서 있는 나를 쳐다보는 것이 보였다. 그런데 사람들은 내가 그들을 볼 수 있다는 사실을 모르는 것 같았다.

문득 이런 생각이 들었다. 이렇게 90초간 가만히 있으니 내 안의 소리가 들렸고, 나 자신의 원래 모습으로 돌아가는 것 같았다. 그러자 내 삶에서 걱정과 근심이 떠올랐다가 저 멀리 사라져가는데, 너무나 아름다웠다. 정말 잊을 수 없었다. 앞에서도 얘기했던 교훈을 깨닫는 순간이었다. 우리는 여유를 갖고 조용히 있을 시간이 꼭 필요하다. 우리의 정신에 좋기 때문이다. 자선 활동은 그저 남에게 베푸는 것이지만, 이렇게 약간 멀리서 바라보니, 내 마음도 풍요로워졌다. 내가 야망에 눈이 멀지 않아 이런 활동을 할 시간을 낼 수 있어서 기쁘다.

그로부터 얼마 후 허리케인 카트리나가 남부를 강타했다. 나는 그때 CNN 및 ET와 함께 캠페인 촬영을 하고 있었다. 카메라맨이 내게 와서 '페전트 오브 더 마스터'를 보고 상상력이 활짝 열려 이 세상과 삶에 새로운 희망을 얻었다고 말했다. 그는 도시 아이들을 위해 어떤 일을 하는지 들려주었고, 나는 다음 행사 때 100명의 아이들을 초대해야겠다고 결심했다.

카메라맨은 그런 하룻밤의 행사가, 현실에서 완전히 벗어나

무언가를 볼 수 있는 단 한번의 기회가, 사람과 그 여생까지 바꾸어 놓을 수 있다고 했다. 나는 그를 믿고 그렇게 하려고 최선을 다하고 있다.

여행을 가면 평소 만날 수 없는 사람들을 만나게 되는데, 그런 경험은 나를 변화시키고 인간적으로도 폭넓게 만든다. 어려서 고생을 하며 컸다고 해도, 하룻밤에 일어난 단 한번의 사건으로 마술과 같은 세계가 열려 그 세상이 평생 마음속에 머물며 우리를 자극한다.

성공하기 위해 야망을 키우다 보면 남들이 바라는 희망과 꿈을 채우고 싶어 하게 된다. 우리는 한도 끝도 없이 뿜어져 나오는 우리의 과한 야망을 다른 방향으로 틀어야 한다. 그래서 나는 야망이라는 채널을 이리저리 돌리기 시작했다. 그런다고 더 부자가 되거나 더 많은 것을 소유하게 되는 것은 아니다. 더 높은 곳에 도달하는 것도 아니다. 야망이란 우리의 성공을 인정하고 감사히 여기는 방법을 찾아가는 것이다. 그리고 그 성공을 다른 사람들의 공으로 넘기는 것이다.

은퇴할 때가 다가오면 우리가 스쳐 보낸 다른 인생길을 돌아보게 된다. 만약 아버지가 줄리아드 음대 등록금을 대주셨더라면? 아니면 내가 〈사랑의 유람선〉에 캐스팅되지 못했더라면?

길 건너 저 윗동네에 사는 친구 조앤이 딸의 생일 파티를 열었다(그 애는 에머슨의 친구이기도 했다). 손님으로 올 예닐곱 명의 꼬마 아가씨들을 재미있게 해주려고 나는 페디큐어 파티를 준비했다. 그 집에 가려면 언덕을 넘어야 했지만 차를 몰고 가기에는 가까운 거리라 나와 에머슨은 걷기로 했다.

페디큐어 통, 소금 클리너, 페디큐어 도구, 각종 네일폴리시, 그리고 샴페인도 한 병 준비했다(어른용이다). 그 가파른 언덕을 올라 집에 도착하자 숨은 가빴고 몸은 온통 땀 범벅이었다.

나는 가게를 차렸다. 아이들을 위해 통을 깨끗이 닦아 뜨거운 물을 넣은 다음 완벽하게 페디큐어를 해주었다. 생일 파티가 열리는 서너 시간 동안 나는 의자에 앉아 마지막 아이까지 손톱에 예쁜 색을 칠해주었다.

일을 끝내자 오늘 생일을 맞은 주인공 소녀가 다가와서 이렇게 말했다. "나중에 배우 그만두시면 페디큐어 가게를 열어도 되겠어요. 정말 잘하세요." 내가 얼마나 성공한 사람인지도 모르고 꼬마는 진심으로 얘기했다. 조앤이 말했다. "테리, 안 될 거 뭐 있어?" 친구는 나를 놀렸지만, 나는 '나라면 할 수 있어. 정말 잘할 수 있다고'라고 진지하게 생각했다.

나는 살면서 할 수 있었는데 하지 못했던 일에 대해 환상을 갖고 있다. 다들 그렇지 않은가? 늘 떠오르는 환상 중 하나는 바로 카페를 여는 것이다. 몬태나의 그 어딘가에 노천카페를 열고 싶었다. 그곳은 매우 심플한 공간으로 스크린문이 열릴 때는 삐걱 소리가 나고 닫힐 때는 쾅 소리가 난다.

커다란 창문 너머로 끝없이 늘어선 가로수가 보이고 그 길을 따라 길이 나 있다. 나는 벽난로 위에 창고 세일 때 산 정물화를 걸고, 선반을 만들어 그동안 모아둔 비싼 소금통와 후추통을 장식한다.

포크 음악이 흘러나오는 카페에는 여행자와 동네 사람들이 북적인다. 이 사람들은 점심 먹으러 나왔다가 저녁까지 먹으려고 기다리는 것이다. 그럼 난 푸근하고 편안하게 하루 종일 가정식을 만들 것이다. 메뉴는 파이, 으깬 감자, 미트로프, 뒷마당에서 따온 유기농 채소, 닭튀김.

결국 평생 아끼던 빈티지 앞치마를 꺼내 입을 핑계거리가 생긴 것이다. 그럼 그 앞치마는 밀가루 범벅이 되겠지. 환상 속의 나는 매일 요리해도 지루하지 않다. 구울 때마다 환상적인 파이가 만들어지기 때문이다.

그러면 나는 머리를 꼬아 올린 다음 젓가락으로 단단히 고정시키고 주방에서 나가 손님들과 수다를 떨고, 그들의 인생에 대해 물을 것이다. 20년 전 나는 꽤 괜찮은 종업원이었고 손님들과 수다 떠는 것도 좋아했다. 물론 레스토랑을 운영하는 일은 정말 힘들다. 레스토랑의 90퍼센트가 개점 1년 안에 망한다나? 하지만 그러기까지 아직 세월은 많이 남았고 실패 확률도 높기 때문에 그냥 그 상상은 상상으로 끝날지도 모른다.

어쩌면 나는 호숫가의 집 근처에서 말을 타고 언덕을 오르는 모습에 만족해야 할지도 모른다. 사람들을 만날 수 있고, 때론 며칠씩 아무도 만나지 않을 수도 있다. 독수리가 집 위를 떠돈다. 청명한 하늘에 구름 한 점 없다.

그냥 상상만 해봤다. 천천히 살자. 나이 들고 지쳐서 행복하게 은퇴하자.

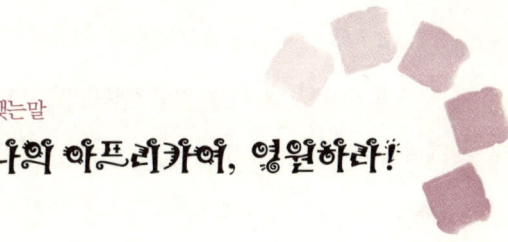

나의 아프리카여, 영원하라!

며칠 전 나는 치킨 요리를 하고 있었고(매일 파스타만 먹을 순 없는 노릇이니까), 에머슨은 친구가 내게 선물해준 CD를 듣고 있었다. 어떤 노래가 흘러나왔는데, 나는 그만 웃음을 터뜨리고 말았다. 주 걱을 내려놓고 오디오로 가서 노래를 다시 틀었다. 포크송 가수인 존 프라인의 〈세상사가 원래 그렇지That's the Way that the World goes Round〉라는 곡이었다. 코러스엔 이런 가사가 나온다.

세상사가 원래 그렇지
하루는 좋았다가, 또 하루는 나빴다가
접시물에 빠져서도 죽을 것 같기도 하고

It's half an inch of water and you think you're gonna drown

세상사가 원래 그렇지

🖤

달콤한 노래 가사가 참 마음에 든다. 인생은 원래 굴곡이 있다. 사소한 문제가 커다랗게 보이다가도, 또 괜찮아지고… 그렇게 세상은 돌아간다. 세상사가 원래 그렇다. 하지만 존 프라인의 라이브 앨범을 들어보면 그는 이 노래를 부르다 말고 중간에 이런 말을 한다(원래 가수들은 콘서트에서 말을 많이 한다).

하루는 그가 클럽에서 노래하고 있는데, 한 여인이 무대로 올라와서 〈해피 엔칠라다Happy Enchilada(토르티야에 고기 등을 싸서 매운 칠리를 끼얹어 먹는 멕시코 요리—옮긴이)〉를 불러달라고 했단다. 그는 이렇게 말했다. "제 노래 중에 엔칠라다같이 먹을 걸 주제로 하는 건 없어요. 〈해피 엔칠라다〉라뇨."

하지만 여인은 계속 졸랐다. "왜 그 노래 있잖아요. 분명 〈해피 엔칠라다〉라는 노래가 있다니까요!" 그래서 그는 무슨 노랜지 한번 불러보라고 했고, 여인은 이렇게 노래했다.

🖤

세상사가 원래 그렇지

하루는 좋았다가, 또 하루는 나빴다가

해피 엔칠라다(하프 언 인치 오브 워터half an inch of water를 해피 엔칠

라다로 오인함-옮긴이)에서 죽을 것 같기도 하고

It's a happy enchilada and you think you're gonna drown

세상사가 원래 그렇지

가사를 잘못 알아들으면 정말 웃기다. 에릭 클랩턴의 〈코카
인〉이라는 곡을 들을 때도 그렇다. '그녀는 괜찮아, 괜찮아, 괜찮
아… 오케이She's Okay(나처럼 나이가 좀 있는 사람이라면 그 마지막
가사가 오케이가 아니라 '코카인'처럼 들린다).

내가 '해피 엔칠라다'를 정말 좋아하는 이유는 그 의미 때문이
다. 프라인은 인생은 예측 불가능하니, 작은 변화에 지나치게 민감
하게 굴지 말고 잘 버텨나가라고 노래한다.

하지만 가사를 '해피 엔칠라다'로 바꿔버리면 갑자기 그런 문
제는 사라지고 인생이 재미있고 웃긴 멕시코 요리가 되어버린다.
가는귀가 먹었는지 가사를 오해한 여인이 존 프라인에게 다가가
"해피 엔칠라다"라고 말한다.

바로 세상이 그렇다. 우리 사이에서 마술과 같은 상호작용이 일
어난다. 물에 빠져 죽을 것 같다가도, 낯선 사람이 걸어와 "아브라카
다브라!"라고 마법의 주문을 외쳐주면, 순간 접시물이 엔칠라다로
바뀐다. 우리 눈에 보이진 않아도 인생엔 이런 기쁨이 스며 있다.

그래서 내가 이 책을 쓰게 되었다. 나는 우리가 우연이든 필연이든 서로를 위해 존재하길 바란다. 나는 물리가 아닌 수학을 전공했지만, 어떤 행동이든 작용과 반작용이 따른다는 걸 안다. 하늘로 공을 던지면 다시 땅으로 떨어진다. 나무에 대고 도끼를 휘두르면 밑동에 금이 간다. 계속 도끼질을 하면 결국엔 그 나무가 쓰러진다. 돌을 창문 너머로 던지면 큰 문제가 생긴다. 그렇게 우리는 서로에게 영향을 준다(그렇다고 곤경에 빠뜨리지는 말자).

이 세상에서 우리는 열정을 퍼붓는다. 집을 짓든, 아이를 키우든, 컴퓨터 칩을 만들든, 그런 행동에는 반드시 결과가 따른다. 이 결과들은 저마다 영향력을 발휘하기 때문에 우리는 우리가 하는 모든 일에 책임을 져야 한다. 그리고 지역 사회, 지구, 우리 사회, 서로에게 책임을 져야 한다.

에너지는 보존된다. 가끔은 이 명제가 말이 안 되는 것 같기도 하다. 사실 난 감정을 꽁꽁 숨기는 편이다. 오히려 드러내는 편이 더 어렵다. 나에게 그건 큰 용기를 내야 하는 일이다. 그러다 무슨 일이 생길 줄 누가 알겠는가? 감정을 고스란히 드러내기가 좀 두렵다. 그러다가 평생 해온 온갖 걱정, 근심, 의심이 세상 밖으로 쏟아져 나오면 제아무리 슈퍼맨이라도 옆에서 구경하던 사람들을 지켜주지 못할 수 있다. 이 책의 머리말에서 나는 인생이 계획대로 착착 이뤄지지 않는다고 했다. 인생은 기회가 왔을 때 바뀌게 된다. 그동안 우리는 노력해야 한다. 힘든 시기를 참고 견디고, 위험을 무릅쓰고, 추억을 만들고, 가진 것에 만족해야 한다. 나이가 들면, 그러니까 마흔 살처럼 인생의 이정표가 될 만한 생일이 지나면 우리가 쌓아놓은 벽을 조금씩 허물어야겠다는 생각이 든다. 바로 그걸 이 책에서 보여주고 싶었다.

하루하루 벽을 허물어가면 행복하고 완벽하고 자신 있고 육감적인 여인의 모습에 좀더 가까이 다가갈 수 있다. 벽을 허무는 작업은 힘들고 지루하다. 하지만 가끔 큰 기회, 온 세상이 흔들릴 만큼 큰 기회가 오면 당신과 그 행복 사이에 서 있는 불필요한 벽이 한꺼번에 무너지게 된다.

이 책을 쓰기 전에 에머슨과 나는 아프리카 여행을 떠났다. 예상대로 대단히 멋지고 이국적이었다. 나는 여행을 하면서 재촉하지 않겠다고 마음먹었다. 아무리 돌아다닐 곳이 많아도 말이다. 나는 에머슨에게 엄마를 조르지 말라고 못 박아두었다. 천천히 돌아보는 게 좋을 것 같다고. 에머슨이 나를 그렇게 배려할 거라고는 정말 기대하지 않았다. 하지만 그렇게 큰 소리로 내뱉어놓으면 내 무의식에까지 그 말이 새겨질 것만 같았다.

다음날 아침 운전기사, 사냥개, 에머슨, 나 이렇게 넷이서 사파리를 보러 갔다. 이른 아침이라 강렬한 태양이 낮게 떠올랐다. 황금빛 사바나 초원이 내 시야 끝까지 활짝 펼쳐지면서 저 멀리 산이 보였다. 내가 이 태곳적 땅에 온 외국인이나 이방인이 아니라 그저 하찮은 미물이라는 생각이 들자 모든 것에 담담해지고 편안한 마음이 들었다. L.A에서 뉴욕까지 운전을 하던 때가 생각났다. 그때도 뭔가 깨달음을 얻었었다. 하지만 지금은 본능적으로 내가 뭘 해야 할지 알았다. 대지는 광활하고 원시적이라 만물의 근원처럼 보였다.

갑자기 자신감이 솟아나 내가 뭘 쏟아내도 아무런 피해도 주지 않고 이 자연이 모두 빨아들일 것만 같은 생각이 들었다. 내 짐을 친구나 의사에게 뒤집어씌우고 싶지도 않았고, 여행을 마치고 돌아가 빡빡한 일상 속에 풀어놓고 싶지도 않았다. 내가 아프리카에서 뭘 쏟아낸다 하더라도 그건 하찮은 일이고 아무 피해도 주지 않으며 이 강인하고 끝없는 대지가 다 빨아들여줄 것 같았다.

나의 두려움, 가슴 아픈 기억, 의심, 그늘을 아프리카는 모두 받아줄 것 같았다. 아마 그게 뭔지 보이지도 않을 것이다. 그래서 그 광활한 초원 한가운데 홀로 서서 천천히 그리고 크게 숨을 들이쉬고 내쉬었다. 그리고 숨을 내쉬면서 모든 것을 털어버리려고 했다. 그 모든 분노, 고통, 회한, 슬픔이여. 휘이휘이!

아프리카에서 돌아온 후 나는 달라졌다. 간만에 처음으로 잠을 곤히 자기 시작했다. 아예 사람이 바뀐 것 같았다. 영국의 존 헨리 뉴먼 추기경은 이렇게 말했다. "삶이 끝나감을 두려워하지 말고, 다시 시작할 수 없음을 두려워하라."

아프리카 여행은 내게 시작이었다. 아프리카가 신기한 곳은 아니었지만, 나에게 아프리카는 그동안 내 머릿속을 온통 휘젓고 다니던 실패와 아픔, 고민을 다스리게 해주었다. 이제 차분해지면서 머리가 맑아졌다. 그리고 용기가 샘솟아 이 책을 쓰기 시작했다.

책 속에서 밝히고 싶지 않았던, 솔직하고 상처받기 쉬운 모습까지 드러냈다. 나를 드러내면서까지 이런 위험을 감수한 이유는 우리 모두가 자기 모습을 드러내야 하는 이유와 같다. 사랑과 진실은 서로 떼어내려고 해도 떼어낼 수 없다.

나는 최선을 다해 다른 사람에게 다가가려 했다. 낯선 사람과도 친밀감을 느꼈다. 가게에서도 우리는 작은 교감을 느끼곤 한다. 내가 바위에서 뛰어내려 바다로 다이빙하는 모습을 보고 서 있던 자전거 탄 그 남자의 목소리 속에서 그런 교감을 느꼈다. 맨해튼 하늘에 쌍무지개가 뜨던 날에도. 보잘것없고 헛된 나의 노력으로 우리가 하나로 뭉칠 수 있었으면 좋겠다.

휴가에서 돌아오면 마음이 편안하고 행복해서 더 자주 여행을 떠나야겠다고 말을 한다. 하지만 다시 일상에 찌들면 그 마음을 잊게 된다. 내가 지겹도록 아프리카에 대해서 얘기하자 사람들은 몇 달 후 이렇게 물었다. "아직도 아프리카야? 아직도 그 꿈을 꾸는 거야?" 사실 아프리카 생각이 조금은 사그라지긴 했다. 대신 새벽 3시면 떠오르던 생각이 슬금슬금 고개를 들기 시작했다. 그래도 내가 아프리카에서 떠나보내고 온 나의 일부는 영원히 사라졌다. 그렇게 털어버린 경험이 너무나 강렬해서 그때 그 감정이 내 버팀

목이 되어준다. 기도처럼 말이다.

아프리카, 그곳은 지금도 앞으로도 나보다 훨씬 크고 강인할 것이기에 나는 거기에서 위안을 받는다. 그렇게 막막하지도 외롭지도 않다. 아프리카는 나와 내가 뱉어낸 감정을 모두 품어줄 만큼 넓다. 나는 여러분이 나처럼 어떤 장소든 책이든 찾아 모든 짐을 털어버리기를 바란다. 매일 일을 하고, 작은 변화를 만들고, 자신이 선택한 길을 따라가자. 그러다 때가 되면 여러분도 여러분만의 아프리카를 찾을 것이다.

과거의 무게를 털어내면, 나를 옥죄지 않는 가르침을 준다. 이제 짐을 벗은 당신은 지금 현재의 모습에 감사하고 원하는 방향을 향해 발걸음을 내딛는다. 그게 무엇이든 지금도 앞으로도 계속 정진한다. 그것만으로 충분하다.

살아갈 힘을 주는 모든 분들에게

누구든 혼자서 할 수 있는 일은 없다. 우리는 대부분 운이 좋아 친구와 가족을 믿고 그들에게 사랑받으며 의지한다. 살다 보면 아주 작고 아리송한 일들이 일어나 우리의 하루를 기분 좋게 또는 나쁘게 만든다.

그렇다면 나는 〈위기의 주부들〉 촬영장이 있는 유니버설 스튜디오 2번 게이트의 주차요원에게 감사하고 싶다. 매일 주차장으로 들어설 때마다 그분은 나에게 우아하면서도 화려한 동작으로 인사를 하고, 경비실 문을 통과할 때까지 손을 흔들어준다. 환한 미소를 보며 나는 하루를 시작한다.

그리고 내가 자주 가는 레스토랑인 아츠 델리, 페이스, 파이어 플라이에도 감사한다. 난 그곳에 앉아 생각이 떠오를 때마다 냅킨

위에 끄적였다. 그곳 사장과 직원들은 내가 〈위기의 주부들〉을 찍기 전이나 후나 늘 잘해주었다.

그리고 팬 여러분께 감사드린다. 그동안 나를 성원해주고 두 번째 기회를 갈망하던 내 열정에 공감해주었다. 우연히 만나 내가 앞으로 나아가고 더 강해질 수 있도록 영향을 주었다.

지금 우리의 모습은 하루하루의 깨달음이 쌓여서 만들어진 것이다. 따스하면서도 모호하고, 역겨우면서도 시큼한 교훈을 배웠다. 교훈이 없었더라면 난 할 말도 없었을 것이다.

그리고 하이페리온 출판사 관계자들에게 감사드린다. 나에게 얘깃거리가 있다고 생각한 출판사 관계자에게 감사한다. 내가 나를 못 믿어도 나를 믿어줄 사람이 필요하다. 보브 밀러, 켈리 노타라스, 힐러리 리스틴이 바로 그런 사람들이다. 그들은 내 말에 귀 기울여주고, 웃어주고, 눈물을 흘려주고, 편집까지 해주었다.

힐러리는 서툴게 글을 풀어가는 내게 방향을 제시해주었고, 나의 창작 본능을 다듬어주었다. 이렇게 대담하게 글을 쓰는 내게 책을 끝낼 수 있다고 계속 용기를 주었다. 책 쓰기는 지금껏 내가 해본 일 중 가장 힘든 작업이었다. 그녀가 없었더라면 아마 이 책을 끝내지 못했을 것이다. 내가 한 일에 뿌듯한 기분이 든다. 낯설고 어색하긴 해도 난 결과에 대단히 만족한다. 무엇보다도 난 이 멋진 친구들을 생각하며 다시 살아갈 수 있는 힘이 생긴 것 같아 매우 기쁘다.

내가 이 책을 쓴 목적은 미쳐버리기 위해서가 아니라 나에게로 떠나는 진솔한 여행을 통해 나 자신을 받아들이고 싶어서였다. 그리고 내가 생각보다 자신들과 공통점이 더욱 많다고 느끼는 수많은 여성들에게 몇 가지 조언을 해주고도 싶었다.

얼마 전 나는 마흔한 번째 생일을 맞았다. 마흔이 되었다고 떠들썩하게 축하하지 않았던 것처럼 나는 조용히 친한 친구들을 불러 저녁을 같이 먹었다. 그 자리에 와주지 못한 친구들도 마음만은 함께해주는 것 같았다. 난 정말 행운아다. 이렇게 멋지고, 우아하고, 똑똑하고, 독특한 사람들을 사랑하고 그들에게 사랑받는 걸 보면 내가 정말 이 세상에서 가장 행복한 여자임이 틀림없다. 친구들은 누구를 언급하는 것인지 알 것이다.

그럼 여기에서 적당히 감사를 드리겠다. J, J, J, J, J(J가 다섯 명이다) 그리고 P&S, S, D, P, C, N, T, H, C, L, B, L, T. 그리고 S, L, V, R에게도 감사드린다(내가 말했던가? 꼭 짚어 얘기하지 않겠다고).

콜린 로스는 이름을 밝힌다. 덕분에 내가 미지의 세계를 탐험할 용기를 얻게 되었다. 나에게 길을 보여주었고, 많은 것을 해주었다. 그리고 이 아름다운 일러스트레이션을 그려줘서 감사한다. 덕분에 이 책이 빛날 수 있었다.

그리고 〈위기의 주부들〉의 스태프와 출연진에게 감사한다. 끝없이 노력하는 모습, 그리고 힘든 촬영 중에도 내내 미소를 지어주어서 고맙다. 나는 촬영 틈틈이 이 책을 썼다. 책장을 넘기면서 촬영장의 그 화기애애한 분위기가 전해졌으면 좋겠다.

그리고 살면서 일하면서 만난 모든 분들에게 감사드린다. 그렇게 우리는 친구가 되었고 아직도 나를 믿어주고 언제나 변함없이 기회를 준다. 스티브 스몰, 리디아 윌스, 래리 로저스, 엘런 베르트하이머, 배리 타이어만에게 감사한다.

에머슨, 이 책을 쓸 때 엄마가 많이 힘들었단다. 넌 세상에서 가장 쿨한 아이야. 지친 엄마에게 잘해주었고 책을 쓰는 엄마를 자랑스러워했지. 정말 고맙다. 그리고 부모님, 사랑합니다. 그리고 늘 행복하세요. 저희를 사랑해주셔서 감사합니다.